Une disparition de trop

PATRICK PHILIPPART

ISBN: 1514169703
ISBN-13: 978-1514169704

A FLORENCE ET BOZENA

Du même auteur

Les enquêtes de Dimitri Boizot

Tome 1: Mortelles ambitions
Tome 2: Retour à Combergueil
Tome 4: Sans Témoin
Tome 5: Au nom de Clara

Romans:

Cohabitation interdite

Une Année prodigieuse

Le Nègre et ses fantômes

Nouvelles:

Effeuillage ante mortem

AVERTISSEMENT

"Une disparition de trop" est une oeuvre de fiction.
Toute ressemblance avec des personnes existantes ou ayant existé serait purement fortuite.

PROLOGUE

Elle avance sur la route. Il va être minuit. Le ciel est clair, les étoiles brillent. Mais la température fraîchit, donnant raison à la météo, qui a prévu de la pluie en deuxième partie de nuit.

Françoise Altmeyer frissonne. Le silence lui paraît soudain pesant. Sur cette route, même en juillet, lorsque s'annonce la saison des transhumances, il ne passe pas une voiture par heure. Elle sinue entre des grappes de hêtres, d'érables, entrecoupés de cornouillers et de bruyères qui ont poussé là sans ordre ni logique. Parfois le silence est brisé par l'écho du Paris-Amiens, mais l'infinie torpeur recouvre bien vite cette insolente tentative de rompre la monotonie du lieu.

Elle réfléchit, mais ses pensées sont confuses. Elle a le sentiment de faire une bêtise, elle se dit qu'avant de se lancer seule, elle aurait dû en parler à quelqu'un. Mais pour dire quoi ? Personne ne la croirait. Alors elle doit aller au bout de son action, pour le salut de Myriam. Lorsqu'elle a croisé le regard de cet homme, ce matin, elle a compris qu'il détenait la solution de la disparition de sa cousine. Comment n'y avait-elle pas pensé plus tôt ? Myriam, avant de disparaître, lui avait confié les clefs de son avenir. Même si elle refusait, avec une obstination infantile, de donner le nom du nouvel homme de sa vie, elle avait semé des indices. Depuis l'enfance, elle avait toujours agi de cette façon, considérant que les gens qui l'aimaient devaient pouvoir interpréter ce qu'elle appelait ses *petits cailloux*. Un jour — elles devaient avoir seize ou dix-sept ans —, Myriam avait lâché: «L'amour ne peut jamais être une denrée prémâchée.»

C'était une phrase d'adolescente, définitive et naïve à la fois, mais Myriam avait conservé cette espèce de totalitarisme amoureux qui la rendait tellement attachante, et si fragile...

Un craquement, juste derrière elle, la fait sursauter. Elle veut se retourner, elle n'en a pas le temps. Une main gantée s'abat sur sa bouche pour l'empêcher de hurler, l'autre main l'enserre à la taille avec une force telle qu'elle en a le souffle coupé. Elle se sent violemment tirée en arrière, perd l'équilibre. Elle est si terrorisée qu'elle ne pense même pas à se défendre.

De drôles d'idées lui parcourent la tête. Elle espère, contre toute vraisemblance, qu'il s'agit d'un rôdeur qui n'en veut qu'à son argent. Mais, en même temps, elle est certaine que l'homme qui l'entraîne vers le bas-côté est bien celui de ce matin. Comment a-t-elle pu être assez idiote pour se jeter ainsi dans la gueule du loup ?

Elle trébuche, se retrouve pratiquement allongée. Elle voit le ciel, si beau, avec ses milliers d'étoiles, qui vont être autant de témoins muets de sa mort...

Elle tente d'agripper le bras de son agresseur, mais elle se sent démunie comme une petite fille. Elle voudrait crier, appeler au secours. Elle sait très bien que c'est peine perdue. Ses pieds raclent des gravillons, puis de l'herbe. Derrière elle, l'homme reste silencieux, et c'est cela qui l'effraie le plus. Elle gémit, aimerait lui parler, lui dire qu'il n'a rien à craindre d'elle, mais sa main accentue sa pression sur sa bouche, au point que ses lèvres s'écrasent sur ses dents. Elle ressent soudain un drôle de goût en bouche, un goût de sang, le sien...

Le ciel a laissé la place à des frondaisons. L'homme la lâche d'un coup, la retourne comme si elle était un vulgaire pantin. C'est bien lui. Ses yeux vairons sont une signature indiscutable. Il a le visage déformé par une sorte de rage haineuse. Mais elle n'a pas le temps de réagir. Elle voit arriver son poing, lancé à toute vitesse comme une locomotive. Quand il s'écrase sur son nez, la douleur est indicible, si forte qu'elle s'évanouit.

Elle ne sentira pas les autres coups, portés avec une violence qui n'a plus rien d'humain.

Dans quelques minutes, la vie de Françoise Altmeyer va s'achever en contrebas de cette route déserte où elle n'aurait jamais dû s'aventurer seule...

Première partie

.

CHAPITRE 1

Il ouvrit la porte de sa chambre avec d'infinies précautions. Pas question d'éveiller les autres résidents. Sur la pointe des pieds, il parcourut les quelques mètres de couloir qui le séparaient du grand escalier menant au rez-de-chaussée. Il n'était pas encore six heures du matin, mais en ce début juillet, le jour se levait déjà.

Au mur, une gravure représentant une scène de chasse à courre attira son regard. Ici, tout était fait pour donner au visiteur l'illusion de loger dans un manoir anglais. À l'épaisse moquette fleurie du couloir succéda le marbre de l'escalier dominant un vaste hall au carrelage en damier.

Dimitri Boizot n'avait jamais aimé les faux-semblants. Cette grande maison, qu'on aurait cru posée dans un coin du Kent, était perdue dans la campagne picarde. Et, en guise de gentlemen farmers, étaient réunis ici une brochette de névrosés de tout poil.

Il déverrouilla la porte vitrée de l'entrée, l'ouvrit en s'efforçant d'éviter tout grincement. Cette nuit, il avait plu et l'air était chargé d'effluves végétaux, mélange un peu écœurant de fleurs et de feuilles sur un fond d'humidité.

Il s'arrêta sur le perron, contempla le parc. Des filets de brume donnaient aux hêtres une allure fantomatique. Dans la poche de sa chemise, il cueillit une cigarette, remarqua enfin les chants – ou plutôt les cris – des oiseaux. À Paris, ils s'effacent derrière les éclats de voix des éboueurs ou les moteurs des camionnettes de livraison. Enfin il alluma sa Camel, prit une profonde inspiration. Sur le moment, il ressentit quelque chose qui ressemblait à du bonheur. Évidemment, ça ne durait jamais longtemps. Mais cet instant, au moins, personne ne pouvait le lui enlever.

Il pensa à Claude et Mireille, ses enfants. Ils étaient en vacances aux États-Unis avec Andrée, leur mère, et le nouveau mari de celle-ci. Dans un mois, ce serait à son tour d'en profiter. Il les emmènerait à Dinard, en pèlerinage en quelque sorte: c'est là qu'ils avaient passé leurs premières vacances en famille, tous les quatre. À l'époque, Claude allait avoir cinq ans, Mireille venait d'en avoir trois. Avec Andrée, le bonheur semblait alors éternel...

Sur le gravier de l'allée, ses pas se firent hésitants. Allait-il prendre à droite et contourner le manoir pour rejoindre la terrasse où étaient servis les repas en cas de beau temps ? Ou sortir pour une promenade jusqu'au hameau voisin ?

Il opta pour cette deuxième solution, sans se douter des conséquences de sa décision.

La grille d'entrée du manoir était dotée d'une fermeture électrique actionnée par un digicode. Les résidents recevaient la combinaison chiffrée à leur arrivée. Dimitri l'avait griffonnée sur un bout de papier qu'il avait glissé dans son portefeuille. Il s'apprêtait à ouvrir celui-ci lorsqu'une tache rouge attira son attention. Il tourna la tête vers la gauche et aperçut, à demi dissimulée derrière un massif de roses thé, à un mètre à peine du haut mur d'enceinte, quelque chose qui lui fit penser à une forme humaine.

Machinalement, il referma son portefeuille et le replaça dans la poche-revolver de son pantalon. Une mauvaise habitude qui provoquait la grogne de Sylvie: «Un jour, tu te le feras voler, tu ne t'en apercevras même pas !»

En temps normal, il se contentait de sourire. Mais là, soudain, sa respiration se bloqua et le stress l'envahit. Il s'approcha du massif, avec une terrible prémonition. La couleur rouge carmin lui évoquait à la fois le sang et la robe que portait la veille au soir sa voisine de table.

Il sentit son cœur battre plus vite. Plus de doute possible: il s'agissait bien de Françoise Altmeyer. Elle était allongée dans l'herbe, couchée sur le dos. Son visage portait d'horribles traces de coups, et sa peau avait pris une vilaine teinte marbrée. Sa robe avait été retroussée jusqu'à la taille. Son meurtrier l'avait dépouillée de sa culotte et avait jeté celle-ci deux mètres plus loin. Bizarrement, elle avait les mains croisées sur son sexe, dans une dérisoire et inutile tentative de préserver sa pudeur.

Dimitri s'arrêta net. Dans son cerveau se bousculaient des pensées en pagaille. Il se demanda si cette belle femme, à la quarantaine épanouie, avait été violée; il se dit qu'il devait prévenir les gendarmes sans tarder; il savait qu'il ne devait toucher à rien pour ne pas perturber le travail des enquêteurs; en même temps, il songea qu'il tenait un scoop qui allait faire le bonheur de son rédacteur en chef; enfin, il revit la tête de cet Alban Fulok qui, hier soir, n'avait pas cessé de fixer Françoise Altmeyer durant le dîner...

*

Trois semaines plus tôt, quand Magnin l'avait convoqué dans son bureau, à *L'Actualité,* il avait éprouvé une certaine appréhension. Depuis quelque temps, la rumeur courait d'un prochain débarquement du rédacteur en chef au profit de son adjoint, Étienne Drichon, surnommé *"Je pense que..."* par les journalistes.

Du coup, Magnin semblait nerveux, irritable pour un rien. Mais, ce jour-là, il s'était montré charmant. « Dimitri, tu travailles bien en juillet ?

- Oui, je prends mes vacances en août cette année. »

Magnin avait souri, découvrant ses dents mal plantées, dans un visage constellé de taches de son, sous des cheveux d'un roux flamboyant qu'il disciplinait à coups de gel.

« Tant mieux. J'ai un chouette reportage à te confier. C'est vraiment le genre de truc idéal pour les vacances. Figure-toi qu'un certain Mérovée Lenain a fondé une association, qu'il a baptisée "Portique d'une Nouvelle Vie"... »

Dimitri avait eu une moue de scepticisme.

« Oui, oui, j'ai eu la même réaction. Mais, en fait, ce n'est pas du tout une secte, malgré son nom. Il s'agit plutôt d'un groupe d'assistance aux gens qui souffrent de phobie sociale, d'agoraphobie, de crises de panique. Et le Mérovée Lenain en question semble avoir créé une méthode qui permet à ces gens d'améliorer leur situation, ou en tout cas de mieux se débrouiller avec leurs troubles.

- Tu veux me faire rencontrer ce gourou ?

- Mieux que ça: chaque année, Lenain organise ce qu'il appelle la rencontre d'été. Elle dure quatre jours et se déroule dans un manoir de luxe du côté d'Amiens. J'ai pu obtenir de lui qu'il réserve une place à un de nos reporters pour suivre cette rencontre, interviewer les participants... Je me suis dit que le sujet pourrait probablement t'intéresser, la rencontre a lieu du 3 au 7 juillet... »

Il sourit intérieurement. C'était la première fois que son rédacteur en chef lui proposait un sujet dit de société. Il songea que ses scoops sur l'affaire Lionel Perdiou[1] et le meurtre de Hubert Coypel[2] n'y étaient sans doute pas étrangers.

« C'est vrai que ça a l'air marrant... Si je comprends bien, tu veux que j'aille loger avec cette bande de fêlés et que j'en ramène un reportage de terrain...

- Bien plus qu'un reportage ! Pour ne rien te cacher, je vais lancer une grande série durant tout le mois d'août sur les nouvelles thérapies censées guérir les maux psychiques dont souffrent nos contemporains avec, à chaque fois, un feuilleton d'une semaine entière. Je suis persuadé qu'on peut cartonner avec un tel sujet ! »

Quand Magnin s'exaltait, son visage virait au rouge brique. Dimitri se dit qu'il tentait peut-être là une sorte de baroud d'honneur pour sauver sa place...

*

Il ne pouvait détacher ses yeux du corps de Françoise Altmeyer. Confusément, il ressentait qu'il y avait là quelque chose qui clochait. Était-ce l'expression du visage, figée dans un rictus effrayant, la bouche ouverte sur un cri muet ? Était-ce la position générale du cadavre, allongé comme un gisant de la basilique de Saint-Denis ? À moins que ce ne fût l'absence de chaussures : on imaginait mal quelqu'un sortir en pleine nuit, sous la pluie, pieds nus...

---

[1] Voir *Mortelles ambitions*.

[2] Voir *Retour à Combergueil*.

Il se retourna d'un bloc. Il lui avait semblé entendre un craquement juste derrière lui. C'était seulement un geai, qui s'envola avec un cri rauque.

Il se passa la main sur les yeux et inspira pour calmer les battements de son cœur. Au même moment, une pensée saugrenue s'imposa à lui. Il devait être poursuivi par la poisse: pour une fois qu'il pouvait se muer en reporter *classique,* le fait divers venait le rechercher par le bras. Comme s'il était destiné, une fois pour toutes, à ne traiter que les meurtres et autres tragédies humaines.

« Bon, allez, il est temps d'aller réveiller la maisonnée ! »

Il avait parlé tout haut, comme pour se donner du courage.

Il remonta l'allée de gravier menant au perron à double révolution. En marchant, il scrutait la façade du manoir, espérant peut-être y découvrir un indice. Mais, apparemment, tout le monde dormait du sommeil du juste, à l'exception, sans doute, de l'assassin de Françoise Altmeyer. Il balança son mégot sur les gravillons. Il hésitait encore sur la conduite à tenir: devait-il d'abord alerter la gendarmerie ou le propriétaire des lieux ?

Les circonstances allaient décider à sa place: la porte d'entrée s'ouvrit sur un trentenaire à l'allure sportive, aux cheveux précocement blanchis, vêtu d'un survêtement, une serviette autour du cou, des écouteurs sur les oreilles. Il arborait un visage bronzé et souriant. Il ne parut pas du tout surpris de découvrir Dimitri devant lui.

« Monsieur Boizot ! Vous êtes matinal, comme moi ? »

Arnaud de Pervueilly était le propriétaire du manoir de Haut-Levant. L'avant-veille, il avait accueilli les participants à la rencontre d'été lors d'une réception qui avait dû être un vrai calvaire pour certains de ses hôtes, pour qui la moindre rencontre avec leurs semblables constituait une épreuve douloureuse. Il enleva ses oreillettes.

Dimitri tenta un pauvre sourire, mais le cœur n'y était pas. « Ah, monsieur de Pervueilly. Je suis bien content de vous voir, je m'apprêtais justement à vous appeler. »

L'autre se figea, pencha la tête légèrement vers la droite, à la manière d'un chien à qui son maître fait des remontrances. Mais son sourire commercial revint très vite éclairer son visage. « Que puis-je pour vous ? Il y a un problème ? »

Ce fut au tour de Boizot de prendre un air embarrassé.

« C'est le moins qu'on puisse dire. L'une de vos résidentes, madame Altmeyer, a été assassinée, son corps se trouve au fond du parc, à quelques mètres de l'entrée. »

Le sourire céda la place à une expression de surprise intense. Pervueilly arborait la mine de quelqu'un à qui on annonce une catastrophe imprévisible. Il le laissa assimiler la nouvelle, notant au passage qu'il avait l'air sincèrement ébranlé.

« Assassinée ?

- Ça ne fait pas l'ombre d'un doute. »

L'autre paraissait vraiment sonné, comme un boxeur atteint par un crochet, qui cherche seulement à rester debout. « Comment ?... Qui a ?... »

Arnaud de Pervueilly avait du mal à rassembler ses idées.

« La pauvre femme a visiblement été tabassée, et sans doute agressée sexuellement. Pour l'auteur, je pense qu'il vaut mieux laisser aux enquêteurs le soin de le savoir. C'est d'ailleurs pour ça que je rentrais, j'ai laissé mon portable dans ma chambre. »

Pervueilly ne bougea pas, comme paralysé par la nouvelle. Dimitri comprit qu'il avait intérêt à prendre les choses en main. Il l'écarta et pénétra dans le hall en lançant: « Je vais prévenir les gendarmes, j'arrive ! »

Au moment où il s'engageait dans l'escalier, il lui sembla apercevoir une silhouette à l'entrée du couloir, au premier étage, mais elle disparut aussitôt. Les phobiques sociaux semblaient être des gens bien matinaux...

Dans sa chambre, il s'empara de son portable et composa le 17.

*

La salle des petits déjeuners était noire de monde. Outre Arnaud de Pervueilly, il y avait là Mérovée Lenain, seize des dix-sept participants à la rencontre d'été, ainsi qu'une jeune demoiselle d'une vingtaine d'années, qui jouait à la fois les rôles de serveuse et de réceptionniste.

Dans le parc, deux techniciens d'identification criminelle de la gendarmerie inspectaient les lieux pour recueillir un maximum d'indices, sous les yeux du substitut. Frans Van Loo était un jeune homme qui devait en être à sa première affaire criminelle, à en juger par ses mains qu'il ne cessait de frotter l'une contre l'autre, comme s'il se trouvait face à un lavabo. Le médecin légiste, en revanche, devait en avoir vu d'autres du haut de sa soixantaine bien sonnée. Lorsqu'il se redressa, avec une certaine difficulté, Hervé Delanet murmura quelques mots au juge d'instruction, Francis Caduc, planté à ses côtés comme un pion surveillant des élèves turbulents.

Dimitri, auquel son statut de premier témoin conférait une situation particulière, attendait à quelques mètres de là le bon vouloir du juge.

Il songea: « Un manoir isolé, un huis clos, une vingtaine de suspects: on se croirait dans un roman d'Agatha Christie... Magnin va adorer ! »

Intérieurement, il composait déjà les grandes lignes de l'article qu'il allait adresser à *L'Actualité*. Il fut interrompu dans ses pensées par le juge d'instruction. L'homme était massif, imposant, doté d'une tête de bouledogue furieux qu'il devait s'être composée au fil du temps. Boizot le situa dans la cinquantaine bien avancée, ce qui rétablissait l'équilibre avec le jeune substitut.

« C'est vous qui avez découvert le corps de madame Altmeyer ?

- Oui.

- Quelle heure était-il ?

- Six heures moins le quart.

- Que faisiez-vous dans le parc à une heure aussi matinale ?

- J'avais envie de fumer une cigarette. »

C'était la première fois de sa vie qu'il était interrogé dans le cadre d'une affaire criminelle. Il prit conscience qu'aux yeux du juge, il devait apparaître comme un suspect potentiel. Son interlocuteur le dépassait d'une demi-tête, et son regard pâle s'accrochait au sien comme pour lire dans ses pensées.

« Vous avez coutume de vous lever aussi tôt ?

- Hélas oui, je ne suis pas un grand dormeur.

- Comment avez-vous fait pour apercevoir le corps de madame Altmeyer ? Depuis le perron du manoir, vous ne pouviez pas le voir puisqu'il était caché par la végétation...

- Effectivement. En fait, je voulais aller prendre l'air à l'extérieur, marcher un peu jusqu'au hameau, et c'est au moment où j'étais proche du portail que j'ai eu mon attention attirée par la couleur rouge de la robe de madame Altmeyer.

- Vous la connaissiez ? »

Le juge alignait ses questions en vieux routier, sans notes ni temps mort. Dimitri avait la désagréable impression de disputer une partie d'échecs contre un grand maître qui aurait toujours quatre ou cinq coups d'avance.

« Je l'ai rencontrée avant-hier pour la première fois, comme les autres participants de la rencontre d'été du Portique.

- Le Portique ? »

Les sourcils broussailleux du juge d'instruction s'étaient froncés, accentuant l'aspect rébarbatif du personnage. Un toussotement le dispensa de répondre. Derrière le juge, un gendarme tentait d'attirer son attention.

« Excusez-moi, j'aimerais vous montrer un élément très intéressant. »

Aussitôt, les deux hommes repartirent vers le corps, le plantant là sans le moindre égard. Du bras, le gendarme désigna un endroit précis du sol, non loin du cadavre, puis il se tourna et montra le portail d'un mouvement de menton. À cet instant, il aurait donné gros pour entendre les propos échangés par les deux hommes. Le juge hocha la tête d'un air convaincu. Comme personne ne lui prêtait attention, il en profita pour s'approcher de la scène du crime. Les experts de la gendarmerie poursuivaient leurs constatations. Il parvint à saisir quelques bribes de la conversation du juge et du gendarme, auxquels venaient de se joindre le jeune substitut et le médecin légiste.

Le gendarme: « ... a été apporté là. Il y a des traces très... de chaussures. »

Le substitut, dont la voix, plus aiguë, était la plus audible: « Elles mènent où ? »

Le gendarme: « Jusqu'à la route, et là... Impossible de... »

Le médecin légiste: « Le corps a bien été déplacé. Le meurtre n'a pas eu lieu à cet endroit. »

Le juge d'instruction: « Le portail était fermé ? »

Moue d'ignorance du gendarme, qui se mit à griffonner quelques mots dans son calepin.

Dimitri recula prudemment. Inutile de se mettre à dos la maréchaussée et les magistrats. D'un bloc, le juge d'instruction se retourna vers lui et l'appela: « Monsieur ! Vous pouvez vous approcher ? »

Il ne se fit pas prier. « Vous m'avez bien dit que vous vous trouviez près du portail lorsque vous avez aperçu le corps de madame Altmeyer ?

- Oui.

- Est-ce que le portail était ouvert ?

- Non.

- Vous en êtes sûr ? »

Cette fois, c'était le substitut qui avait parlé. Boizot comprit qu'entre lui et le juge se jouait une partie subtile où chacun cherchait à prendre l'ascendant sur l'autre. Il sourit: « Absolument certain. Le portail est actionné électriquement. Il faut composer un code pour l'ouvrir, puis il se referme automatiquement. »

Le juge reprit la balle au bond, sous les regards faussement détachés du gendarme et du légiste: « Vous disposez du code ?

- Oui, comme tous les résidents du manoir. »

« Et qui d'autre ? » Le jeune substitut était bien décidé à ne pas s'en laisser conter par son aîné.

Dimitri se fendit d'une grimace censée exprimer son ignorance. « Je n'en sais rien. Sur ce point, je pense que vous devriez poser la question...

- Depuis combien de temps logez-vous au manoir ? »

Il se tourna vers le juge, qui venait de l'interrompre d'une manière qu'il jugea très grossière. Ce type commençait à l'énerver sérieusement. « Deux jours. »

Le substitut, qui en avait assez, lui aussi, abandonna le groupe et prit la direction du manoir, suivi des yeux par le juge, dont le visage s'était encore renfrogné. D'un signe, le légiste fit savoir que ses premières constatations étaient terminées. Le gendarme, après un instant d'hésitation, se lança sur les talons du substitut.

« Bien. Je rentre me changer. Je procéderai à l'autopsie ce matin à dix heures... » Le légiste s'en alla sans même saluer le juge. Boizot se dit que le magistrat possédait un don d'antipathie assez coquet.

Une Dacia noire s'arrêta devant le manoir dans un grand crissement de freins. Un homme en descendit à la hâte, visiblement le greffier du juge Caduc. La trentaine svelte, les cheveux noirs en bataille, vêtu d'un polo blanc et d'un pantalon rouge, il avait à la main un ordinateur portable. Il se précipita, l'air contrit. « Je suis vraiment désolé, mais j'ai la garde de ma fille et j'ai dû aller la déposer chez ma mère. »

Curieusement, le visage du juge sembla soudain plus détendu. « Ce n'est pas grave. Nous allons immédiatement procéder à une première audition de monsieur... Boizot. C'est lui qui a découvert le corps... »

*

Dimitri consulta sa montre. Il était à peine huit heures et demie, mais il avait l'impression que la journée était commencée depuis une éternité. Il étouffa un bâillement. Subir un interrogatoire – il fallait appeler les choses par leur nom – de si bon matin l'avait laissé épuisé. D'autant qu'il avait bien perçu la volonté du juge Caduc de chercher la faille dans ses déclarations.

Il avait eu un sourire ambigu lorsqu'il lui avait appris sa profession. «Journaliste ? Vous travaillez dans quel journal ?»

À l'évocation du nom *L'Actualité,* il avait accentué son sourire et avait hoché la tête d'un air entendu.

«Vous êtes ici pour votre travail ?

- Oui.

- Vous pouvez m'en dire davantage ?

- Eh bien, je prépare une série d'articles sur les nouvelles thérapies des troubles mentaux.

- Quel rapport avec le manoir de Haut-Levant ? »

Pendant que son greffier prenait des notes sur son ordinateur portable, le juge laissait glisser son regard sur la pièce qui les entourait. En temps normal, elle servait de salle de jeux. Elle était meublée de guéridons sur lesquels les résidents pouvaient se livrer à des parties de cartes ou de Scrabble acharnées. On eût dit que, tout à coup, les propos de Dimitri ne l'intéressaient plus. En réalité, il s'agissait d'une technique éprouvée: les témoins – qui peuvent être autant de suspects – réagissent différemment selon qu'ils ont, ou non, quelque chose à cacher. Les premiers se disent que c'est le moment d'accumuler une série de détails aptes à les innocenter, les seconds se taisent au bout de quelques secondes, attendant l'ordre de poursuivre. Dimitri, lui, déroulait ses explications sur un ton monocorde, vaguement vexé d'être considéré comme quantité négligeable par un juge qui lui apparaissait de plus en plus détestable.

Il lui avait signifié la fin de l'entretien d'un simple mouvement des paupières, accompagné d'un imperceptible hochement de tête.

Debout sur le perron, il tira une dernière bouffée sur sa cigarette et expédia d'une chiquenaude le mégot dans une jardinière. Depuis un certain temps, l'envie le taraudait de se débarrasser de cette fichue habitude, de plus en plus coûteuse. Mais cela faisait plus de vingt-cinq ans qu'il fumait au moins un paquet par jour, et il ne voyait pas vraiment comment se libérer de cet esclavage. Il y avait bien ces cigarettes électroniques, de plus en plus répandues. Certains spécialistes les considéraient comme un excellent moyen de se désintoxiquer, d'autres mettaient en question leur innocuité. Et puis elles étaient trop chères pour ses maigres moyens. Au bout du parc, le corps de la malheureuse Françoise Altmeyer avait été emporté. Seuls restaient sur les lieux deux membres du labo scientifique de la gendarmerie.

Ainsi donc, s'il fallait en croire les premières constatations, le crime aurait eu lieu en dehors du manoir. Cela n'innocentait pas nécessairement les résidents, mais élargissait le champ des suspects.

Ce fut au tour de Mérovée Lenain d'être interrogé par le juge Caduc dans la salle de jeux. Les autres pensionnaires restaient confinés dans la salle à manger où, faisant preuve d'une magnanimité inattendue, le juge avait permis que fussent servis cafés et croissants. Arnaud de Pervueilly et son employée s'affairaient donc à réduire autant que possible les affres de leur attente anxieuse.

Dimitri s'était gardé d'informer le juge de son intention de publier un article sur le meurtre: il aurait, sans aucun doute, trouvé un tas de bonnes raisons d'en retarder la publication. Il sortit son portable de la poche à soufflet de son pantalon et, d'un doigt, trouva le nom d'Éric Magnin, son rédacteur en chef...

CHAPITRE 2

Elle a bien cherché ce qui lui est arrivé. Dans sa situation, il ne peut pas se permettre le moindre couac. La laisser en vie était impossible. Elle était devenue une menace mortelle, pour lui, et pour le fragile équilibre sur lequel repose le groupe.

Il a agi pour le bien de celui-ci. Il sait qu'il n'en retirera aucune gratitude, mais cela n'a guère d'importance.

Cette nuit, pour la première fois de sa vie, il a tué un être humain. Sans le moindre plaisir. Avec, même, un certain dégoût. Mais il n'avait pas le choix. Entre deux maux...

Il passe une dernière fois en revue l'enchaînement des faits, comme s'il cherchait à se rassurer.

Tout s'est déroulé sans anicroche. Son propre sang-froid l'a étonné. À aucun instant, il n'a perdu le contrôle de ses actes, même lorsqu'il cognait ce visage inerte. Il multipliait les coups pour lancer les gendarmes sur la piste d'une mauvaise rencontre de hasard.

Le transport du corps a été un jeu d'enfant. Il faut avouer qu'il a de l'entraînement...

Sur le moment, l'idée de lui ôter sa culotte pour faire croire au crime d'un maniaque sexuel lui avait semblé géniale. Maintenant, il se demande s'il n'en a pas un peu trop fait, mais les regrets sont inutiles.

D'ailleurs, pour le reste, il a agi avec une méticulosité de professionnel.

Il a pris soin de brûler ses gants. De toute façon, ils étaient devenus inutilisables, avec toutes ces taches de sang. Ses chaussures ont fini dans un tas de fumier, en bordure d'un champ isolé. Il a patiemment découpé ses vêtements en petits bouts de tissu, éparpillés dans une série de sacs-poubelle qui ont été évacués ce matin, à la première heure, par les éboueurs.

Avec tout ça, la nuit a été courte, et la fatigue commence à se faire sentir. Midi moins vingt, il va s'arrêter au premier bistrot, pour reprendre des forces. Et réfléchir à la meilleure manière d'utiliser les chaussures de Françoise, qu'il a emportées avec un début d'idée derrière la tête...

CHAPITRE 3

Il était midi. Les enquêteurs étaient partis. Tout le monde avait été interrogé, et chacun semblait n'avoir rien vu ni entendu. Mérovée Lenain, un drôle de bonhomme aux allures de boxeur sur le retour, avec une musculature qu'il devait entretenir régulièrement malgré son âge avancé, était passé dans chaque chambre afin de rassurer ses ouailles, qui paraissaient anéanties.

Tout à l'heure, lorsqu'il était venu toquer à la porte de Dimitri, celui-ci était occupé à rédiger son article pour *L'Actualité.* Depuis que Sylvie l'avait convaincu d'acquérir un ordinateur portable, il avait l'impression d'être enfin entré dans le vingt-et-unième siècle. Comme il le pressentait, Magnin avait exulté quand il lui avait annoncé le meurtre de Françoise Altmeyer, et davantage encore en apprenant qu'il en était le témoin principal.

«Génial ! Un bon crime mystérieux, un manoir, une assemblée de fêlés, voilà tous les ingrédients d'un bon scoop d'été !»

Il en était à la description du contexte quand Lenain était passé le voir.

«Monsieur Boizot ! Je peux entrer deux minutes ?

- Je vous en prie». Il avait refermé à demi son ordinateur, soucieux d'éviter que le fondateur du Portique comprît à quelle activité il se livrait.

Mérovée Lenain s'était changé. Le matin, à l'arrivée des gendarmes, il était sorti de sa chambre dans un pyjama rayé, qui révélait un vieillard surpris dans son sommeil. Désormais, il avait retrouvé ce qui lui servait d'uniforme, un pantalon noir et un pull à col roulé de la même couleur, censés lui conférer une sorte de dignité austère. Il avait une curieuse tête cabossée, toute en boursouflures, à la Blaise Cendrars. Comme lui, il avait des cheveux gominés, coiffés vers l'arrière. Il ne lui manquait qu'un mégot au coin des lèvres pour que l'illusion fût parfaite. Il parlait d'une voix rauque qui devait sans doute beaucoup à l'alcool et au tabac.

Il s'était assis dans un fauteuil à côté de la fenêtre. Son visage habituellement sévère était carrément sombre.

« Terrible histoire, n'est-ce pas ?»

Dimitri avait hoché la tête en silence, afin d'encourager son visiteur à poursuivre.

« Madame Altmeyer était une femme remarquable, très fine, très intelligente, et non dépourvue d'humour...

- En effet, j'ai pu m'en apercevoir hier soir au dîner.

- C'est vrai, vous étiez installé à sa table... Pauvre femme...

- C'est la première fois qu'un pareil drame se produit au Portique ?»

La question avait déstabilisé Mérovée Lenain. Il était resté figé dans une espèce de rictus d'incompréhension. Puis il avait eu un mouvement de tête, comme s'il venait de recevoir une tape à l'arrière du crâne. « Heureusement ! Nous n'avons pas pour habitude de voir nos membres se faire occire !

- Excusez-moi, ce n'est pas ce que je voulais dire. Je me demandais seulement si d'autres événements avaient déjà pu perturber vos réunions d'été dans le passé.

- Non, jamais. Tout s'est toujours déroulé le mieux du monde... C'est d'ailleurs pour cela que les participants sont tous extrêmement bouleversés. Ce sont des personnes qui, sur le plan émotionnel, sont très fragiles... Mais vous, monsieur Boizot, en tant que journaliste, je suppose que vous devez être *blindé*...

- Pas du tout. Je suis journaliste à Paris, vous savez, pas correspondant de guerre...

- Que pensez-vous de tout ceci ?»

Depuis qu'il était entré dans sa chambre, Dimitri s'attendait à cette question. « Je crois que les gendarmes penchent plutôt pour la thèse d'un agresseur extérieur, puisqu'il semble que le corps de madame Altmeyer ait été transporté dans le parc après sa mort.

- Ah bon ?»

Il avait lâché ce détail dans le but de découvrir la réaction de Mérovée Lenain. Il nota que sa surprise paraissait sincère.

« C'est ce que j'ai cru comprendre à partir des bribes de conversations que j'ai pu saisir lorsque je me trouvais dans le parc.»

L'autre hocha la tête, pensif. « Si c'est le cas, voilà qui est rassurant... Le mot n'est peut-être pas très bien choisi, mais vous voyez ce que je veux dire. Cela dissipe les soupçons qui auraient pu peser sur les membres du Portique.

- Pas nécessairement. Il peut fort bien s'agir de l'un des participants, qui aurait tué madame Altmeyer à l'extérieur du manoir.»

Le regard de Mérovée Lenain s'égara dans le parc. Au bout d'un moment, il reprit: « Oui, effectivement. Mais si c'est le cas, alors je ne comprends pas pourquoi avoir ramené le corps de sa victime à l'intérieur du domaine...

- C'est une bonne question. Je suppose que les enquêteurs doivent être en train de se la poser à l'heure qu'il est.»

*

Mérovée Lenain avait réuni tous les participants à la rencontre d'été dans la vaste salle à manger du manoir. La porte-fenêtre donnant sur le parc était ouverte, laissant entrer une brise légère qui agitait les rideaux de tulle.

Debout à côté d'un bahut, Dimitri observait l'assemblée. Soudain replongés – et de quelle manière ! – dans les tourments de la vie quotidienne, les membres du Portique ressemblaient à ce qu'ils étaient vraiment, de pauvres gens désemparés au premier coup dur. Même l'homme qui, la veille au soir, n'avait pas quitté Françoise Altmeyer des yeux paraissait absent. Assis, la tête appuyée sur la main droite, le coude reposant sur le bord de la table, il fixait ses chaussures comme si elles étaient devenues la chose la plus importante au monde. Alban Fulok était un quadragénaire, dont le nom trahissait l'origine hongroise. Il aurait pu sans peine jouer dans un remake du docteur Mabuse, avec son nez en bec d'aigle et ses yeux perpétuellement exorbités.

L'avant-veille, jour d'arrivée des *porticains* – Lenain avait affublé les membres de son association de cette appellation fumeuse, censée leur donner le sentiment d'appartenance à une communauté – au manoir, il avait dû se présenter, debout, durant trois minutes. C'était la première épreuve imposée par Lenain à ses fidèles. «De cette façon, je les place d'emblée dans l'un des types de situation qu'ils redoutent le plus. Cela me permet à la fois de diagnostiquer plus précisément leur problème. Pour eux, il s'agit d'une mise dans le bain immédiate destinée à faire sauter un premier verrou. Dans le cas d'une rencontre d'été, les choses se présentent un peu différemment puisque la plupart des participants sont déjà des *porticains*. Dans ce cas, le but est d'évaluer l'évolution personnelle du participant.»

Chez Fulok, l'amélioration n'était pas franchement perceptible. Lorsqu'il se mettait à parler, son visage s'empourprait, son front se couvrait de sueur au point qu'il devait à tout bout de champ se passer la main sur les sourcils pour l'empêcher de couler dans ses yeux. On le sentait au bord de la rupture. À un moment, il s'était même appuyé à la table comme pour éviter de tomber. «Alban Fulok souffre de ce que l'on appelle un TAG, un trouble anxieux généralisé. Il y a cinq ans, il a perdu son épouse dans des circonstances tragiques. C'est cet événement qui a déclenché chez lui l'apparition de ce TAG, qui est proche de la dépression et se manifeste par une anxiété, une inquiétude profonde et irraisonnée vis-à-vis de chaque épisode de la vie quotidienne, un peu comme s'il craignait en permanence de revivre l'horreur du jour où, en rentrant du travail, il a découvert son épouse dans leur maison. Elle avait dû déranger un cambrioleur en revenant de son cours de yoga. Elle avait reçu une vingtaine de coups de couteau, dont plusieurs au visage. Elle s'était ainsi littéralement vidée de son sang. Elle avait dû agoniser pas mal de temps, car elle avait pratiquement traversé la maison en rampant, au point que les pièces du rez-de-chaussée n'étaient plus qu'une longue traînée rouge...»

Mérovée Lenain débitait ses horreurs sur un ton désincarné, en psychothérapeute accoutumé aux situations extrêmes.

En bon élève, Dimitri avait noirci son calepin de notes, se disant que ce Fulok était l'un des spécimens les plus intéressants parmi les *porticains*. Il avait fait suivre son nom d'une astérisque signalant son intention de l'interviewer plus tard en tête à tête.

La veille au soir, Fulok se trouvait à une table voisine de celle que Dimitri partageait avec Françoise Altmeyer et deux autres participants. Il avait été frappé par son regard d'oiseau de proie, qui n'avait pratiquement pas quitté sa compagne de table, comme s'il était littéralement fasciné par elle.

Mérovée Lenain attendit que chacun eût terminé de s'installer avant de prendre la parole: «Mes amis, dans les circonstances affreuses que nous traversons aujourd'hui, je voudrais d'abord dire quelques mots en hommage à notre amie Françoise, qui nous a quittés dans des conditions terribles...»

Silence. Aux tables, chacun avait les yeux fixés sur celui qui devait symboliser, à ce moment, le pouvoir rassurant du père. Dimitri observa Fulok. Il avait enfin redressé la tête. Il se mordillait la lèvre inférieure dans une espèce de mouvement convulsif. De la main gauche, il se grattait la joue avec hargne.

Lenain, en orateur expérimenté, reprit son discours avec un regard pour chacun en particulier. «Françoise était arrivée parmi nous il y a quatre ans déjà. Elle était alors en proie à de terribles crises d'agoraphobie, qui la handicapaient énormément dans son travail. Pour ceux ou celles d'entre-vous qui ne le sauraient pas, notre amie Françoise était directrice des ressources humaines dans une grande banque à Paris.»

Dans un coin de la salle, une petite dame âgée sortit un mouchoir de son sac et s'en tamponna les yeux. À ses côtés, un gros homme aux cheveux frisés plantés bas sur le front, aux allures de camionneur slovaque, reniflait bruyamment.

«Françoise était l'un de nos membres les plus assidus. Elle avait personnellement accompli beaucoup de progrès dans le traitement de sa phobie, et elle était toujours prête à venir en aide aux nouveaux *porticains*. C'est pourquoi elle laissera un grand vide au Portique d'une Nouvelle Vie. Sa gentillesse, son dévouement, son humour aussi nous manquent déjà. Espérons maintenant que les enquêteurs parviendront rapidement à identifier et à arrêter son agresseur, dont certaines informations... – à cet instant, il se tourna vers Dimitri comme pour quêter son approbation – ... laissent penser qu'il a agi à l'extérieur du manoir de Haut-Levant.»

Fulok cessa de se gratter le visage et se tourna vers Dimitri. Leurs yeux se croisèrent furtivement. Il fut frappé par l'intensité de son regard, celui d'un homme rongé par la fièvre. Étrangement, ce regard fou sema le doute dans son esprit. « Ce type a vraiment trop la gueule de l'emploi pour être un assassin» se dit-il.

Mérovée Lenain en vint au véritable objet de la réunion. «Mes amis, notre rencontre d'été aurait dû se poursuivre deux jours encore. Ce matin même, nous aurions dû entendre un très intéressant témoignage, celui de notre amie Anne-Marie». Il désigna du menton une quinquagénaire soucieuse de son apparence, vêtue d'une robe blanche moulante qui mettait en valeur son teint hâlé et ses cheveux platine soigneusement laqués. Elle adressa à Lenain un sourire fugace, puis reprit son apparence accablée. «Hélas, nous avons tous été retenus ici pour les nécessités de l'enquête... Cet après-midi, j'avais prévu de vous donner deux heures de formation sur les nouvelles méthodes de gestion des émotions... Mais je vous avoue que les terribles événements de ce matin m'ont éprouvé, au moins autant que vous. Je voudrais donc vous faire une proposition: soit vous vous sentez suffisamment forts pour poursuivre notre rencontre d'été et, dans ce cas, je vous proposerai de remplacer ma formation de cet après-midi par le témoignage de notre amie Anne-Marie... Soit vous pensez qu'au vu des circonstances exceptionnelles, il vaut mieux interrompre aujourd'hui notre rencontre et nous séparer de façon prématurée...»

À ces mots, diverses réactions agitèrent l'assemblée. Les participants se regardaient les uns les autres. Certains hochaient la tête avec véhémence, pour signifier : «Pas question !» D'autres semblaient plus dubitatifs. Une seule, la petite vieille dame aux yeux humides, semblait approuver de la tête la proposition d'interruption de la rencontre.

Fulok s'était remis à se gratter la joue, plus anxieux que jamais. Dimitri comprit que, pour ces gens, la rencontre d'été constituait une rupture bienvenue dans leur vie quotidienne, et qu'ils n'avaient aucune envie d'y mettre fin plus tôt que prévu.

Mérovée Lenain consentit un léger sourire: «Si j'en crois vos réactions, je pense que vous préférez poursuivre notre rencontre d'été...»

Cette fois, on entendit clairement quelques *oui* lâchés avec plus ou moins d'assurance. Un homme, l'un des plus jeunes de l'assemblée, à peine trente ans, doté d'un physique de premier de la classe, se leva et prit la parole: «Nous avons, tous ici présents, apprécié notre amie Françoise. Comme vous l'avez dit, c'était une belle personne, qui comprenait les choses. Et, justement, je suis certain qu'elle n'aurait pas voulu que nous interrompions cette rencontre d'été...» Il lança un regard circulaire à l'assemblée, puis il se rassit.

«Merci, Olivier, pour cet avis. D'autres parmi vous souhaitent-ils s'exprimer ?»

Fulok leva la main gauche de manière fugitive, comme un acheteur dans une vente aux enchères. « Alban ? Allez-y, nous vous écoutons !»

Son visage s'empourpra à nouveau de façon spectaculaire. Il ne prit même pas la peine de se lever pour parler: « La mort de madame Altmeyer est une épreuve que Dieu nous envoie. Nous devons y faire face avec force et courage...«

Dimitri surprit un ricanement méprisant sur le visage d'un homme installé à quelques mètres derrière Fulok.

«... Il ne faut pas laisser la mort l'emporter sur la vie, cela serait une trop belle victoire pour l'assassin de madame Altmeyer. Par respect pour sa mémoire, par volonté de dire à l'assassin que nous ne céderons pas, je pense aussi que cette rencontre d'été ne doit pas se terminer prématurément.»

Lenain avait écouté, impassible. «Merci, Alban. Il semble donc que la volonté de poursuivre soit unanime... Y a-t-il quelqu'un qui souhaite donner un avis différent ?»

*

Au même instant, une autre réunion se tenait au palais de justice. Dans le bureau du procureur, le substitut Van Loo, le juge d'instruction Caduc et un officier de gendarmerie, à qui avait échu la responsabilité de chef d'enquête, faisaient le point sur l'affaire.

L'ambiance était tendue, les quatre hommes savaient très bien que le meurtre de Françoise Altmeyer était de ceux qui allaient titiller la curiosité des médias, et que la pression qui pèserait sur leurs épaules au cours des prochains jours serait importante.

Le juge Caduc intervint: «Où en sommes-nous à l'heure qu'il est ? Selon les premières constatations de Delanet, qui devront être affinées, la mort de Françoise Altmeyer serait survenue entre vingt-trois heures et une heure du matin. La cause du décès est bien établie: une série de coups violents portés au visage ont provoqué une hémorragie interne. Il s'agit visiblement de coups portés à main nue. Selon le légiste, la victime n'a pas été violée et elle n'a subi aucune violence à caractère sexuel.

- Pourtant, le corps a été découvert dépouillé de sa culotte et la robe relevée jusqu'à la taille ?» fit le procureur, qui avait bien lu le premier rapport sur le meurtre.

- C'est exact. Et c'est d'ailleurs assez étrange dans la mesure où le meurtrier a également pris soin de croiser les mains de sa victime à hauteur du sexe, ce qui peut faire penser à une sorte de mise en scène macabre. Mise en scène, parce que, en général, les maniaques sexuels tentent de passer à l'acte, d'une manière ou d'une autre...»

En parlant, Francis Caduc jonglait avec son téléphone portable, le faisant passer d'une main à l'autre dans un mouvement qui avait le don d'énerver le procureur.

«Monsieur le juge, vous pourriez arrêter de jouer avec votre téléphone ?»

L'autre sourit, posa le portable sur le bureau, et reprit: «Nous savons aussi que Françoise Altmeyer a été tuée le long de la route qui mène du manoir à Ponsonneaux. Des traces dans l'herbe ne laissent aucune place au doute. Le corps a ensuite été transporté dans le parc du manoir, à l'endroit où il a été découvert au petit matin.

- Ce qui veut dire que le ou les meurtriers auraient transporté leur victime sur une distance de cinq cents mètres ?

- Absolument, et si l'on sait que la victime pesait soixante-quatre kilos, il faut admettre que le meurtrier doit être doté d'une grande force naturelle.

- Ou alors, intervint le substitut Van Loo, il a pu être aidé a posteriori par un ou une complice.

- Cela semble peu vraisemblable: selon le docteur Delanet, les traces sur le corps de la victime plaident pour un transport à dos d'homme plutôt que soutenue sous les bras et aux chevilles par deux personnes.»

Le procureur prenait des notes. Il redressa la tête: «C'est un comportement de type délirant. Vous imaginez un homme qui, en pleine nuit, charge sur son dos une femme qu'il vient de tuer, parcourt à pied un demi-kilomètre le long d'une route où peut toujours surgir un automobiliste, seulement pour aller la déposer à côté d'une roseraie ?

- C'est vrai, mais nous en sommes là pour l'instant. Et j'ajoute un autre élément tout aussi troublant: pour ouvrir le portail du manoir de Haut-Levant, il faut composer un code à cinq chiffres. Or, le propriétaire du manoir me l'a confirmé, ce code n'est distribué aux clients que pour la durée de leur séjour. Il est systématiquement modifié chaque lundi matin par le propriétaire lui-même.

- Cela veut dire que le meurtrier est forcément l'un des occupants du manoir ?» interrogea le procureur.

Le juge Caduc haussa les épaules. «Ce n'est pas aussi simple que ça...

- C'est-à-dire ?»

Le gendarme intervint: «La victime a dû quitter le manoir de Haut-Levant vers vingt-trois heures. Apparemment de son plein gré: les constatations menées dans sa chambre n'ont révélé aucune scène de violence. En outre, la porte de la chambre était fermée à clef, et la clef en question a été retrouvée dans une poche de la veste que la victime avait passée par-dessus sa robe. On peut donc supposer qu'elle est sortie volontairement du manoir, en pleine nuit, dans la direction du hameau de Ponsonneaux.

- Pour quelle raison ?»

Le juge reprit la main, peu désireux de se voir voler la vedette: «C'est la principale question à résoudre. L'examen du téléphone portable de Françoise Altmeyer a révélé qu'elle n'avait reçu ni envoyé aucun appel depuis quarante-huit heures. Le dernier appel enregistré a été passé à son mari, Cyril Senart...

- Vous l'avez entendu ?»

Francis Caduc détestait être interrompu. Il lança un regard noir au procureur avant de reprendre sa phrase à l'endroit précis où il l'avait laissée. «Je disais donc que le dernier appel enregistré a été passé par Françoise Altmeyer à son mari. Selon celui-ci, c'était un simple appel de politesse, pour lui dire qu'elle était bien arrivée, bien installée... Et Senart a été questionné sur son emploi du temps de la nuit dernière. Il a passé toute la soirée avec trois collègues de la banque Grimard-Ledieu. Il est juriste dans cette banque où sa femme était directrice des ressources humaines. Ils ont commencé par un petit bistrot du côté de la Bastille, qu'ils ont quitté sur le coup de vingt-trois heures trente, puis ils sont sortis en boîte jusqu'à trois heures du matin. Il reste à vérifier l'info auprès des collègues, du patron du bistrot et du videur de la boîte... Mais, comme ça, a priori, j'exclus le mari du champ des suspects.»

Le procureur fit une moue indiquant qu'il se moquait de l'intime conviction du juge. Il se tourna vers l'officier de gendarmerie: «Capitaine, quel est votre avis ?»

Cédric Burgard venait à peine de franchir le cap de la trentaine, et s'il n'avait pas une longue expérience des affaires criminelles, il savait très bien que celle-ci pouvait constituer un excellent tremplin à sa carrière. C'était la raison pour laquelle il tenait par-dessus tout, en ces premières heures d'investigations, à ne pas avancer d'hypothèses hasardeuses. Il se contenta donc des faits: «Eh bien, les premiers éléments des recherches plaident effectivement pour une scène de coups survenue à l'extérieur du périmètre du manoir...

- Cela, je le sais déjà. Ce que je veux, c'est votre opinion sur le déroulement et la cause des faits.»

Burgard hocha la tête. «Le déroulement paraît assez clair: madame Altmeyer est donc attaquée le long de la route de Ponsonneaux. Elle décède sur place, ensuite son agresseur dépose son corps dans le parc du manoir de Haut-Levant, lui ôte ses sous-vêtements, la dépouille de ses chaussures. En revanche, il ne s'empare ni de sa montre, une Cartier d'une valeur de dix mille euros au moins, ni d'une bague diamant qui tourne autour des cinq mille euros. Il ne prend pas la peine de dissimuler le cadavre, comme s'il avait envie qu'il soit découvert très vite. Ce matin, toutes les chambres des résidents ont été fouillées, et nous n'avons trouvé aucune trace des chaussures de la victime. Les environs ont été passés au peigne fin, là encore sans succès.

- Vous en déduisez ?

- Soit que l'auteur a réussi à dissimuler les chaussures dans un endroit où nous n'avons pu les découvrir, soit qu'il les aurait jetées quelque part en dehors du manoir. Mais je ne vois pas pour quelle raison. Personnellement, je penche donc pour la première hypothèse.

- Je pense comme vous. Il faut donc procéder, très vite, à une nouvelle fouille du manoir, très approfondie, sans oublier les voitures bien sûr. Si on met la main sur les chaussures, nous aurons l'auteur...

Est-ce que vos hommes ont interrogé les habitants du hameau voisin ?

- C'est en cours, mais les faits ont eu lieu à cinq cents mètres de la première maison, et les premières personnes interrogées n'étaient au courant de rien.

- Il y a un autre élément intéressant, reprit le juge Caduc. Le docteur Delanet a trouvé, sur le visage de Françoise Altmeyer, quelques fibres semblant provenir d'un gant de sécurité, comme ceux dont se servent les ouvriers de chantier, les bricoleurs, ou encore les jardiniers. J'ai demandé une analyse approfondie de ces fibres afin de déterminer leur provenance exacte.

- Mmh... Dites-moi, vous ne trouvez pas étonnant qu'il n'y ait pas de caméra de surveillance dans un tel endroit ?

- Pas tellement. Le propriétaire n'en a jamais vu l'utilité. Pourtant, il semble très soucieux de la sécurité du manoir, faisant changer le code d'accès du portail chaque semaine. En revanche, il a toujours considéré que des caméras de surveillance seraient inutiles: «Nous vivions jusqu'à aujourd'hui dans un environnement extrêmement calme» se justifie-t-il.»

Le procureur se leva tout à coup, lassé de la position assise. Il alla se planter devant l'une des deux fenêtres de la pièce et, le dos tourné aux autres participants à la réunion, lança: «Bien, messieurs, je ne vous retiens pas. Juste une chose encore: faites donc procéder à une prise d'échantillons d'ADN chez tous les occupants du manoir, y compris chez le propriétaire et les employés. Capitaine, par la même occasion, vérifiez donc dans le fichier des délinquants sexuels, on ne sait jamais...»

*

Il était quinze heures trente. Tous les *porticains* étaient rassemblés dans la grande salle de réunion, dans une annexe à l'arrière du manoir. Dimitri avait achevé la rédaction de son article, qu'il venait d'envoyer par courriel à Éric Magnin. Dans la minute, celui-ci l'avait appelé sur son portable: « Dis-moi, tu as pensé aux illustrations ?»

Il sourit. Il était certain que son rédacteur en chef n'allait pas se contenter d'un simple papier. «Sur le site Internet de la banque

Grimard-Ledieu, tu trouveras un portrait de Françoise Altmeyer. Elle en était – et elle l'est toujours à l'heure actuelle – la DRH.

- Ah bon ? Voilà un élément intéressant pour mon titre. Et sur les lieux du crime ?

- J'ai pris une photo ce matin quand les gendarmes fouillaient le parc à la recherche d'indices et, à tout hasard, j'ai aussi pris une vue du manoir. Je vais essayer de les charger sur l'ordinateur – une grande première pour moi – et je les envoie dans les cinq minutes... Si tout va bien !»

Un quart d'heure plus tard, après s'être assuré que les clichés étaient bien parvenus à leur destinataire, il referma son ordinateur, attrapa son paquet de Camel sur la table, et sortit de sa chambre en prenant soin de fermer la porte à double tour.

Il repensa soudain à la silhouette fugitivement aperçue ce matin. Si elle se trouvait dans ce couloir, cela voulait dire qu'elle devait loger dans l'une des chambres qui le longeaient. Or, en dehors de la sienne, il y en avait quatre. Les cinq autres chambres du manoir se trouvaient dans l'aile Est.

Il s'arrêta à l'entrée du couloir, scruta le hall d'entrée. Tout était silencieux. Il fumerait tout à l'heure. En attendant, il avait mieux à faire. Il reprit le couloir. À gauche, il y avait trois chambres, numérotées 1, 3 et 5. À droite se trouvaient les chambres 2 et 4. Il occupait la 4. Il regarda la clef qui y donnait accès: lourde, imposante, c'était une clef à l'ancienne, comme on n'en faisait plus depuis des décennies. Ici, pas question de cartes magnétiques pour ouvrir les portes. Il arriva devant la chambre numéro un, dont il lui sembla se souvenir qu'elle était occupée par un couple de retraités lillois. Lui était grand et bedonnant, avec une crinière blanche coiffant un visage rougeaud; elle, longue et maigre, était toujours vêtue d'une robe brune.

Il jeta un coup d'œil à gauche, puis à droite. Personne. Il se pencha et colla son œil au trou de la serrure. Il distingua un bout de lit et un coin de fenêtre. En même temps, il sentit son cœur battre plus vite. Il se redressa et, sans plus réfléchir, posa la main sur la poignée et tenta d'ouvrir. En vain. Les retraités avaient pris la précaution de fermer à clef avant d'aller écouter la vie édifiante de leur *amie* Anne-Marie. «De toute façon, je ne vois pas ces gens se livrer à un massacre...»

Il s'arrêta, resta immobile quelques secondes. Le manoir était toujours aussi silencieux. Il parvint devant la chambre numéro trois.

C'était justement celle d'Anne-Marie, la quinquagénaire aux cheveux platine. La porte s'ouvrit à la première sollicitation.

Surpris, il arrêta son geste et attendit. Comme il ne se passait rien, il poussa la tête par la porte entrebâillée, constata que la chambre était inoccupée. Il ouvrit plus largement, s'avança et, d'un geste vif, referma la porte derrière lui. Son cœur cognait dans sa poitrine. Il se força à se calmer. La chambre était parfaitement en ordre, il y régnait une entêtante odeur d'eau de toilette. La fenêtre donnant sur le parc était entrouverte.

Il regarda autour de lui, avisa un livre posé sur la table de nuit. Il le retourna et lut "Comment venir à bout des esprits malins" par un certain Lucieux de Mercarelle. «Eh bien, cette femme est plus atteinte que je ne le croyais...»

Il reposa le livre.

Il poussa la porte de la salle de bains. Sur la tablette au-dessus du lavabo s'alignait une litanie de produits de beauté, indispensables à une vieille coquette. Tout était impeccablement rangé. Anne-Marie Lescollier devait être une maniaque de l'ordre. Dimitri la devina célibataire, sans doute plus prompte à des aventures sans lendemain qu'à une vie de couple monotone. Il referma la porte, tendit l'oreille, mais aucun bruit ne venait troubler la quiétude du manoir. Il songea que la vie est étrange: quelques heures plus tôt, la demeure grouillait de monde, on y croisait des gens en pleurs. Et voici que tout se passait comme s'il n'était jamais rien arrivé.

Il sursauta: provenant du parc, un sifflotement le ramena à la réalité. Il s'avança vers la fenêtre, avec précaution, pour ne pas être vu. Il ne s'agissait que du jardinier, qui poussait une brouette remplie de terreau. Il eut soudain hâte de quitter cette chambre, qui lui procurait un sentiment étrange de malaise.

En refermant la porte, il s'aperçut qu'il était en sueur. Décidément, il n'était pas fait pour jouer les espions. Du coup, il renonça à poursuivre ses investigations, et il se précipita dans le parc pour aller y fumer une cigarette et ramener un peu de calme en lui.

«Effectivement, Magnin n'a pas tort en parlant d'un ramassis de fêlés. Des esprits malins, il ne manquait plus que ça...»

Sous le soleil, le parc avait retrouvé sa quiétude.

Derrière lui, il entendit s'ouvrir la porte d'entrée du manoir. Il se retourna et se retrouva face à la jeune bonne à tout faire. Elle avait à la main un chiffon à poussière qu'elle se mit à agiter.

«Bonjour» fit Dimitri.

«Bonjour monsieur» répondit la demoiselle, qui ne paraissait guère avoir plus de vingt ans.

«Excusez-moi, quel est votre prénom ?»

Elle stoppa net son mouvement de bras, se composa un sourire et répondit: «Caroline.»

Dimitri lui sourit à son tour. « Eh bien, Caroline, puis-je vous poser une question qui me tarabuste depuis ce matin ?

- Oui...

- Dites-moi, le portail s'ouvre à l'aide d'un code à cinq chiffres que vous fournissez aux résidents. Mais, à la longue, je suppose que pas mal de gens doivent le connaître, non ?»

Le sourire s'effaça. Dimitri, comprenant sa méfiance, insista en accentuant son sourire: « Vous savez, ce matin, c'est moi qui ai découvert le corps de madame Altmeyer. Et je me demandais si quelqu'un de l'extérieur pourrait avoir accès au manoir en composant le code.

- Non, ça c'est impossible. Monsieur de Pervueilly est très strict à ce sujet: chaque semaine, il change le code, afin qu'il reste limité aux résidents.

- Ah ? Donc, ça veut dire que les fournisseurs, par exemple, n'ont pas accès à ce code ?

- Exactement, lorsqu'ils viennent faire des livraisons au manoir, ils doivent sonner. L'interphone est équipé d'une caméra. Alors nous ouvrons le portail à distance, et il se referme automatiquement derrière eux. Lorsqu'ils repartent, c'est la même chose...

- Bien, bien... Et, si je peux encore vous poser une dernière question... Nous sommes aujourd'hui vendredi, quand le code a-t-il été changé la dernière fois ?

- Monsieur de Pervueilly fait la modification systématiquement le lundi matin.

- Merci beaucoup, Caroline, vous êtes vraiment très aimable...»

CHAPITRE 4

La route descendait en pente douce vers la grappe de maisons composant le hameau de Ponsonneaux. Sous le soleil, dont les rayons jouaient dans la frondaison des platanes, composant un tableau impressionniste aux taches de couleur mouvantes, Dimitri revit Françoise Altmeyer, dont il avait partagé la table la veille.

Mérovée Lenain avait pour habitude de composer chaque soir des tablées différentes pour le dîner. «C'est important. D'abord parce que cela permet à chacun de faire connaissance avec chacun, de ne pas s'enfermer dans ce qui risque rapidement de devenir un petit groupe excluant les autres. Mais aussi parce que cela fait partie de la thérapie. Que redoutent par-dessus tout les *porticains* ? Les rencontres nouvelles, qui les forcent chaque fois à faire sur eux-mêmes un effort terrible. Ici, le choc – car c'en est un pour les personnes souffrant de phobies sociales – est un peu amorti par le fait qu'ils sont conscients de trouver d'autres personnes aptes à comprendre leurs problèmes, à ne pas les juger. Ils ne se sentent donc pas obligés de se composer un personnage comme ils doivent le faire dans la vraie vie. Toutefois, même dans ces conditions pour ainsi dire optimales, cela reste un effort...»

Dimitri avait été installé, avec trois autres convives, à une table ronde proche de la porte des cuisines. Françoise Altmeyer était assise à sa droite. Face à lui, une femme à la soixantaine chafouine posait des questions à chacun, de plus en plus indiscrètes à mesure que s'avançait la soirée. Au point qu'à un moment, Françoise Altmeyer avait dû la remettre à sa place. Le quatrième *porticain* était un tout récent quinquagénaire qui semblait n'avoir qu'une envie, disparaître dans un trou de souris. On l'avait à peine entendu de toute la soirée. Il s'était contenté d'approuver les uns et les autres.

Au cours du repas, Françoise Altmeyer s'était laissée aller à des confidences, expliquant qu'elle était passionnée par le paranormal, persuadée qu'il existe un monde parallèle, celui des esprits. Elle croyait particulièrement à la télépathie, et en donnait comme exemple celui de sa cousine, disparue depuis deux ans. Elle disait l'avoir vue une nuit, en rêve, retenue contre son gré dans une grande maison et la suppliant de venir à son secours.

C'est alors que Dimitri avait surpris le regard perçant posé en permanence par Fulok, installé à une table voisine, sur Françoise Altmeyer.

«Les esprits semblent être une préoccupation majeure pour ces gens: les esprits malins dont veut se débarrasser Anne-Marie Lescollier, et ceux avec lesquels Françoise Altmeyer tentait d'entrer en communication.»

Il pensa à Sylvie. Elle lui manquait déjà. Il aurait aimé avoir son avis sur les événements du manoir.

À la sortie d'un virage, il aperçut une estafette de gendarmerie et deux hommes en uniforme occupés à ratisser le bas-côté de la route. C'était à cet endroit que Françoise Altmeyer avait été agressée. Sa présence ici, en pleine nuit, avait-elle une cause particulière, ou cherchait-elle seulement à profiter de la douceur de la soirée ? Et, si c'était le cas, avait-elle été suivie par l'un des *porticains* ? Les candidats tueurs ne devaient pas manquer, dans une telle assemblée.

En passant à hauteur des deux gendarmes, il leur adressa un petit salut de la tête, auquel ils ne répondirent pas. Il décida de faire demi-tour et de regagner le manoir.

*

«Je sais que cela peut paraître insensé, mais je vous assure que j'ai tenu une conversation suivie avec ma cousine. Il faut dire que nous avons toujours été très proches. En fait, nous avons été élevées pratiquement comme deux sœurs...»

La veille, au dîner, Françoise Altmeyer avait beaucoup parlé. Au début, Dimitri l'avait prise pour une illuminée, mais il n'avait pas tardé à changer d'avis: cette femme avait les pieds sur terre, pas du tout le genre à prendre ses visions pour la réalité. « J'ai moi-même été incrédule, le lendemain matin, en me réveillant. J'ai d'abord voulu croire à un simple rêve, plus réaliste que ceux que l'on peut faire habituellement. Mais un rêve n'a pas, comment dire ?... cette... *consistance,* qui était celle du réel. J'ai vraiment eu la certitude que Mimi – c'est le surnom affectueux de ma cousine Myriam – avait réussi, par la seule force de sa pensée, à pénétrer dans mon cerveau pour m'adresser un appel au secours...»

Il était intervenu: «Ce rêve, vous l'avez fait il y a longtemps ?»

Elle l'avait regardé comme si elle découvrait soudain sa présence. «Il y a trois semaines exactement.

- Et votre cousine s'est manifestée à d'autres reprises ?

- Vous n'y croyez pas, n'est-ce pas ?»

Son expression avait tout à coup changé, passant de la douceur à la dureté en une fraction de seconde. Elle devait offrir ce visage aux employés qu'elle s'apprêtait à licencier ou à ceux qui venaient lui demander une augmentation.

« Si, si. Seulement je me demandais si cette conversation avait eu des suites...

- Aucune, malheureusement, mais...»

Elle avait arrêté net ses confidences sur ce *mais* étrange.

Dimitri n'était plus qu'à une centaine de mètres du manoir. Dans le lointain, il entendit passer le train de la ligne Paris-Amiens.

Au fond, Françoise Altmeyer semblait avoir deux personnalités. Celle qu'elle avait montrée en début de soirée, ouverte aux autres, prête à s'épancher sans fausse pudeur, devant des gens qu'elle connaissait à peine. Et puis le visage dur qu'elle avait arboré après sa question, celui d'une femme sèche et impitoyable. Pourquoi avait-elle pris la mouche pour une question somme toute banale ? Venait-elle de se rendre compte qu'elle pouvait paraître ridicule aux yeux de ses compagnons de table, ou manquait-elle à ce point de confiance en elle pour supporter la moindre remarque ?

Derrière lui, il entendit le ronronnement d'un moteur qui se rapprochait. Il se retourna et vit apparaître une BMW décapotable conduite par un homme dont les cheveux blonds flottaient au vent. Il s'arrêta à sa hauteur. «Excusez-moi, le manoir de Haut-Levant, s'il vous plaît...

- Vous y êtes. C'est juste ici, à droite.

- Merci.»

Le conducteur redémarra et s'arrêta quelques mètres plus loin, devant la grille d'entrée. Ce quadragénaire à la silhouette sportive ne ressemblait pas à un *porticain,* encore moins à un livreur du manoir. Il n'avait pas l'air non plus d'un enquêteur. Alors ?

Il sortit de sa voiture, alla sonner à l'interphone. Dimitri vit la grille s'ouvrir, et la voiture emprunter l'allée de graviers menant au perron. Il se précipita pour se glisser dans le parc au moment où la grille se refermait.

« Rien de plus simple que d'entrer dans ce manoir en profitant du passage d'un visiteur» se dit-il. En revanche, comment faire pour repartir sans disposer du code d'ouverture du portail ? Non, décidément, plus il y pensait, plus il était persuadé que l'auteur du meurtre devait être l'un des habitants du manoir...

À une cinquantaine de mètres devant lui, le conducteur de la BMW avait stoppé sa voiture au pied du perron, il en sortit en vitesse et gravit quatre à quatre les marches conduisant à la porte d'entrée. Une seconde après, il avait disparu à l'intérieur.

Il pressa le pas...

*

Dans le hall d'entrée, le conducteur de la BMW faisait face à Arnaud de Pervueilly. Ce dernier était en train de parler, sur un ton que Dimitri jugea exagérément compatissant. « Oui, c'est absolument terrible. Croyez bien, monsieur Senart, que je compatis à votre douleur.»

Il comprit que l'homme était le mari de Françoise Altmeyer. L'âge, l'allure générale concordaient. Le hasard faisait bien les choses: il voulait justement l'interroger sur son épouse et sur la cousine...

En le voyant, Pervueilly fut coupé net dans son élan. Avec un air de circonstance, il fit: «Monsieur Boizot, je vous présente monsieur Senart, l'époux de la malheureuse madame Altmeyer... Monsieur Senart, c'est monsieur Boizot qui a fait la terrible découverte ce matin.»

L'autre se tourna vers Dimitri, lui adressa un sourire crispé. «Nous venons de nous croiser, je crois...

- En effet. Permettez-moi de vous présenter toutes mes condoléances. Votre épouse était très appréciée...

- Merci...»

Sans plus de formalités, il se retourna vers Arnaud de Pervueilly. «Les gendarmes m'ont donné l'autorisation de récupérer les affaires de Françoise. Voici un mot du capitaine qui vous le confirme...»

Dimitri n'entendait pas être ainsi mis de côté sans réagir. Il revint à la charge. «Monsieur Senart, excusez-moi, auriez-vous trois minutes à me consacrer ? Hier soir, votre épouse m'a parlé de quelque chose dont j'aurais aimé vous entretenir.»

Senart lui consentit un regard aussi avenant que s'il venait de trouver une mouche dans son potage. Juriste à la banque Grimard-Ledieu, il avait l'allure d'un homme sûr de soi, le teint hâlé, les cheveux blonds négligemment décoiffés, le visage un peu gras et fleuri de celui qui multiplie les repas d'affaires bien arrosés et qui doit pratiquer le golf pour se donner bonne conscience, tout en cultivant ses relations.

« Laissez-moi quelques minutes pour régler tous les détails pratiques, et je suis à vous.» Pas de sourire, un ton qui ne souffrait aucune discussion, Dimitri se dit que les dialogues devaient parfois être houleux dans le couple Senart-Altmeyer...

*

Cyril Senart s'était installé sur le grand canapé de la salle de télévision. Il gardait à la main le verre de cognac que lui avait proposé Arnaud de Pervueilly, comme s'il craignait de l'oublier.

« Je vous écoute, monsieur...?

- Boizot. Dimitri Boizot. Hier soir, au dîner, je me trouvais à la même table que votre épouse. À un moment, elle nous a affirmé, à moi et aux autres personnes présentes, être entrée en contact par la pensée avec sa cousine Myriam qui, si j'ai bien compris, a disparu...»

Senart ne regardait pas son interlocuteur. Il gardait les yeux fixés sur un point du parc, qui apparaissait derrière la fenêtre grande ouverte. Son impassibilité était celle d'un homme cherchant à établir une distance avec les autres. Quand Dimitri s'arrêta, il poussa un léger soupir et se tourna enfin vers lui.

« Elle ne m'en a pas parlé, parce qu'elle sait que je n'accorde aucun crédit à ces fadaises. J'espère que je ne vous choque pas, mais ces histoires d'esprits, de télépathie et autres phénomènes paranormaux ne m'amusent pas du tout.»

Dimitri se demanda s'il ne devrait pas dissiper le malentendu qui était en train de se créer: visiblement, Cyril Senart le prenait pour un *porticain*. En même temps, grâce à cela, il allait parler plus librement.

« C'est Myriam qui lui a fait connaître cette... association du Portique, il y a quatre ans, si je me souviens bien. Vous ne l'avez jamais rencontrée ?»

Dimitri fit non de la tête.

« J'ai toujours connu Myriam très fragile psychologiquement. Cela peut sans doute s'expliquer par son histoire familiale personnelle. Elle a perdu ses parents dans des circonstances dramatiques alors qu'elle n'avait pas sept ans. Ils se sont tués en montagne, dans la cordillère des Andes. Ils ont fait une chute de plusieurs centaines de mètres. Il y a eu cinq tués dans l'expédition à laquelle ils participaient. En partant, ils avaient confié Myriam, qui était leur fille unique, à la sœur du père, c'est-à-dire à la mère de Françoise. Quand la nouvelle a été connue, Myriam est restée chez sa tante, et elle a été élevée avec sa cousine. Elles avaient le même âge, à quelques mois près. »

D'un mouvement de la tête, Dimitri encouragea Senart à poursuivre son récit.

« Myriam n'a jamais su se fixer vraiment, elle a toujours été instable. En réalité, elle a toujours pensé – elle le disait, d'ailleurs, sans en faire mystère – que ses parents n'étaient peut-être pas morts, et elle a toujours eu l'obsession de les retrouver. Elle vivait dans leur culte, avec des photographies d'eux partout. Myriam, c'est un peu, pour ainsi dire, une orpheline qui n'a jamais grandi. Elle a toujours recherché l'image du père. Elle a sans doute cru le trouver en Alain, son mari. Ils ont eu deux enfants, mais on sentait bien que Myriam n'était pas tout à fait heureuse. Elle vivait pratiquement recluse, elle ne sortait presque jamais de chez elle, juste pour faire quelques courses, et encore. Un jour, elle a entendu parler du Portique et s'est convaincue que c'était la seule solution pour régler ses problèmes. Plus tard, elle a persuadé Françoise de s'y inscrire avec elle, et voilà... »

Cyril Senart s'arrêta de parler, il avait soudain l'air de se trouver au bord des larmes.

« Vous lui en voulez ?»

Lueur d'incompréhension dans le regard, puis: « Non... Je pense que si elle a pu entraîner Françoise, c'est sans doute que le terrain était favorable... Mais je me demande pourquoi je vous raconte tout ça...»

Dimitri sourit. « Peut-être parce que vous avez besoin de parler, tout simplement. Dans des moments tels que ceux que vous traversez, il est bon de pouvoir se confier...»

Senart eut une sorte de petit ricanement retenu. « Le plus dur est encore à venir... Notre fille Gaëlle se trouve actuellement aux Etats-Unis, en vacances avec deux amies. Elle adore sa mère, je ne sais vraiment pas comment je vais pouvoir lui annoncer la nouvelle. Pourtant, je vais devoir le faire sans tarder, elle voudra être là pour les...»

Sa voix se brisa. Il retenait ses sanglots, mais restait incapable de parler.

Dimitri laissa passer quelques secondes, puis il reprit: « Hier soir, votre épouse a évoqué ses problèmes d'anxiété qui, disait-elle, lui pourrissaient la vie. D'autant, a-t-elle ajouté, que dans sa position de directrice des ressources humaines, il lui était impossible d'en parler à qui que ce soit au travail. Vous l'avez toujours connue ainsi ?»

Cyril Senart cessa de se mordiller l'intérieur de la bouche et hocha la tête à plusieurs reprises avant de répondre: « Non, pas du tout. Cela fait vingt-cinq ans que nous nous connaissons et, dans les premières années, Françoise était la femme la plus équilibrée du monde. Mais, un jour, notre fille Gaëlle, qui avait alors six ans, a disparu pendant quelques heures lorsque nous étions en vacances à Menton, sur la Côte d'Azur... À ce moment, Françoise se trouvait avec elle sur la plage. Personnellement, j'étais allé marcher, et Gaëlle a échappé à la surveillance de sa mère. C'est là qu'elle a été submergée par une crise de panique. Elle imaginait le pire, notre fille noyée, ou enlevée par un maniaque – il faut dire que tout le monde avait encore en tête l'affaire

Dutroux, qui s'était produite l'année précédente –, et elle a dû être prise en charge par des secouristes parce qu'elle piquait une vraie crise de nerfs. Quand je suis arrivé une heure plus tard sur la plage – nous n'avions pas encore de téléphone portable à cette époque –, j'ai retrouvé Françoise au poste de secours, et une escouade de policiers était partie à la recherche de Gaëlle. On l'a seulement retrouvée deux heures après. La petite s'était égarée et, elle aussi prise de panique, s'était éloignée tant et plus jusqu'au moment où un couple de personnes âgées, intrigué par ses larmes et son air perdu, l'a prise en charge et a alerté la police.

On aurait pu croire que cet épisode aurait été très vite oublié, mais il n'en a rien été. Françoise a été victime d'une nouvelle crise de panique six mois plus tard, sans raison, alors qu'elle se trouvait au boulot. Au point qu'elle a dû rentrer à la maison. Cette fois-là, comme elle ne comprenait rien à ce qui lui arrivait, elle est allée consulter notre médecin traitant, qui s'est contenté de mettre son état sur le compte de la fatigue, lui a prescrit une semaine de repos, quelques calmants, et le tour était joué.

Mais la chose s'est reproduite une nouvelle fois l'été suivant, à l'avant-veille de notre départ en vacances, comme si le fait de retrouver ces conditions était favorable à la réapparition du phénomène.

Cette fois, cela paraissait beaucoup plus grave: Françoise a, du jour au lendemain, été incapable de se lever, elle se disait "complètement lessivée", comme "vidée de l'intérieur". Évidemment, notre médecin a tout de suite parlé de burn-out, une notion qui commençait alors à être à la mode. Heureusement, si je peux dire, le passage à vide de Françoise est passé inaperçu au travail puisqu'elle entamait ses vacances annuelles. Elle les a passées pratiquement dans un état végétatif. Elle n'avait plus de goût à rien, elle n'avait envie de rien faire... J'avoue qu'à cette époque, je n'osais plus la quitter tellement je craignais qu'elle ne commette un geste...

Finalement, elle a suivi mon conseil et est allée voir un neurologue, qui lui a prescrit des médicaments destinés à apaiser ses crises d'angoisse. C'est ce qui s'est passé, mais depuis lors, Françoise n'a plus jamais été la même. C'est pourquoi, lorsque Myriam lui a parlé du Portique qui était censé venir à bout de ses troubles par des thérapies de groupe, elle a accepté avec enthousiasme, et je dois bien reconnaître que, depuis, elle va beaucoup mieux. Elle a pu réduire considérablement sa consommation de médicaments. Elle se réjouissait d'ailleurs d'aller passer quatre jours au manoir de Haut-Levant parce que cela lui permettait, me disait-elle, de se requinquer pour toute l'année...»

Dimitri, qui ne pouvait évidemment pas prendre de notes, écoutait le récit de Cyril Senart avec une attention extrême.

«Vous lui connaissiez des ennemis ?

- Des ennemis capables de la tuer, sûrement pas. Au travail, elle a eu forcément des accrochages avec l'un ou l'autre. Dans son job, on n'est pas souvent très bien vu, vous savez... Mais pas au point de... Non. En revanche, la disparition de Myriam l'avait beaucoup affectée, elle ne pouvait pas admettre que sa cousine, qui lui était si proche, ait pu disparaître sans même la tenir au courant. Selon elle, elle devait être retenue contre son gré, sinon elle lui aurait forcément donné de ses nouvelles. C'est ainsi qu'elle a commencé à s'intéresser à la télépathie, convaincue qu'elle pourrait entrer en contact avec Myriam.»

« Vous en dites quoi ?

- Je lui ai dit et répété que c'étaient des foutaises, mais vous savez, depuis l'épisode de Menton, Françoise n'a plus jamais été la même, je l'ai toujours sentie fragile, prête à craquer au premier vent contraire, et j'ai toujours cherché à la protéger... Mais je n'aurais jamais pu penser que...»

Lorsque Cyril Senart rejoignit sa BMW et s'en alla, Dimitri se dit qu'il avait appris pas mal de choses sur Françoise Altmeyer, mais pas l'essentiel: qui l'avait tuée avec une telle sauvagerie, et pourquoi ?

CHAPITRE 5

Face à lui, les trois hommes affichent des mines défaites.

«C'est pas la peine de faire ces gueules-là. Il faut assumer, c'est tout. Vous auriez préféré une plainte en bonne et due forme de cette Altmeyer ?

- Évidemment, non. Mais il y avait sans doute moyen...

- Ah oui ? Et lequel ? Je vous rappelle que j'ai pas eu le temps de mettre au point une stratégie géniale. À partir du moment où j'ai compris qu'elle avait compris, il fallait éviter qu'elle rameute les flics — excuse-moi, Francis —, et la seule solution que j'ai trouvée...»

Il a l'impression de se trouver au tribunal, face à un jury chargé de statuer sur sa peine.

Matthieu grimace un sourire. «Personne ne t'en veut. N'importe qui, à ta place, aurait certainement fait la même chose. Mais reconnais qu'il y a de quoi s'angoisser.»

Il soupire. «Non, justement, il n'y a aucune raison de paniquer comme des gonzesses. Je ne sais pas en quelle langue je dois vous le répéter: j'ai fait tout ce qu'il fallait pour qu'on ne puisse jamais remonter jusqu'à moi, et donc jusqu'à vous...»

Francis, dont les pieds battent la mesure dans un mouvement incontrôlé, lâche: «Franchement, je serais toi, je la ramènerais moins.

Tu n'imagines même pas les moyens dont les flics, comme tu dis, disposent pour retrouver l'auteur d'un meurtre.»

Là, c'en est trop pour lui. «Putain ! Tu t'entends ? T'as oublié que c'est à cause de toi qu'on en est là, et que le meurtre, *comme tu dis,* est aussi destiné à te protéger, toi ? Merde !

- Allons, allons ! Ce n'est pas en s'engueulant qu'on va faire avancer le truc...»

Matthieu a une vocation de médiateur. Mais, dans ce cas, la tâche est rude. Francis s'est levé d'un bond, cramoisi. «T'es bien placé pour faire la morale, toi, avec ta radasse !

- Ma radasse ? T'es bien content de l'avoir à dispose quand t'en as envie!»

Les cris ont atteint un volume dangereux. Le quatrième homme se lève à son tour et, les mains écartées dans un geste d'apaisement: «On a tous les nerfs à fleur de peau. Je propose que chacun se rasseye et qu'on envisage les choses avec calme. Jusqu'à présent, être unis nous a toujours été profitable, on ne va quand même pas...»

La sonnerie de son portable l'interrompt. Il regarde l'écran. «C'est Sylvain...»

Du pouce, il accepte l'appel. «Oui... C'est pas vrai !... Tu es certain ?... T'as piqué le sac ?... Ah bon ? Ouais, ramène-le chez moi... Et vérifie bien que personne ne t'a vu...»

Il coupe la communication, repose le téléphone sur la table. «Vous ne devinerez jamais la nouvelle...»

CHAPITRE 6

La salle à manger du manoir pouvait accueillir à l'aise une trentaine de convives. C'est dire que les seize membres du Portique et Mérovée Lenain, auxquels s'était joint Dimitri, n'occupaient qu'une partie de la pièce, cinq tables en tout et pour tout.

En entrant dans la salle, une vieille dame avait suggéré de se regrouper afin que chacun pût "partager un repas de convivialité".

Mais, de sa voix rocailleuse et sur un ton ne souffrant aucune réplique, Mérovée Lenain avait refusé: « Nous ne devons rien changer à nos habitudes. Ce serait comme une abdication face à l'assassin. Et cela, je ne puis l'admettre.»

Debout à l'entrée de la salle, Dimitri admirait le savoir-faire de Lenain. En une phrase, il parvenait à poser son regard sur chacun des membres de l'assemblée, les impliquant personnellement, ne leur laissant aucune possibilité de se réfugier dans une confortable neutralité.

Comme chaque soir, il répartit donc les *porticains* en cinq tables. Cette fois, il convia Dimitri à dîner à ses côtés, en compagnie d'Alban Fulok et de la vieille dame, à qui il coupa ainsi toute envie de rouspéter.

Arnaud de Pervueilly et Caroline supervisaient l'installation de tout le monde, discrètement installés dans l'encoignure de la porte menant à la cuisine.

D'habitude, une musique d'ambiance accompagnait le dîner, mais ce soir-là, le propriétaire de Haut-Levant avait jugé plus convenable de laisser le silence occuper l'espace.

On n'entendait que le bruit des chaises déplacées, quelques toussotements. Personne ne savait quelle attitude adopter au juste. Chacun pensait à Françoise Altmeyer. La veille au soir, elle dînait encore dans cette salle, insouciante et à mille lieues de se douter que cette soirée serait la dernière de sa vie.

«Eh bien, monsieur Boizot, voici votre sujet de reportage considérablement chamboulé.»

Installé à sa gauche, Mérovée Lenain le fixait de son regard marron. Sur son visage, pas l'ombre d'un sourire. Dimitri haussa les épaules, fataliste.

«Dans mon métier, nous sommes en permanence tributaires des imprévus. D'une certaine manière, ils constituent même notre raison d'être.»

En parlant, il cherchait à capter le regard de Fulok, qui lui faisait face. Mais celui-ci paraissait passionné par la position de ses couverts sur la table, marquant ainsi son désintérêt pour ce début de conversation.

Derrière lui, une voix criarde se fit entendre: « Quand je pense que j'étais hier soir à la table de madame Altmeyer, ça me retourne les sangs ! Mourir d'une façon aussi horrible. Vous imaginez, s'il y avait parmi nous un tueur en série, un...

- Malgorzata, je vous en prie !»

Mérovée Lenain ramena aussitôt le silence. Dimitri n'avait pas besoin de se retourner pour deviner la confusion qui devait s'étaler sur le visage de cette grosse femme fardée à outrance. Un ange passa sur l'assemblée. Heureusement, l'apparition d'Arnaud de Pervueilly et de Caroline, les bras chargés d'assiettes, dissipa le malaise.

Dimitri rêva d'un grand verre de rouge, mais ici la règle était stricte: durant la rencontre d'été, l'alcool était prohibé.

*

Chacun commençait à manger en silence. Soudain, la voix de Mick Jagger éclata, incongrue. "I see a radio and I want to paint it black"... À la table voisine, une trentenaire plutôt jolie, avec ses cheveux blonds indisciplinés et son teint finement hâlé, mais qui semblait en permanence porter le poids du monde sur ses épaules, fouilla son sac à la recherche de son téléphone portable. Lorsqu'elle l'eut enfin trouvé, elle se leva précipitamment et, dans sa hâte, renversa son verre d'eau, qui se brisa avec fracas sur le sol. La tête baissée, la main en conque devant sa bouche, elle sortit en chuchotant sous le regard réprobateur des *porticains*.

«Voilà pourquoi je demande toujours que l'on coupe son téléphone lors des repas et des séances collectives» lança Lenain à la cantonade.

Attirée par le bruit, la serveuse vint se rendre compte de l'étendue des dégâts, lâcha un soupir fort peu discret et repartit en cuisine en quête d'une pelle à poussière et d'une serpillière.

«Sophie Valluet, fit Mérovée Lenain à l'intention de Dimitri, est une nouvelle adhérente du Portique. Elle est arrivée le printemps dernier. Parisienne jusqu'au bout des ongles. Avec, a priori, une belle confiance en soi. Au point qu'en la rencontrant pour la première fois, je me suis demandé ce qu'elle faisait là. Et puis le vernis a craqué très vite. La demoiselle souffre de trouble panique depuis la fin de ses études et son entrée dans la vie active. Cela lui rendait la vie impossible jusqu'à ce qu'elle arrive chez nous. En l'espace de quatre mois, elle a accompli des progrès considérables. Mais elle est encore...»

Il s'interrompit en la voyant rentrer dans la salle à manger. Sans un mot ni un regard pour personne, elle revint à sa table, où Caroline achevait de ramasser les derniers débris de verre sur la moquette.

«Rien de grave ?» lança Lenain.

Elle redressa la tête, qu'elle tenait obstinément baissée, et fit non en silence, avec une petite moue qui aurait voulu passer pour un sourire. En réalité, elle paraissait bouleversée, comme si elle venait d'apprendre une mauvaise nouvelle.

Il se retourna et, sans transition, demanda à Lenain: «Vous connaissiez bien Myriam Grimberg ?»

Le fondateur du Portique eut un léger sourire. « Bien sûr. Elle était l'une de nos patientes les plus actives... Pourquoi cette question ?

- Hier soir, Françoise Altmeyer en a parlé au dîner. Elle a expliqué qu'elle avait disparu il y a deux ans, et qu'elle l'avait aperçue en rêve récemment...

- Ah ? Oui, c'est Myriam qui avait amené cette pauvre Françoise au Portique...

- Vous connaissez les circonstances de sa disparition ?

- C'est délicat. Cela touche à sa vie privée...

- Vous voulez dire qu'il s'agit d'une disparition volontaire ?

- Selon mes informations, oui. Sans aucun doute. Visiblement, elle avait décidé de refaire sa vie...

- C'est curieux. Hier soir, sa cousine nous a dit que, dans son rêve, Myriam Grimberg lui avait lancé un appel au secours, se plaignant d'être retenue quelque part contre son gré...»

La vieille dame assise à sa droite lança: «Myriam est partie avec un galant, voilà tout. Quelques semaines avant sa disparition, elle m'avait dit un soir qu'elle avait rencontré son prince charmant. Elle a décidé de refaire sa vie en coupant les ponts avec sa famille, ses amis...

- Vous y croyez vraiment ?

- Vous savez, jeune homme, nous avons tous, à un moment ou l'autre de notre existence, la tentation de faire table rase du passé. Seulement, pour l'immense majorité d'entre nous, cela se limite à du rêve. Myriam, elle, était du genre à foncer. C'est ce qu'elle aura fait... Je suis sûre qu'elle doit couler des jours heureux à l'autre bout du monde avec son nouvel amour.

- Et le rêve de Françoise Altmeyer ?

- Vous l'avez dit, c'était un rêve... Il vaut mieux ne pas trop y croire.»

Mais Dimitri était bien décidé à ne pas lâcher le morceau. «Qu'en dites-vous, monsieur Fulok ?»

L'autre termina de mâchouiller un bout de pain, les yeux rivés sur son assiette. Puis il lâcha, avec sa curieuse voix d'outre-tombe: « Myriam était une femme exceptionnelle.»

En prononçant ces mots, son visage vira au cramoisi, conscient sans doute d'être allé trop loin dans la confidence.

« Exceptionnelle dans quel sens ?»

Fulok se passa la main sur le front, comme un migraineux cherchant à endiguer la montée de la douleur. À table, plus personne ne bougeait.

« Eh bien... Comment vous dire ? Elle avait une façon de vous montrer que vous étiez quelqu'un d'important. Elle témoignait à chacun une attention qui est de plus en plus rare chez nos contemporains...»

Mérovée Lenain hocha la tête en signe d'approbation.

« Elle était jolie ?» insiste Boizot.

La vieille Loubrieu répondit: « Oui, c'était une très belle femme, toujours très soignée. Elle avait de beaux traits fins et une élégance naturelle qui faisait qu'on la remarquait aussitôt... »

Elle s'interrompit pour laisser Caroline enlever les assiettes. Dimitri nota que les conversations s'étaient enfin engagées aux autres tables, mais chacun chuchotait, la bienséance exigeant de la retenue.

Sitôt la jeune serveuse repartie, Boizot reprit le fil de ses pensées. «Pourtant, cet après-midi, lorsque j'ai croisé le mari de Françoise Altmeyer, je lui ai parlé de la cousine de son épouse. Il la considère comme une personne perturbée depuis l'enfance par la mort accidentelle de ses parents. Elle évoquait cela ?»

Tout en parlant, il avait successivement observé ses trois commensaux. Ernestine Loubrieu semblait fort surprise par cet aspect de la personnalité de Myriam Grimberg; Mérovée Lenain, comme à l'accoutumée, n'avait pas bronché; en revanche, Alban Fulok avait relevé la tête un bref instant, le temps de lui décocher un regard terrible, comme pour lui reprocher de dévoiler des secrets intimes...

Dimitri insista: «Vous étiez au courant de cet événement, monsieur Fulok ?»

À nouveau, il vit son visage s'empourprer, et la main droite qui, machinalement, repartit vers le front pour un lent mouvement de massage. En même temps, de fines gouttes de sueur apparaissaient sur les ailes du nez. « Ce type a vraiment un très sérieux problème ».

« Un jour, elle m'en avait parlé, en effet... Mais c'était pour me dire qu'elle avait réussi à surmonter ce traumatisme grâce à l'attention qu'elle avait trouvée au Portique, grâce aussi à la méthode de monsieur Lenain...»

Dimitri tourna la tête vers ce dernier. « Myriam était quelqu'un qui avait vraiment envie de s'en sortir. Sur elle, ma méthode s'est révélée très efficace... Et je pense d'ailleurs que si elle a trouvé la force de refaire sa vie, c'est la conséquence de l'amélioration de son état général. Lorsqu'elle est arrivée au Portique, comme nombre de nos membres, elle refusait de s'accepter telle qu'elle était. J'ai réussi à lui faire prendre conscience qu'elle était elle-même la source de ses problèmes. Dès lors, j'ai pu noter une progression rapide chez elle. Lors de ses dernières séances au Portique, elle avait trouvé une assurance, une confiance en soi, qui étaient tout à fait remarquables... Pour vous dire le fond de ma pensée, je crois qu'un jour nous aurons des nouvelles de Myriam, pour nous dire qu'elle s'est épanouie dans sa nouvelle existence. Mais il est sans doute encore un peu tôt pour qu'elle fasse cette démarche...

- Peut-être le meurtre de sa cousine, dont elle était tellement proche, va-t-il hâter sa décision...»

Lenain lâcha un léger ricanement. « Encore faudrait-il qu'elle soit au courant. Vous savez, à propos de Myriam, j'ai une hypothèse. Je pense qu'elle doit être très loin, peut-être en Amérique du Sud, là où ses parents ont disparu. Dans son cas, il s'agirait d'une démarche assez logique, pour enfin pouvoir passer à autre chose. Mon action envers elle a simplement consisté à lui rendre suffisamment de force intérieure pour lui permettre d'effectuer ce voyage qui la hante, en effet, depuis l'enfance...

- Vous n'aviez jamais parlé de cela lorsque nous avons évoqué la disparition de Myriam !»

Mérovée Lenain sourit à la vieille dame, d'un air un peu condescendant: «Je n'avais alors aucune raison de le faire. Je pensais d'ailleurs, mais je dois m'être trompé, qu'elle donnerait rapidement de ses nouvelles à sa cousine. C'est seulement lorsque le temps a passé que cette hypothèse m'est venue en tête... Mais je peux à nouveau me tromper, je ne suis pas infaillible...»

À la table voisine, Un homme n'avait rien perdu de leur conversation. Robert Frangier, un archiviste dijonnais, au visage tellement fade qu'il en était presque transparent, avait la tête légèrement penchée vers la droite, pour mieux entendre ce qui se disait à propos de Myriam Grimberg.

«Décidément, cette femme semble ne laisser personne indifférent au Portique» se dit Boizot. Caroline, aidée cette fois de Pervueilly, apporta le plat principal, une blanquette de veau qui déclencha chez lui une soudaine envie de vin. Comment peut-on apprécier la nourriture en l'accompagnant d'eau du robinet ou, pire encore, de limonade ?

En quelques secondes, les murmures des conversations cédèrent la place au cliquetis des couverts, chacun ayant, semble-t-il, besoin de se refaire quelques forces après une journée aussi éprouvante...

*

Il était minuit. Dimitri n'arrivait pas à trouver le sommeil. Il rêvait d'un grand verre de whisky, seul remède à l'état de nervosité dans lequel il se trouvait. Il revit le corps à demi dénudé de Françoise Altmeyer, la vilaine teinte bleutée de ses jambes, les traces de coups sur le visage. Se pourrait-il qu'elle ait été victime d'un *porticain* dont les frustrations accumulées auraient soudain éclaté en un déchaînement de violence incontrôlé ?

C'était une hypothèse a priori séduisante, surtout si l'on tenait compte de la forte densité de tordus réunis dans ce manoir. Mais, si c'était le cas, tout aurait pu se passer dans le parc. Or, le meurtre avait eu lieu en dehors de la propriété, sur la route toute proche. Un crime de rôdeur, alors ? Françoise Altmeyer aurait vraiment manqué de chance. Il y avait autant de probabilité de tomber sur un maniaque meurtrier en goguette dans ce trou perdu que d'emporter la cagnotte du Loto.

Et puis, les coïncidences, il n'y croyait pas trop. S'il arrivait à savoir pour quelle raison elle avait décidé de sortir, seule, en pleine nuit, la solution ne serait pas très loin, il en était sûr. Et quel rôle pouvait jouer dans cette affaire la cousine disparue? Si, toutefois, ce rôle existait bien...

Il se redressa d'un coup. Il venait de se rappeler qu'il avait déposé une flasque de whisky dans la boîte à gants de sa vieille Renault. Son existence reprit des couleurs. Il enfila un pantalon à la hâte, la chemise de la soirée, qu'il avait jetée sur le dossier d'une chaise, puis il sortit.

À cette heure, il ne risquait pas de croiser quelqu'un. Encore que... S'il avait eu la même envie la nuit précédente, il aurait peut-être sauvé la vie de Françoise Altmeyer. «Ouais, on ne va pas refaire l'histoire...»

Il ouvrit très lentement la porte d'entrée, afin d'éviter tout grincement. Sa voiture était rangée, avec une dizaine d'autres, sur un espace gravillonné, aménagé à l'arrière du manoir. Au moment où il parvenait à l'angle de la bâtisse, il s'arrêta net: sur le parking, il venait d'apercevoir la silhouette d'un homme qui avançait, à demi courbé, entre deux voitures. Il sentit son cœur s'emballer. Le courage physique n'était pas sa principale qualité, et il revit aussi le visage tuméfié de Françoise Altmeyer. S'il s'agissait de son meurtrier, pas question de se diriger vers lui, la fleur aux dents. L'homme devait être du genre violent.

Pour l'heure, il ne lui prêtait aucune attention. Visiblement, il recherchait une voiture bien précise et, selon toute vraisemblance, il venait de la trouver. Dans l'obscurité, il crut reconnaître la Citroën C4 de Sophie Valluet, la jolie trentenaire au portable envahissant.

L'homme lança un rapide regard alentour, pour s'assurer qu'il n'y avait personne. Dimitri le vit glisser une tige d'acier le long de la vitre côté passager, trifouiller quelques secondes, puis ouvrir la portière.

Il avisa une bêche posée contre un mur. Il s'en empara et, sans réfléchir davantage, s'avança vers le parking. Dans le silence de la nuit, ses pas résonnèrent comme le tonnerre sur le gravier. L'homme regarda dans sa direction, sortit précipitamment de la Citroën. Dimitri, incapable de penser, continua à avancer vers lui, la bêche brandie comme une arme. Il aurait dû crier quelque chose, mais il s'en sentait incapable.

Soudain, l'homme se retourna et prit la fuite vers le fond du parc. Dimitri s'arrêta et le vit disparaître sous les arbres. Il poussa un profond soupir de soulagement. Que se serait-il passé si l'individu, au lieu de s'enfuir, lui avait foncé dessus ? Ses lèvres sèches lui firent penser à sa flasque de whisky. Mais auparavant, il scruta le fond du parc sur lequel le silence était retombé. Il posa alors sa bêche, déverrouilla la portière de sa Renault, plongea sa main dans la boîte à gants, en retira le précieux flacon, et avala deux grandes lampées de son contenu. Aussitôt, ce fut comme si l'alcool parcourait ses veines pour lui remettre les idées à l'endroit. Allez, encore une gorgée ! Il referma la flasque et la glissa dans l'une de ses poches.

Il regarda à nouveau vers le fond du parc, mais le rôdeur semblait s'être volatilisé. La seule chose à faire, désormais, était d'aller éveiller Arnaud de Pervueilly. C'était à lui de décider que faire en de telles circonstances...

CHAPITRE 7

Arnaud de Pervueilly était loin de dormir lorsque Dimitri toqua à la porte de ses appartements, qui occupaient l'aile ouest du deuxième étage. Installé dans son bureau, seulement vêtu d'une robe de chambre en soie, il surfait sur un site de rencontres gay. Chaque soir, ou presque, il recherchait ainsi l'âme sœur ou, à défaut, un compagnon de brève rencontre.

Il poussa un profond soupir, pianota "Je reviens !" sur l'écran de son ordinateur, et il se leva en se demandant qui pouvait être l'importun capable de le déranger à cette heure.

Il fut rapidement fixé: le journaliste à tête de beauf apparut dans le cadre de la porte, avec un drôle d'air, mi-embarrassé, mi-excité. Confusément, Pervueilly songea à une nouvelle catastrophe. Il lui décocha un sourire commercial, mais le cœur n'y était pas. Une affaire de meurtre n'est jamais bonne pour le commerce. Particulièrement dans son cas puisque toute sa publicité était basée sur le calme et la sérénité promis à ses clients. Rien n'avait encore filtré dans la presse, mais avec l'article que ce Boizot allait publier le lendemain matin, on allait voir rappliquer tout ce que la région comptait de fouille-merde sans éducation...

«Monsieur Boizot !

- Excusez-moi, mais je viens de surprendre un voleur sur votre parking. Il était occupé à fracturer une voiture quand il m'a vu arriver. Il a filé en courant par le fond du parc...»

Arnaud de Pervueilly mit trois secondes à assimiler les informations. L'espace d'un instant, il fut tenté de claquer la porte au nez de ce casse-pied, qui semblait prendre un malin plaisir à annoncer de mauvaises nouvelles. Mais un tel geste ne lui aurait amené que des ennuis, et il en avait déjà plus qu'il ne lui en fallait.

« Décidément, vous avez le chic...

- C'est le hasard, le pur hasard. J'était descendu dans le parc pour aller fumer...»

Le propriétaire du manoir sentit alors l'haleine chargée d'alcool de Dimitri.

« Laissez-moi passer un pantalon. Je prends une lampe de poche, et nous allons inspecter le parc afin de voir par où votre voleur a pu s'enfuir. J'arrive !»

Il lui claqua la porte au nez. Pas question d'inviter ce type chez lui. Il n'avait pas la moindre envie de le voir découvrir sa collection de statuettes et de gravures très suggestives.

Il s'habilla à la hâte, pressé d'en finir avec ce Boizot et de revenir échanger des propos salaces avec «Camelio209»...

«Bien ! Allons voir...»

Dimitri hocha la tête et le suivit. Quelque chose chez cet homme le dérangeait, une espèce d'aisance naturelle qui le mettait mal à l'aise et le rendait confusément jaloux, lui qui se sentait en permanence engoncé dans un corps qu'il n'aimait pas et qui le lui rendait bien. Il pensa à Sylvie, il aurait préféré être à ses côtés à cet instant, plutôt que de déambuler dans un manoir rempli de sinoques.

«Monsieur de Pervueilly, ça fait longtemps que vous gérez ce manoir ?

- Une petite dizaine d'années. En fait, j'en ai hérité d'une grand-tante. C'était pratiquement devenu une ruine, parce qu'elle ne l'avait plus fait entretenir depuis des lustres. À l'époque, je venais de terminer des études de gestion et j'ai immédiatement vu le parti à tirer d'un tel lieu...»

Ils étaient arrivés sur le parking. Dimitri désigna la voiture de Sophie Valluet: «Le rôdeur venait de s'attaquer à cette auto quand je l'ai surpris... Il s'est enfui par là.»

Du bras, il montra un bosquet de frênes. Pervueilly dirigea le faisceau de sa lampe de poche dans cette direction et décréta: «Allons voir !»

Boizot fut surpris de cette soudaine détermination. «Vous ne craignez pas...

- Vous ne pensez quand même pas que votre rôdeur est toujours planqué là-bas ?» ricana Pervueilly en haussant les épaules d'un air un peu méprisant.

Dimitri ne répondit rien, vexé d'être pris pour un lâche par cet aristocrate au petit pied.

Pervueilly s'engagea sans la moindre hésitation sous les frondaisons. «Regardez !» fit-il au bout de quelques mètres. Dans le cercle de lumière de sa lampe, il montrait un trou dans le grillage de la clôture. « Voilà par où est passé votre voleur...

- Ça donne sur quoi ?

- Des champs. Ceux des Musard, deux frères dont la ferme est située à l'autre bout du hameau... Bon, eh bien, nous allons rentrer et, demain matin, j'avertirai les gendarmes et je ferai réparer la clôture.»

Dimitri hocha la tête. Puis il revint à la charge. « Nous ne devrions pas, d'abord, faire le tour des voitures sur le parking pour nous rendre compte des dégâts et en avertir immédiatement les propriétaires ? »

Pervueilly haussa à nouveau les épaules. « Le type ne va pas revenir, et il sera encore temps, demain matin, de voir au juste ce qu'il en est.»

En fait, il était pressé de retrouver ses appartements pour reprendre la conversation virtuelle là où il l'avait laissée. Mais ça, il ne pouvait pas l'avouer à ce journaliste...

*

Sitôt rentré dans sa chambre, Dimitri ferma la porte à double tour, et il s'octroya une grande lampée de whisky. Il n'avait pas sommeil. Cette histoire de rôdeur, vingt-quatre heures à peine après le crime du parc, le tarabustait. II sentait confusément qu'il n'y avait pas là une simple coïncidence...

Il se demanda si l'homme surpris sur le parking était là dans le seul but de piller les voitures, ou s'il en visait une plus particulièrement. Si cette dernière hypothèse était la bonne, que pouvait-il chercher dans la voiture de Sophie Valluet, qui semblait être la plus insignifiante des filles, malgré son physique agréable ?

Il consulta sa montre. Il était une heure dix. Il s'offrit une autre gorgée de whisky et eut envie d'une cigarette. Il ouvrit la fenêtre de sa chambre et se pencha à l'extérieur pour allumer sa Camel. Il était inutile de réveiller toute la maisonnée en déclenchant l'alarme incendie...

À l'extérieur, tout était calme et silencieux, à l'exception du murmure des feuilles qui frissonnaient sous l'effet de la brise.

Il pensa à Sylvie, se demanda ce qu'elle faisait à cet instant précis. Trois semaines plus tôt, elle avait emménagé dans son appartement de la rue des Lyanes. Au grand dam de ses parents qui auraient aimé la garder auprès d'eux, dans la boulangerie familiale de Senlis, où elle travaillait régulièrement. Mais Dimitri avait réussi à la convaincre que, parvenue à l'âge de trente-trois ans, elle devait enfin couper le cordon et voler de ses propres ailes.

Il prit son téléphone portable, ouvrit la messagerie et composa un SMS : «Si tu savais à quel point tu me manques... Je t'aime.»

Une seconde plus tard, le message était transmis. Il envoya valser son mégot sur les graviers, referma la fenêtre. Il se sentit tout à coup fatigué.

CHAPITRE 8

Ils sont descendus à la cave, comme des conspirateurs. Sylvain dépose la valise sur une table.

«Et quoi, le type s'est foutu en l'air ?» Francis n'en peut plus d'attendre. Il veut tout savoir, les trois autres aussi.

Sylvain les regarde, un léger sourire flottant sur son visage grassouillet. «Complètement. Plus mort que ça, tu meurs !» Sylvain, le roi des plaisanteries vaseuses, se met à rire de sa propre vanne. «Il ne s'est pas raté, c'est sûr.

- Il est où ?

- À l'entrée du bois de Morandprés.

- Personne t'a vu, au moins ?

- Tu me prends pour un bleu ?»

Francis ne répond pas. Il préfère garder ses opinions pour lui. «Comment ça se fait que tu l'as aperçu, toi ?

- C'est la bagnole qui m'a tapé dans l'œil quand je passais à vélo. Je me suis arrêté, je suis allé voir...»

Matthieu intervient: «Tu es sûr que c'est bien lui ?

- Sûr de sûr: je m'étais arrêté pour boire une bière chez Fernand. J'ai vu arriver la bagnole, une décapotable blanche immatriculée à Paris, ça ne court pas les rues ici. Le gars s'est installé à la terrasse, et il a commencé à picoler, et pas un peu. Il avait l'air complètement dans le cirage. Fernand m'a rencardé, le type lui avait confié qu'il venait de perdre sa femme dans des circonstances terribles. J'ai pigé aussitôt...»

Francis ouvre la valise. À l'intérieur se trouve de la lingerie, des vêtements et deux livres.

«T'as vu cette culotte, et ce soutif ? C'est pas n'importe quoi !»

L'examen du contenu de la valise est rapide. Elle ne contient rien d'intéressant.

«Bon, on referme et on planque !

- Où ?

- Demain, t'as pas des livraisons à faire ?

- Ouais, du côté de Laon.

- Eh bien voilà, tu prends la valoche et tu t'en débarrasses en pleine campagne...»

CHAPITRE 9

Le lendemain matin, il s'éveilla avec une douleur diffuse derrière les yeux. Il avait un peu forcé sur le whisky. D'ailleurs, toute la flasque y était passée. Il poussa un long soupir de découragement, mais, dans le même temps, les événements de la nuit lui revinrent en mémoire.

Il se leva avec précaution, afin de ne pas déclencher la migraine dont il avait reconnu les signes avant-coureurs. Il prit une douche à peine tiède qui évacua les dernières vapeurs d'alcool et lui donna un coup de fouet. En provenance du couloir, il entendit des claquements de portes. Les *porticains* s'apprêtaient à rejoindre la salle à manger pour le petit déjeuner.

Il ouvrit la fenêtre de sa chambre, constata que la journée s'annonçait radieuse, et il enfila des vêtements légers.

Au pied du grand escalier, dans le hall dallé, il tomba sur Pervueilly, en grande conversation avec Mérovée Lenain. Celui-ci réglait des détails pratiques: «Il est prévu une dernière séance collective demain après-midi, mais je ferai en sorte que tout le monde ait quitté le manoir à dix-huit heures au plus tard.

- Pas de souci, les prochains visiteurs n'arrivent que mardi... Bonjour, monsieur Boizot !

- Messieurs, bonjour... Monsieur de Pervueilly, je pourrai vous parler ?»

Ce fut Lenain qui répondit: « Allez-y, j'en avais terminé. Je vais rejoindre les *porticains*...»

Le propriétaire du manoir se tourna vers Dimitri et se composa un sourire un peu crispé.

«Vous avez averti les gendarmes ?»

Le sourire céda la place à un curieux rictus où il décela un mélange d'agacement et de dédain. « Je n'ai pas encore eu le temps, mais...»

Il n'acheva pas sa phrase, interrompu par un carillon en provenance de la réception. «Excusez-moi, il y a quelqu'un au portail. J'arrive !»

Dimitri le suivit des yeux, le vit se pencher sur l'écran de l'interphone et nota sa subite expression de surprise craintive. Lorsqu'il revint vers lui, Pervueilly avait retrouvé son expression habituelle de détachement un peu condescendant.

«Voici justement les gendarmes !» fit-il.

«Vous voulez que je les reçoive avec vous ?»

Pervueilly le regarda avec un air d'incompréhension avant de répondre: «Je ne sais pas... Si vous voulez... En fait, je ne les avais pas prévenus. Je n'ai pas la moindre idée de ce qu'ils viennent faire ici ce matin.»

Il remarqua que le propriétaire de Haut-Levant semblait réellement désemparé, dépassé par la succession d'événements depuis vingt-quatre heures.

La porte d'entrée s'ouvrit sur deux gendarmes, dont l'un transportait une petite mallette semblable à celle des médecins en visite.

«Monsieur de Pervueilly ?

- Oui. Bonjour messieurs...

- Nous sommes ici à la demande du juge d'instruction Caduc, qui nous a délivré une commission rogatoire afin de procéder à un prélèvement d'échantillons d'ADN sur tous les résidents du manoir de Haut-Levant.»

Le gendarme avait débité son discours d'une traite, comme s'il avait pris la peine de l'apprendre par cœur. Pervueilly était visiblement largué. Il regardait ses deux interlocuteurs avec un air d'incompréhension pathétique.

Le gendarme qui avait parlé, un gros homme joufflu au teint rougeaud, reprit: «Vous avez déjà commencé à servir le petit déjeuner ?

- Euh... Non. Nous allions le faire.

- Alors je vous demanderai d'attendre un peu. Pour la prise d'échantillons d'ADN, il est préférable que les personnes n'aient pas encore mangé, ni bu de café ou de thé...»

Pervueilly sembla sortir enfin de sa torpeur. «Excusez-moi, mais je ne comprends pas bien...»

Le second gendarme, qui portait la mallette, prit la parole sur un ton qui n'avait rien d'amène: «Il s'agit d'une demande du procureur. Je vous demanderai de bien vouloir mettre à notre disposition une pièce où nous pourrons opérer. Nous avons ici une liste de vingt personnes. Nous en aurons pour une bonne heure...

- Bien. Je vais prévenir les clients, et je vais vous réserver la salle de jeux.»

Profitant de son absence momentanée, Dimitri intervint: «Ça veut dire que le procureur pense que celui ou celle qui a tué madame Altmeyer fait partie des habitants du manoir ?»

Les deux hommes semblèrent s'apercevoir seulement de sa présence.

«C'est vous qui avez découvert le corps, si je ne me trompe ?

- Exactement...

- Nous allons commencer par vous, si vous n'y voyez pas d'inconvénient.

- Aucun... Mais vous n'avez pas répondu à ma question...

- La salle de jeux est bien là-bas ?

- Oui, oui...

- Suivez-nous, monsieur...»

Il comprit que les deux gendarmes n'avaient pas l'intention de lui répondre. Il n'insista pas, mais il fit ostensiblement la gueule. Il détestait ces petits chefs qui se croyaient obligés d'en rajouter au nom de leur minuscule parcelle d'autorité...

Ils s'installèrent à la première table, face à l'entrée de la salle. Le premier gendarme ouvrit sa mallette et en sortit une série de cotons-tige enveloppés individuellement dans de petits sachets de cellophane. Puis il disposa une pile de petits sacs plastiques vides et plusieurs feuillets d'étiquettes autocollantes. Son collègue, assis à sa droite, prit une feuille de papier et un stylo dans l'une des poches de sa veste. C'est lui qui parla en premier, un œil rivé sur la liste des résidents: «Vous êtes bien Boizot Dimitri, journaliste, né à Paris le 12 juin 1969 ?

- C'est ça...

- Bien, monsieur Boizot, je vais vous demander d'ouvrir la bouche. Mon collègue va utiliser une tigette pour procéder à un prélèvement d'ADN. C'est indolore. Il va simplement frotter la tigette à l'intérieur de votre joue gauche, puis il fera la même chose pour la joue droite, et c'est tout. Il y en a pour une minute à peine, et vous pourrez ensuite aller prendre votre petit déjeuner.

- Et si je refuse ?»

Avec une satisfaction un peu enfantine, il nota que le visage rougeaud du gendarme pâlit tout à coup. Il ne s'attendait pas à cette question. Mais il reprit très vite ses moyens: « Je ne vous le conseille pas. Il s'agit d'une demande du procureur, appuyée par une commission du juge d'instruction, dans le cadre d'une enquête sur un homicide volontaire. Si vous refusez de vous prêter au prélèvement, nous devrons alors vous convoquer dans les locaux de la gendarmerie pour y procéder. Vous perdrez du temps, nous aussi... »

Dimitri hocha la tête. Il était inutile de prolonger davantage la plaisanterie. Il savait par expérience qu'il avait intérêt à entretenir de bons rapports avec les enquêteurs, sous peine de laisser du champ à ses confrères dans la quête de scoops.

«Eh bien, allons-y !»

*

Une heure plus tard, les gendarmes quittèrent le manoir, raccompagnés par Arnaud de Pervueilly. Dans la salle à manger, chacun y allait de son commentaire sur les événements du matin. Dans la foulée du prélèvement d'ADN auquel ils avaient dû se soumettre, les résidents avaient appris l'intrusion nocturne d'un rôdeur sur le parking du manoir. Tout cela commençait à mettre à rude épreuve les nerfs, déjà bien éprouvés, des *porticains*.

«Si je comprends bien, nous sommes tous, désormais, fichés comme des délinquants...»

Olivier Pardessus était le plus jeune des participants à la rencontre d'été du Portique. Vingt-huit ans à peine, avec ses grosses lunettes, ses cheveux bruns impeccablement coiffés, la raie sur le côté, il avait une tête d'étudiant prolongé. Il s'exprimait avec une voix douce, sur un débit lent, comme si les mots avaient du mal à sortir. Dimitri l'avait interviewé le premier jour et, si le garçon lui semblait plutôt sympathique, il avait aussi des côtés curieux: il se disait écrivain, mais n'avait encore rien publié. Il vivait toujours chez ses parents, dans la région de Narbonne et, lorsqu'il l'avait interrogé sur sa vie sentimentale, il s'était troublé et n'avait rien répondu. Il avait découvert l'existence du Portique un an et demi plus tôt alors qu'il cherchait une solution aux blocages qui l'empêchaient d'aller vers les autres et rendaient sa vie sociale extrêmement pénible. En le quittant, Boizot avait noté sur son calepin: «Le profil idéal du type qui, un jour, se retrouvera à la une des journaux pour avoir massacré sa famille...»

Mérovée Lenain haussa les épaules: «C'est la procédure habituelle dans le cas d'une enquête criminelle. Et si cela peut permettre de trouver l'auteur du terrible crime commis sur notre amie Françoise, alors cela vaut la peine de se plier aux exigences des enquêteurs...»

Dimitri comprit sur-le-champ que Lenain venait de commettre une erreur grossière. Effectivement, Pardessus répliqua aussitôt: «Donc, vous pensez qu'il y a un assassin parmi nous ?»

Le fondateur du Portique eut un haut-le-corps. «Je n'ai jamais dit ça !

- Si. Puisque les gendarmes ont prélevé l'ADN des occupants du manoir, et que vous considérez que cela permettra de découvrir celui qui a tué Françoise, c'est donc que vous pensez...

- Je me suis mal exprimé. Je n'ai jamais voulu dire ça...»

Pour la première fois depuis trois jours, Dimitri sentit que Lenain paraissait déstabilisé...

De son côté, Olivier Pardessus ne s'était jamais départi de sa placidité habituelle.

Mérovée Lenain se leva: «Bien. Si personne n'a plus rien à ajouter, je vous propose de nous rendre, après le petit déjeuner, dans la grande salle de réunion pour notre séance de décompression émotionnelle. Je pense qu'aujourd'hui particulièrement elle sera très utile à chacun...»

*

Dimitri soupira. Assis sur un banc du parc, il regardait distraitement le jardinier occupé à tondre la pelouse. Paradoxalement, le vacarme de la tondeuse facilitait sa réflexion.

Tout à l'heure, il avait quitté la salle du petit déjeuner en abandonnant les *porticains* à leurs angoisses. Il était remonté dans sa chambre, d'où il avait appelé Magnin, son rédacteur en chef.

«Qu'est-ce que tu me proposes aujourd'hui ?

- La suite de l'enquête, avec les gendarmes qui ont procédé à un prélèvement d'ADN chez tous les occupants du manoir...

- Tu y es passé aussi ?

- Bien obligé...

- Super ! Tu vas pouvoir me faire un encadré sur la manière dont ça se passe. Mais tu me fais ça à la première personne, avec impressions, sentiments...

- D'accord. Mais ce n'est pas tout: la nuit dernière, j'ai surpris un voleur sur le parking du manoir. J'ai réussi à le mettre en fuite, mais il avait quand même eu le temps d'entrer dans une voiture. Du coup, on peut se demander s'il existe un lien entre le meurtre de Françoise Altmeyer et ce visiteur nocturne...

- C'est tout bon, ça !

- Oui. Tu me donnes combien de signes ?

- Disons trois mille et demi pour le texte principal, mille cinq cents pour l'encadré. Ça te botte ?

- Parfait. Tu auras tout pour seize heures dernier carat...»

Il se sentait rempli d'énergie. Le SMS qu'il avait reçu de Sylvie — «Moi aussi je t'aime. Vivement demain soir pour nos retrouvailles !» — n'était pas étranger à cette soudaine bouffée d'euphorie...

Par une association d'idées inattendue, le visage de Sophie Valluet vint se substituer dans ses pensées à celui de Sylvie. Lorsque la jeune Parisienne avait appris que seule sa voiture paraissait visée par le rôdeur, elle avait blêmi et avait semblé atterrée. Cette réaction démesurée l'avait intrigué. Il se demanda si le mystérieux visiteur avait un lien avec le coup de téléphone qu'elle avait reçu la veille, et qui l'avait tellement perturbée. Il devrait lui poser la question...

Il alluma une cigarette, prit son portable dans l'une des poches de son pantalon, et il appela le substitut Frans Van Loo. Celui-ci décrocha à la troisième sonnerie. Dimitri se présenta. Silence à l'autre bout du fil. Visiblement le substitut attendait qu'il précisât l'objet de son appel. «Je prépare un papier pour *L'Actualité Dimanche,* c'est pourquoi je viens vers vous, afin de savoir s'il y a du neuf dans l'enquête sur le meurtre de madame Altmeyer.»

Silence. Dimitri attendit cinq secondes. «Monsieur Van Loo ?

- Oui ?

- Vous m'avez entendu ?

- Parfaitement. Mais je n'ai rien à vous dire... D'autant que je me demande si votre statut de témoin du meurtre n'est pas incompatible avec l'exercice de votre métier.

- Excusez-moi, mais rien n'interdit à un journaliste de travailler sur un dossier où il est témoin... Les choses seraient, bien sûr, différentes si j'étais mis en examen ou suspect numéro un...

- C'est une éventualité qu'il ne faut pas écarter a priori, monsieur Boizot...»

Il eut l'impression de recevoir un coup violent dans la poitrine. Qu'est-ce que ce type cherchait à lui dire ?

« Bien. Je retiens en tout cas que vous n'avez rien à déclarer dans le cadre du dossier Altmeyer. Bonne journée à vous, monsieur Van Loo !»

Il raccrocha sans attendre une réponse du substitut, qui ne serait pas venue, de toute façon.

*

Au même instant, le juge d'instruction Francis Caduc quittait son bureau. Comme tous les samedis, il allait retrouver Victoire à la brasserie des Trois Clochers pour un déjeuner en tête-à-tête. Avec le temps, c'était devenu une tradition, un rite incontournable.

Dans cinq ans, il pourrait faire valoir ses droits à la retraite, et il commençait à se demander comment occuper cette énorme masse de temps libre qui allait lui tomber dessus. Depuis trente-sept ans, il n'avait connu qu'un poste. Son bureau au palais de justice était sans doute l'endroit où il avait passé le plus de temps dans sa vie. Il y avait vu défiler des milliers de suspects, de coupables, de faux et de vrais témoins, pas mal d'innocents aussi. Tout un condensé de société qui lui avait permis de devenir un excellent connaisseur de la nature humaine.

En sortant du palais, il soupira. Depuis quelque temps, il se sentait souvent las. Il se dit qu'il se serait volontiers passé de cette affaire Altmeyer, qui présentait toutes les caractéristiques d'un nid à emmerdes. D'abord par la personnalité de la victime, qui n'était pas n'importe qui – ça, il pouvait encore s'en accommoder –, mais aussi par le cadre général des faits, avec sa collection de dingos, dont certains avaient de belles têtes de candidats assassins. Tout à l'heure, il avait lu avec attention le rapport du légiste. Celui-ci était formel: Françoise Altmeyer était morte des coups violents reçus au visage, qui avaient provoqué une hémorragie interne. En termes médicaux, cela donnait: «L'analyse externe a permis de constater de multiples hématomes avec plaies ouvertes superficielles non cicatrisées à l'arcade sourcilière droite et à la mâchoire inférieure droite, ainsi qu'un hématome majeur au thorax du côté droit. Le crâne est en partie fracturé et des fragments osseux adhèrent à la plaie via le cuir chevelu. Cette blessure a causé une hémorragie cérébrale importante et sans doute une perte de connaissance immédiate de la victime au vu de la violence des coups...» Son corps avait été amené ensuite dans le parc du manoir, à l'endroit où Boizot l'avait découvert. Des traces d'abrasion au niveau des fesses et de la partie postérieure des jambes le confirmaient. Aucune trace de médicaments, de drogue ni d'alcool dans le corps de la victime. Au moins les circonstances du meurtre paraissaient-elles claires.

En revanche, il n'y avait pas eu viol, et c'était cela qui le troublait le plus. Pourquoi avoir retroussé la robe de la victime jusqu'à la taille, pourquoi lui avoir ôté sa petite culotte, avant de croiser ses mains sur son sexe ? Ou il s'agissait d'une mise en scène macabre d'un maniaque qui prenait son pied de cette manière, ou alors l'assassin était étranger aux occupants du manoir et il cherchait à attirer les soupçons sur eux.

«Bonjour !

- Bonjour, vous allez bien ?

- Avec ce beau soleil, on se sent tout de suite mieux !»

Il ne pouvait pas faire cent mètres sans tomber sur une connaissance. Avec le temps, il avait parfois l'impression de faire partie des meubles de cette ville. Pourtant, il s'en souvenait, lorsqu'il avait été nommé ici, en Picardie, il n'était pas venu s'y installer de gaieté de cœur. Quitter Tours pour ce qui lui apparaissait alors comme un trou perdu dans une région lointaine et vaguement hostile n'avait pas été simple.

Heureusement, celle qui était alors son épouse depuis trois mois à peine lui avait fait miroiter les avantages à se retrouver tous les deux, loin de leurs familles respectives.

Trente-sept ans plus tard, Monique l'avait quitté à tout jamais, vaincue par une saloperie de leucémie qui ne lui avait pas laissé la moindre chance. Elle avait à peine cinquante-trois ans. Jusqu'au bout, il avait voulu espérer qu'elle s'en sortirait, mais elle était morte dans ses bras, un matin... Leurs trois enfants avaient été admirables de dévouement et d'humanité.

Dans un premier temps, il avait cru qu'il n'arriverait pas à lui survivre. Mais la vie avait repris le dessus, le travail l'avait happé plus que jamais. Jusqu'au jour où Victoire était entrée dans son existence. En réalité, elle s'y était en quelque sorte imposée. Elle habitait à trois maisons de chez lui. Cela faisait vingt ans que Monique et elle papotaient des heures entières, prenaient le café chez l'une ou chez l'autre. Lorsqu'elle était encore avec son mari, Bernard, ils étaient venus quelques fois dîner à la maison.

Un an avant le décès de Monique, Bernard était parti refaire sa vie avec un homme. Victoire avait mis des semaines à se remettre de ce qui avait constitué pour elle un véritable traumatisme. Elle avait passé de longues soirées à la maison, à raconter dans le moindre détail sa vie avec Bernard, cherchant à comprendre a posteriori comment ce mari si *normal* avait pu virer de bord. Monique, comme d'habitude, s'était montrée une confidente parfaite, attentionnée et discrète à la fois.

Lorsqu'elle était morte, Victoire avait fait sa réapparition, d'abord à petites doses, puis de manière plus insistante. Au début, il n'avait rien compris, s'imaginant qu'elle était là dans le seul but de l'aider à passer un cap difficile. Mais un soir, elle s'était montrée plus explicite et il avait cédé, sans chercher à savoir s'il ne commettait pas une grosse boulette.

Trois années avaient passé. Ils partageaient désormais toutes leurs nuits. L'année précédente, Victoire avait même franchi un cap symbolique en vendant sa maison et en venant s'installer chez lui de manière définitive.

Au début, il avait craint la réaction de ses enfants, mais ceux-ci s'étaient montrés une nouvelle fois à la hauteur.

À ce niveau au moins, Francis Caduc avait le sentiment d'avoir réussi sa vie. Sur un plan professionnel, il aurait sans doute pu faire mieux. Mais l'ambition n'avait jamais été sa principale caractéristique. Les jeux de pouvoir, les intrigues, l'intéressaient fort peu. Et, surtout, il tenait plus que tout à sa liberté professionnelle, qu'il avait réussi à maintenir contre vents et marées. Il n'avait jamais cédé aux pressions et, désormais, on lui laissait une paix royale.

Il avait sans doute besoin de vacances. Dans trois semaines, il s'engouffrerait avec Victoire dans sa 508, direction Arcachon.

Il arrivait en vue des Trois Clochers lorsque son portable sonna. Il pesta en découvrant le nom de Van Loo sur l'écran. Qu'est-ce que ce jeune incapable allait encore lui demander ?

Il lâcha un *allo* évoquant l'aboiement d'un berger allemand furieux.

À l'autre bout de la ligne, Frans Van Loo prit un malin plaisir à accentuer le caractère naturellement onctueux de sa voix. Avec ce vieux juge aux manières d'ours mal léché, le courant était très mal passé dès leur première rencontre. L'autre le considérait visiblement comme quantité négligeable, voire même comme un ennemi mortel. Lui, de son côté, trouvait à Caduc l'allure d'un vieil apparatchik soviétique, vulgaire et mal embouché.

«Monsieur le juge, les gendarmes viennent de m'avertir de la découverte du corps sans vie de Cyril Senart, le mari de Françoise Altmeyer...»

Satisfait de son effet, il laissa à son interlocuteur le soin de digérer la nouvelle, qui allait sans aucun doute lui gâcher son déjeuner.

Mais il en fallait davantage pour déstabiliser Francis Caduc. Il grogna: «Il a été assassiné, lui aussi ?

- Selon les premières constatations, mais qui demandent bien sûr à être confirmées, il s'agirait plutôt d'un suicide...»

CHAPITRE 10

Une heure plus tôt, la BMW de Cyril Senart avait été retrouvée à l'orée d'un bois situé à une dizaine de kilomètres du manoir de Haut-Levant.

Senart était au volant, la tête rejetée en arrière, la main droite crispée sur un pistolet dont il s'était servi pour se tirer une balle dans la bouche. Il avait utilisé un FN Five-seveN.

C'étaient deux joggeurs, deux amis d'une trentaine d'années, qui avaient fait la découverte. Selon les premières constatations du légiste, le suicide ne faisait pas de doute, d'autant que l'heure de la mort semblait parfaitement correspondre: elle remontait à une vingtaine d'heures, c'est-à-dire grosso modo au moment où il avait quitté le manoir la veille en emportant les affaires de sa femme.

En revanche, nouveau mystère, lesdites affaires ne se trouvaient pas dans la voiture, comme si Senart s'en était débarrassé sur le chemin entre le manoir et ce bois.

Le capitaine Cédric Burgard, arrivé sur les lieux avant le parquet et le juge Caduc, échafauda aussitôt une hypothèse : et si c'était Cyril Senart qui avait assassiné son épouse ? Mais pour quelle raison ? Et, surtout, pourquoi être venu au manoir prendre ses affaires et s'en débarrasser avant de se tuer? «Ça ne colle pas, décréta Francis Caduc. Dans les cas de crimes passionnels, les auteurs se suicident généralement immédiatement après leur acte, ou dans les heures qui suivent. Ici, nous avons affaire à un comportement aberrant.»

Van Loo ne répliqua pas, le jeune capitaine de gendarmerie non plus. Ils se disaient seulement que cette affaire prenait une curieuse tournure.

Caduc reprit: «Du Haut-Levant jusqu'ici, il y a dix kilomètres à tout casser, et une seule route praticable. Capitaine, demandez donc à vos hommes de parcourir le chemin le plus lentement possible. Je suis certain que si nous mettons la main sur les affaires de Françoise Altmeyer, nous y découvrirons l'un ou l'autre élément intéressant. Imaginons que, dans ces affaires, Senart ait découvert quelque chose qui l'aurait tellement secoué que ça l'aurait poussé à se suicider... Mais auparavant, appelez donc Pervueilly, le propriétaire du manoir, pour savoir dans quoi monsieur Senart transportait les affaires de son épouse.

- Sans doute dans la valise ou le sac que madame Altmeyer devait avoir apporté avec elle au manoir...» glissa Van Loo.

Caduc lui jeta un regard noir: «C'est évident, mais j'aimerais savoir à quoi ressemble exactement cette valise ou ce sac...»

Il consulta sa montre. Quatorze heures cinquante. Victoire devait avoir terminé son déjeuner à la brasserie des Trois Clochers. Il avait horreur de passer l'heure de midi sans manger. Cela le mettait toujours de mauvaise humeur.

D'un geste, il rappela le capitaine: «Dites donc, la fouille des affaires personnelles de la victime n'avait rien donné, c'est bien ce que vous m'aviez dit ?

- Tout à fait. Madame Altmeyer avait juste quelques vêtements, ainsi que deux livres, un roman américain dont j'ai oublié le nom de l'auteur, et un ouvrage sur la communication avec les esprits.

- À l'intérieur des livres, il n'y avait rien de particulier, un bout de papier, une note ?

- Non.

- Bien... C'est vous qui avez entendu hier la déposition de monsieur Senart ?

- Non, c'est l'adjudant-chef Maugrillon. Mais c'est moi qui ai donné au mari l'autorisation de récupérer les affaires personnelles de sa femme.

- Il avait noté quelque chose de particulier dans le comportement... ?

- Il ne m'en a pas fait part. Mais je pense que vous devez avoir reçu une copie du procès-verbal.

- C'est possible, mais je ne l'ai pas encore lu. Senart n'était pas connu de nos services ?

- Non, à part l'un ou l'autre excès de vitesse...»

- Il possédait un permis de port d'arme ?

- Nous n'avons pas encore vérifié.

- Faites-le.»

En rentrant chez lui, Francis Caduc songea que la banque Grimard-Ledieu venait de perdre coup sur coup l'un de ses juristes et sa directrice des ressources humaines. Par nature, il n'aimait guère les coïncidences. Lundi matin, il ferait convoquer le directeur. Il serait curieux de savoir ce que celui-ci aurait à lui apprendre sur le couple Senart-Altmeyer...

*

À la même heure, installé dans sa chambre, Dimitri Boizot achevait de rédiger son article pour *L'Actualité,* ignorant le dernier rebondissement de l'affaire Altmeyer.

Une affaire qui commençait à le passionner, et dont la solution se trouvait, sans doute, au Haut-Levant. Une fois son papier terminé, il se connecta à l'intranet sécurisé du journal, qui lui donnerait accès à la documentation informatisée reprenant l'intégralité des articles publiés dans *L'Actualité* depuis 1987.

Il avait une idée en tête: il allait vérifier si tous les *porticains* présents au manoir avaient pu être liés à certains événements dont le journal aurait rendu compte.

À sa grande surprise, il découvrit ainsi que le nom du fondateur du Portique apparaissait dans deux articles publiés en 1999. Cette année-là, un premier papier avait signalé la mise en examen de Mérovée Lenain, qui exerçait alors la profession de psychothérapeute à Paris, pour un fait d'attentat à la pudeur sur l'une de ses patientes. Elle l'accusait de lui avoir prodigué des caresses un peu trop intimes lors d'une séance à son cabinet.

Trois mois plus tard, un second article, sous la forme d'un entrefilet, expliquait que l'instruction s'était achevée sur un non-lieu, le témoignage de la plaignante étant apparu peu fiable dans la mesure où elle s'était déjà livrée à de semblables accusations à l'encontre de son gynécologue. Et, surtout, il n'avait été confirmé par aucune autre patiente de Mérovée Lenain.

De manière moins surprenante, il trouva aussi le nom d'Alban Fulok, dans plusieurs articles datant de 2008, relatant le meurtre horrible de son épouse, mais sans la moindre conclusion, et pour cause, puisque l'instruction était toujours en cours. Clairement, les enquêteurs n'avaient pas la moindre piste dans cette affaire.

Les autres participants à la rencontre d'été étaient tous de parfaits inconnus, au moins pour la presse et la justice... Lorsqu'il referma son ordinateur, il constata qu'il était déjà dix-neuf heures et que le dîner allait être servi.

Il n'avait pas très faim, mais la perspective d'une dernière soirée parmi les *porticains,* à les étudier, avec leurs tics et leurs manies, n'était pas pour lui déplaire.

*

Lorsqu'il regagna sa chambre, il était à peine vingt-deux heures. Les *porticains* se couchaient tôt...

Arrivé dans le couloir, son attention fut attirée par des éclats de voix en provenance de la chambre de Sophie Valluet. Il s'approcha sur la pointe des pieds. La jeune Parisienne était visiblement très en colère. Dimitri comprit qu'elle était au téléphone. «Tu es complètement fou ! Tu te rends compte, si tu t'étais fait prendre...»

Quelques secondes de silence, au cours desquelles son interlocuteur devait être en train de parler. Puis elle reprit: «C'est ça. Et tu t'imagines que je vais croire ça !»

C'en était fini de la jeune fille timide et effacée. Là, elle se lâchait et montrait un autre visage.

«De toute façon, j'en ai assez. Je te l'ai dit. Nous n'avons plus rien à faire ensemble, tu dois bien te mettre ça en tête... Et ce n'est sûrement pas de cette manière... Oh et puis zut à la fin !»

Il en avait assez entendu. Il ouvrit le plus doucement possible la porte de sa chambre.

S'il interprétait bien les bribes de conversation qu'il venait d'entendre, Sophie Valluet connaissait sans aucun doute le type qu'il avait surpris sur le parking la nuit précédente. Alors de deux choses l'une: ou il s'agissait d'une histoire d'amour qui venait de se terminer, ou la demoiselle était en cheville avec quelqu'un de peu recommandable. Et, dans ce dernier cas, y avait-il un rapport avec le meurtre de Françoise Altmeyer ?

Il se sentait excité comme à chaque fois qu'il avait le sentiment d'être en possession de bonnes informations.

Il ouvrit son ordinateur portable et retranscrivit, le plus fidèlement possible, les phrases qu'il avait surprises.

En dépit de l'heure tardive, il n'avait pas du tout sommeil. Il reprit toutes ses notes sur l'affaire Altmeyer. En regard de chacun des occupants du manoir, il avait accumulé des remarques, des impressions, des descriptions. Il se rendit compte, alors, qu'il avait omis de mener des recherches sur une personne en particulier.

«Myriam Grimberg, la cousine de Françoise Altmeyer. Son avis de disparition doit toujours figurer au fichier des avis de recherche de la police nationale...»

Effectivement, quelques instants plus tard, il voyait s'afficher le portrait d'une très jolie femme, avec cette mention: «Signalement : femme de type caucasien, âgée de 41 ans, taille 1m70, corpulence mince, cheveux raides et châtains, mi-longs, yeux noisette. Vêtue d'un tee-shirt blanc, d'un blue-jean rouge et de baskets blanches. Au moment de sa disparition, elle portait une veste en toile, de couleur beige. Relation des faits: cette personne a quitté le domicile familial, rue Libergier, à Reims (51), le 23 juin 2011, et n'a pas donné de nouvelles à ses proches depuis cette date.»

En examinant ce portrait avec attention, Dimitri comprit les commentaires élogieux des *porticains* à son sujet. Myriam Grimberg avait un charme fou avec, ce qui ne gâtait rien, une expression de tristesse contenue qui donnait envie de la prendre dans ses bras pour la bercer comme un enfant...

« Là, tu t'égares, mon pauvre vieux !»

Il abandonna à regret la fiche de Myriam Grimberg. Il revint à la page d'accueil du fichier. Là, parmi les cinquante-six avis de recherches de personnes majeures disparues, un nom lui sauta au visage.

CHAPITRE 11

Dimanche matin. Le temps était toujours aussi beau. Il était à peine huit heures, mais la température dépassait déjà les vingt degrés. Dimitri venait d'expédier son petit déjeuner. Il n'avait croisé que trois *porticains* aussi matinaux que lui.

Il tira une longue bouffée sur sa Camel et rejeta la fumée avec un sentiment de bonheur intense. Dans quelques heures, il retrouverait les bras de Sylvie et son appartement de la rue des Lyanes.

Il marchait sur la route menant à Ponsonneaux. Il se sentait débordant d'enthousiasme. La découverte qu'il avait faite dans la nuit y était pour beaucoup.

Parmi les avis de recherches de personnes majeures disparues, le nom de Ponsonneaux s'était soudain imposé à ses yeux. Il apparaissait sur la fiche d'un certain Raymond Schlamm, avec cette légende: «Homme de type européen, âgé de 21 ans au moment de sa disparition, taille 1m80, corpulence mince, cheveux châtains coupés court, yeux bleus. Relation des faits: depuis le 18 août 2001, M. Schlamm a disparu de son lieu de travail, à Ponsonneaux (60). Il a emporté un portefeuille en cuir de couleur noire, avec des documents d'identité.» La photographie montrait le visage d'un jeune garçon aux traits fins, au regard très clair. Il arborait un large sourire, celui de quelqu'un confiant dans la vie qui s'ouvrait à lui.

Le hameau semblait complètement vide. Il lui fit un peu penser à un village fantôme. Une douzaine de maisons situées de part et d'autre d'une route sinueuse. Des maisons sans charme ni particularité. Il n'y avait ici pas le moindre commerce. Dans les allées de garage des pavillons, il aperçut deux 4x4 et une Audi, rien que des voitures chères, qui semblaient témoigner d'une certaine opulence des habitants.

Parvenu au bout de l'unique rue du hameau, il fit demi-tour et, apercevant des rideaux bouger au rez-de-chaussée de l'une des maisons, il se décida à aller sonner à la porte d'entrée.

Pas de réponse. Visiblement, à l'intérieur, on faisait le mort. Alors il insista, une deuxième puis une troisième fois. Enfin, un homme d'une soixantaine d'années, vêtu d'un jean tirebouchonnant sur des espadrilles, et d'un T-shirt gris agrémenté de quelques taches de peinture blanche, vint ouvrir. Les sourcils froncés, le visage volontairement fermé pour rebuter son visiteur, il attendait sans un mot.

«Bonjour monsieur. Excusez-moi de vous déranger, mais je loge en ce moment au manoir de Haut-Levant. Je suis journaliste. Vous avez sans doute entendu parler du meurtre commis il y a deux jours au manoir...»

Il s'interrompit, afin de laisser à l'homme l'occasion de réagir. Mais il ne bronchait pas. La main gauche sur le chambranle, la main droite sur la poignée, comme pour faire de son corps un rempart face à l'intrus, il restait là, immobile, totalement inexpressif.

«Dans le cadre de cette affaire, sur laquelle j'ai écrit deux articles, j'ai remarqué qu'en 2001, un jeune garçon avait été vu pour la dernière fois ici, à Ponsonneaux, avant de disparaître... Ça vous dit quelque chose ?»

Dimitri nota qu'à l'instant où il avait mentionné la disparition du jeune Raymond Schlamm, son interlocuteur avait enfin réagi en clignant des yeux à trois reprises.

«Pourquoi vous me demandez ça à moi ?» Il parlait d'une curieuse voix un peu voilée, sur un ton las, comme si la question lui avait déjà été posée auparavant.

«Vous pensez que je devrais m'adresser à quelqu'un d'autre dans le village ?»

Dimitri se dit qu'il avait eu la bonne réplique. La main quitta la poignée pour fourrager dans les cheveux gris en bataille. L'homme cherchait visiblement une réponse définitive, qui ne venait pas.

Il fut sauvé par une voix de femme provenant de l'intérieur de la maison: «C'est assez, Lucien ! Referme la porte ! Ton café va refroidir. On ne va pas se laisser emmerder un dimanche matin par un journaliste. Il n'a qu'à aller fouiner ailleurs !»

L'homme regarda Dimitri, haussa les épaules et, sans un mot, claqua la porte d'entrée.

«Ah, ça c'est de l'accueil !» se dit Boizot. Il aurait aimé découvrir le visage de la virago qui venait d'éructer ses ordres à son mari.

Il était inutile de s'attarder ici. Il rejoignit donc la route et jeta son dévolu sur un pavillon devant lequel était rangée une Audi A8 toute neuve.

Dès qu'il posa le pied sur l'allée gravillonnée menant à la porte d'entrée, des aboiements furieux se firent entendre.

Il n'avait jamais apprécié les chiens. Quand il était gamin, à Vernouillet, il avait un jour été coursé par un berger allemand qui – il avait fini par s'en persuader avec le temps – ne demandait qu'à jouer, mais il lui avait fichu la trouille de sa vie. Il en avait conservé une vague appréhension à chaque fois qu'il croisait la route d'un de ces animaux.

Il avança pourtant, en priant pour que le propriétaire des lieux ne se croie pas obligé de lâcher son molosse.

Un coup de sonnette déclencha à la fois un carillon Westminster et un redoublement des aboiements, accompagné d'une ruée du chien sur la porte, qui trembla sous ses assauts.

Il sentit son cœur palpiter, imaginant une espèce de veau à la gueule écumante, prêt à lui planter ses crocs dans le bras.

«Tarzan ! Aux pieds !»

Le propriétaire avait la voix presque aussi effrayante que celle de son clébard. Mais entre deux maux, il fallait choisir le moindre. Et il préférait de toute façon faire face à un humain. Il se trompait.

L'homme qui ouvrit la porte d'entrée, la main droite tenant fermement le collier clouté d'un gigantesque dogue, était un Himalaya de chair et de muscles. Il devait bien mesurer deux mètres. Il ressentit la pénible impression de rapetisser et de s'enfoncer dans le sol.

«Bonjour. C'est pourquoi ?»

Il reprit son discours, un œil posé en permanence sur le chien. Cette fois, la réaction fut tout à fait différente. «Oui, oui, je m'en souviens bien... Mais entrez, je m'apprêtais justement à faire du café.»

Voyant que Dimitri hésitait, il ajouta aussitôt: «Vous avez peur de Tarzan ? N'ayez crainte, il n'y a pas plus gentil. Mais je vais aller l'attacher à sa niche.»

Rassuré, il entra dans un hall couvert de trophées sportifs. « C'est à droite !» fit l'homme en s'éloignant avec le chien. Il se retrouva dans un salon-salle à manger qui donnait, via une double porte-fenêtre, sur un jardin où apparut la silhouette massive de Tarzan.

Son hôte revint, souriant: «Voilà, comme ça, nous serons plus tranquilles pour discuter. Ce chien est une crème, mais c'est vrai qu'il peut être envahissant. Et puis, surtout, il a un effet dissuasif terrible.»

Dimitri songea que le propriétaire lui-même avait un tel effet, mais il se garda bien de le lui dire. Il se contenta de hocher la tête avec un sourire complice.

«Café ?

- Volontiers.

- Lait, sucre ?

- Non, je le prendrai noir, merci.

- OK. J'arrive ! Asseyez-vous !»

Il en profita pour jeter un coup d'œil autour de lui. Télévision à écran plat, home cinéma, meubles en chêne massif. L'homme semblait disposer de revenus assez confortables.

Lorsqu'il revint, porteur d'un plateau sur lequel il avait disposé deux tasses de café et une soucoupe avec des petits beurres, il s'installa en face de Dimitri.

«Bien. Donc, vous êtes journaliste à *L'Actualité*... Vous connaissez André Robert ?

- Oui, très bien. C'est l'un de mes confrères sportifs.

- C'est quelqu'un de très bien. Je l'ai bien connu quand je faisais de la compétition.»

D'où la présence des coupes et des trophées dans le hall...

« Vous étiez dans quelle discipline ?

- Judo. Je suis passé à deux doigts d'un titre de champion de France. Mais, à l'époque, il y avait un certain David Douillet...

- Évidemment...

- Mais vous vouliez parler de la disparition de Raymond Schlamm ?

- Oui, j'aurais voulu savoir quel souvenir vous en aviez...

- Un souvenir assez précis dans la mesure où il travaillait aux autos tamponneuses. J'ai toujours adoré ce manège. Quand la fête foraine venait s'installer à Longriaux, à deux bons kilomètres d'ici, au-delà du manoir, j'allais à chaque fois y faire quelques tours. Et j'avais sympathisé avec Raymond, qui avait suivi ma carrière sportive et qui m'offrait parfois des tours gratuits. C'était quelqu'un de très bien, pas du tout le genre racaille.

- Il était originaire d'ici, à Ponsonneaux ?

- Non, pas du tout. On le voyait une fois par an, à l'occasion de la fête...

- Et sa disparition ?

- Je m'en rappelle bien. On a vu débarquer les gendarmes, qui ont posé des tas de questions, mais personne n'avait vu le gamin...

- Vous en pensez quoi ?

- Rien... Sauf que j'ai toujours pensé qu'il n'avait vraiment pas le profil du fugueur.

- Mais si ce n'était pas une fugue, qu'est-ce que ça pourrait être d'autre ?

- Je ne sais pas...

- Vous connaissez bien Ponsonneaux ?

- Ça fait quinze ans que j'y habite. À l'époque, je venais d'ouvrir une salle de sport à Amiens et je cherchais une maison pas trop éloignée. J'ai trouvé ce pavillon en vente à un prix intéressant. Et ce qui m'a surtout plu, ce sont les bois aux alentours: je suis un fou de jogging et, ici, c'est parfait pour mon entraînement... En revanche, les gens du coin sont peu liants. Ici, c'est juste bonjour, bonsoir. Mais, personnellement, ça m'arrange plutôt. J'ai beaucoup de boulot avec ma salle et, quand je suis ici, j'aime bien profiter du calme, sans être obligé de parler avec tout le monde. En fait, je suis un peu ours...»

Dimitri se dit qu'il avait eu de la chance de tomber sur ce type.

«Excusez-moi, mais je m'aperçois que j'ai oublié de vous demander votre nom.

- Prédault. François Prédault.

- Merci pour votre accueil, en tout cas, monsieur Prédault. Je voulais encore vous demander deux choses si vous le permettez.

- Je vous en prie.

- À l'époque de la disparition du jeune forain, est-ce que ça avait fait beaucoup jaser dans le village ?

- Pas vraiment. Je vous l'ai dit, ici ce n'est pas vraiment le genre des soirées entre voisins. Et l'affaire a très vite été oubliée...

- Je comprends... Une dernière chose: pensez-vous qu'en allant sonner à d'autres portes, je pourrais en apprendre davantage ?

- Vous voulez mon avis ? Franchement, je ne crois pas. Ici, les gens n'aiment pas qu'on se mêle de leurs affaires...

- Ouais... Et qu'est-ce que vous pensez du meurtre au manoir de Haut-Levant ?»

Moue d'ignorance.

«Je vous avouerai que je ne suis pas un grand amateur de faits divers. Dans les journaux, c'est surtout la rubrique sportive qui m'intéresse...

- Bien sûr, mais est-ce que vous pensez que le meurtre aurait pu être commis par un rôdeur extérieur au manoir ?

- Quelqu'un du village, vous voulez dire ?

- Je ne sais pas. Peut-être...

- Alors là, sincèrement, je n'imagine pas un seul instant un habitant de Ponsonneaux dans la peau d'un assassin...

- Merci, monsieur Prédault. Je ne vais pas vous déranger plus longtemps...

- Attendez, monsieur Boizot. Il y a un truc que je ne comprends pas: pourquoi venir m'interroger aujourd'hui sur une disparition qui remonte à douze ans ? Vous pensez qu'il pourrait y avoir un lien avec le meurtre au manoir ?

- Pour être tout à fait franc avec vous, je n'en ai pas la moindre idée. Et je suis même pratiquement persuadé qu'il n'y a aucun rapport entre les deux affaires, mais on ne sait jamais...»

Deuxième partie

CHAPITRE 12

Dimitri poussa un soupir de soulagement. Il n'était pas fâché de quitter le manoir et ses occupants. Le matin, en rentrant de Ponsonneaux, il s'était retrouvé nez à nez avec Mérovée Lenain, qui sortait de la salle à manger. «Si vous le voulez, monsieur Boizot, je vous propose de partager ma table tout à l'heure, pour le dernier déjeuner de notre rencontre d'été. J'espère que, malgré le grand malheur qui nous a frappés, vous aurez pu obtenir assez d'informations pour votre reportage.

- J'ai de quoi noircir plusieurs pages du journal, ne vous en faites pas. »

Lenain ne manquait ni de charme ni de pouvoir de persuasion. Cela tenait sans doute au mélange original de son physique rugueux, de sa voix éraillée et de la modération des mots et des phrases qu'il employait.

Dimitri reprit: « Si vous avez quelques minutes à me consacrer, j'aimerais évoquer un sujet très... privé avec vous.»

Léger froncement de sourcils, aussitôt corrigé par une ébauche de sourire: «Pas de souci. Voulez-vous que nous allions marcher dans le parc ?

- Je préférerais pas, je vous propose plutôt d'aller dans ma chambre.

- Si vous voulez...»

*

Lenain possédait une très grande maîtrise de soi. Dimitri eut beau observer son visage alors qu'il évoquait les accusations d'attentat à la pudeur dont il avait fait l'objet en son temps, il ne broncha pas. Même ses mains restaient posées sur ses cuisses, dans une attitude qui ne trahissait aucune appréhension, encore moins de surprise.

Finalement, il sourit et dit: «Je me demandais quand vous alliez aborder ce sujet...

- Ah bon ? Pourquoi ?

- Tout simplement parce que votre journal m'avait consacré quelques articles à l'époque et que je me doutais bien que vous en aviez pris connaissance avant d'assister à notre rencontre d'été. Je vous avouerai que j'ai même été tenté de penser que c'était la vraie raison de votre présence ici...

- Alors là, monsieur Lenain, vous êtes complètement à côté de la plaque: jusqu'à hier soir, je n'étais même pas au courant de vos démêlés avec la justice.»

Ce fut au tout de Mérovée Lenain d'exprimer sa surprise. «Pourquoi hier soir ?»

Dimitri lui expliqua de quelle manière il avait passé en revue, dans les archives de *L'Actualité,* tous les *porticains,* devenus bien malgré eux des suspects potentiels dans le meurtre de Françoise Altmeyer.

«Tous les journalistes sont comme vous, un peu policiers?

- Ça n'a rien à voir. Pour mon article, je cherchais le maximum de renseignements possibles. Alors, à tout hasard, j'ai tapé les noms des participants à la rencontre d'été, et je suis tombé sur les articles vous concernant.

- Donc, vous avez pu constater que la justice m'a totalement blanchi. Il s'agissait seulement des élucubrations d'une pauvre dame un peu perturbée... Mais j'avoue qu'à l'époque, j'avais été bien secoué par cette affaire. C'est d'ailleurs l'une des raisons qui m'ont amené à créer le Portique, de manière à travailler en groupe et à ne plus traiter de patientes en tête à tête...»

Dimitri hocha la tête. «Vous n'avez plus revu votre plaignante ?

- Non, jamais. Et je vous assure que je ne m'en porte pas plus mal.

- Je comprends... Encore une chose, monsieur Lenain: comment avez-vous été amené à organiser vos rencontres d'été ici, au manoir de Haut-Levant ?

- Cela fait bien six ou sept ans que nous venons ici. Si je me souviens bien, c'est l'un des *porticains* qui avait suggéré cet endroit, à la fois bien situé et, surtout, pas trop cher...

- Vous vous rappelez le nom de ce *porticain ?*

- Alors là, pas du tout. Je vous avoue que j'ai une très mauvaise mémoire...

- Bien, monsieur Lenain, il me reste à vous remercier de votre accueil. J'espère que les enquêteurs mettront rapidement la main sur le meurtrier de madame Altmeyer, et que cette affaire n'aura pas de conséquences fâcheuses pour votre association...»

*

Il n'était pas loin de dix-neuf heures lorsqu'il débarqua rue des Lyanes. Il avait hâte de retrouver son appartement et Sylvie.

En ouvrant la porte, il fut aussitôt saisi par le délicieux fumet flottant dans le hall d'entrée. De la cuisine parvenaient des échos de musique. Il déposa son sac à terre et s'y rendit sans attendre.

Sylvie, vêtue de son éternel blue jean et de l'un de ses T-shirts trop larges, s'affairait aux fourneaux. Avec sa crinière blonde indisciplinée, elle avait presque l'air d'une gamine.

Elle se retourna à son arrivée, et le sourire qu'elle lui adressa lui fit oublier sur-le-champ tous les événements des quatre derniers jours.

«Le retour du grand reporter !»

Elle ne put en dire davantage. Dimitri l'avait prise dans ses bras et l'embrassait comme s'ils ne s'étaient plus vus depuis une éternité. En même temps, ses mains cherchaient ses petits seins sous son T-shirt.

Au bout d'un moment, Sylvie se dégagea doucement. «Attends, je dois absolument m'occuper de mon navarin d'agneau, sinon il va cramer.

- Comme moi !»

Il était merveilleux de pouvoir rentrer chez soi et y trouver la femme de sa vie, au lieu du triste appartement vide auquel il avait dû s'accoutumer depuis trop longtemps.

«Un petit repas en amoureux, ça te dit ?

- Et comment ! Mais dis-moi plutôt comment se sont passées ces quatre longues journées...»

Sylvie, penchée sur ses casseroles, lui tournait le dos. Mais il crut déceler une soudaine hésitation.

Il insista: «Tout va bien ?»

Elle se retourna et le regarda avec un petit sourire crispé: «Presque...

- Ah bon ? Qu'est-ce... ?

- Hier après-midi, maman a glissé dans le fournil et elle s'est cassé une jambe.

- Merde !

- Comme tu dis... Le problème, c'est qu'elle en a pour trois semaines de repos complet, au minimum...»

Cette fois, le sourire avait fait place à une grimace d'embarras. Dimitri comprit que cet accident allait avoir des répercussions sur sa propre vie.

«Et...

- Oui. Je vais devoir la remplacer au magasin pendant cette période. Ça ne m'enchante pas, mais je n'ai pas pu me défiler... Et, autant te le dire tout de suite, je vais me réinstaller chez mes parents pendant tout ce temps.»

Elle avait débité sa phrase d'une traite, ses yeux plantés dans les siens. Sylvie possédait cette grande qualité de ne jamais rien dissimuler, de ne pas laisser s'amonceler les non-dits qui sont autant d'obstacles à la vie de couple. Elle passa sa main sur sa joue, dans un geste de tendresse presque maternelle.

«Pourquoi dois-tu retourner vivre à Senlis ?

- Tu sais, la boulangerie ouvre à sept heures le matin. Ça veut dire que la mise en place se fait à six heures trente. Franchement, je ne me vois pas me lever à cinq heures du matin, puis me taper cinquante bornes, et autant le soir avec tous les bouchons. D'autant qu'il faudra aussi que j'aide ma mère pour une série de tâches quotidiennes...»

Dimitri se força à sourire. À cet instant, il aurait aimé laisser libre cours à sa déception, à son amertume, mais il comprenait que Sylvie avait raison. Il ne pouvait pas lui imposer de telles obligations.

«Quand vas-tu retrouver ta chambre de jeune fille ?
- Demain. Puisque c'est le jour de fermeture de la boulangerie, je pourrai partir à une heure raisonnable... En attendant, on va se faire un bon dîner. J'ai même acheté une bouteille de côte-rôtie dont tu me diras des nouvelles...»

Comment avait-il pu vivre plus de quarante ans sans la connaître ? Il reprit, sur le ton de la plaisanterie: «J'espère que ta mère ne s'est pas cassé la jambe exprès pour pouvoir te récupérer...»

CHAPITRE 13

En arrivant à la rédaction de *L'Actualité,* Dimitri tomba sur Éric Magnin. Le rédacteur en chef se faisait un devoir d'être le premier au journal. Il paraissait de bonne humeur. «Et alors ? On peut dire que tu attires les faits divers comme les paratonnerres attirent la foudre ! On en est où, dans cette histoire ?»

Il le suivit dans son bureau et fit un résumé complet de ce qui s'était passé depuis samedi en fin de journée, sans omettre la disparition du jeune Raymond Schlamm.

«Tu penses qu'il pourrait y avoir un rapport avec notre affaire ?

- Je n'en sais rien, mais il ne faut négliger aucune piste...

- Ouais. Mais il ne faut pas se disperser, non plus. Personnellement, je préférerais que tu te concentres sur le meurtre de Françoise Altmeyer. Je sais pas si tu as vu les commentaires des internautes sur notre site, mais ça cartonne.»

Dimitri hocha la tête. À ses yeux, Internet et les réseaux sociaux, du genre Facebook ou Twitter, étaient des entités abstraites où il ne s'aventurait pas, même s'il était conscient qu'il devrait franchir le pas, un jour ou l'autre.

Magnin poursuivit: «Tu as une idée pour ton papier d'aujourd'hui ?

- Je vais d'abord appeler le juge Caduc... Je ne sais pas si je pourrai en tirer quelque chose, mais il faut essayer. Et puis, je pensais faire un encadré avec la disparition du jeune forain, en posant la question de savoir s'il existe un rapport entre les deux affaires.»

Les coudes posés sur son bureau, le menton reposant sur ses mains jointes, Magnin l'écoutait en se mordillant les lèvres. Dimitri savait qu'il était en train de cogiter pour trouver un angle vraiment original, apte à surprendre les lecteurs de *L'Actualité*.

«Mmh... Pourquoi pas, tout compte fait ? Ça ne mange pas de pain, et ça suscitera peut-être des réactions intéressantes.»

*

À l'aube d'une nouvelle semaine de travail, le juge d'instruction Francis Caduc consacrait invariablement une heure à faire le point sur l'état d'avancement des affaires en cours.

Son greffier avait déposé sur son bureau le rapport d'autopsie de Cyril Senart. En quelques minutes, il comprit que la thèse du suicide était privilégiée.

Hervé Delanet, le médecin légiste, n'avait relevé aucune trace suspecte sur le corps du défunt. L'analyse toxicologique avait seulement fait apparaître l'ingestion, dans les deux heures ayant précédé la mort, d'une importante quantité d'alcool. Avec une alcoolémie de plus d'un gramme et demi, Senart devait être bien entamé, mais pas au point de ne plus savoir ce qu'il faisait.

Caduc se mit à tapoter son bureau en rythme, ce qui était chez lui le signe d'une profonde réflexion. En fait, le rapport du toubib confirmait ce qu'il pressentait. Quelques minutes avant sa mort, Cyril Senart avait envoyé un SMS à sa fille, disant simplement "Je t'aime et je t'aimerai toujours. N'en doute jamais". Rien d'autre, mais suffisant pour établir la volonté de cet homme d'en finir avec la vie.

Le juge d'instruction nota sur un bout de papier qu'il fallait demander aux gendarmes d'enquêter pour retrouver l'endroit où Cyril Senart avait consommé de l'alcool. Ce ne devrait pas être trop difficile dans la mesure où, sur le trajet entre le manoir et le bois où il avait été retrouvé, il y avait très peu de cafés et de magasins où l'on pouvait se procurer des boissons fortes.

Le téléphone sonna. Il releva la tête. Antoine devait être à la machine à café. Il soupira, contrarié, et décrocha.

«Bonjour, Dimitri Boizot, de *L'Actualité*, je cherche à joindre le juge Caduc...

- C'est moi.

- Monsieur le juge, bonjour. Je vous appelais afin de savoir si vous avez du neuf dans l'affaire du meurtre de Françoise Altmeyer.»

Caduc ôta ses lunettes, se passa la main sur les yeux. Ce journaliste avait l'air du genre collant. Mais, curieusement, il ne lui était pas antipathique. Il avait lu ses papiers sur l'affaire du manoir. Ils n'étaient pas mal écrits, et ils respectaient plutôt les faits.

«Qu'est-ce que vous appelez du neuf ?

- L'arrestation du coupable, par exemple...

- Alors là...

- Pour ne rien vous cacher, j'ai contacté samedi le substitut Van Loo, mais il m'a envoyé paître sans ménagements.»

Dimitri supposa que cette remarque perfide devrait lui valoir la sympathie du juge. Il ne se trompait pas.

«Il y a un fait dont personne n'a encore parlé... Je veux bien vous en faire part, à condition que vous m'assuriez que je ne serai pas cité dans votre article. Nous ne nous sommes jamais parlé, c'est d'accord ?

- Sans problème.

- Bien. Sachez que, ce samedi, nous avons retrouvé le corps sans vie de Cyril Senart, le mari de Françoise Altmeyer.»

Dimitri comprit qu'il tenait un excellent scoop.

«Vous avez des détails ?

- Selon les premiers éléments, il s'agit d'un suicide. Le corps a été découvert par deux joggeurs, samedi matin, à l'entrée d'un bois, à une dizaine de kilomètres à peine du manoir de Haut-Levant. Cyril Senart s'était tiré une balle dans la tête.

- Il a laissé un mot expliquant son geste ?»

Caduc songea très vite que s'il parlait à Boizot du SMS, on saurait aussitôt d'où venait la fuite. «Non. Rien du tout. Mais les constatations du légiste sont claires, et la thèse du suicide est plus que privilégiée.

- Pourtant, lorsque je l'ai vu, quelques heures plus tôt, Cyril Senart ne donnait pas l'impression d'un homme déprimé.

- Vous l'avez croisé au manoir lorsqu'il est venu rechercher les affaires de sa femme, c'est ça ?

- Oui. En fait, il s'inquiétait surtout de savoir comment sa fille allait prendre la nouvelle de la mort de sa mère. Quand je l'ai vu, il n'avait pas encore osé l'avertir. Il m'a expliqué qu'elle était en vacances aux États-Unis...»

Le juge hocha la tête, comme si son correspondant pouvait le voir. Cet élément recoupait parfaitement le SMS que Senart avait expédié à sa fille juste avant de se donner la mort...

«Monsieur le juge, vous pensez que Cyril Senart peut être impliqué dans le meurtre de son épouse ?

- Comme auteur, c'est exclu. Nous avons vérifié son emploi du temps, il a effectivement passé pratiquement toute la nuit avec des collègues de travail...

- Une dernière question. Avez-vous déjà des résultats des prélèvements d'ADN effectués samedi matin à Haut-Levant ?»

Caduc ne put s'empêcher d'éclater de rire. «Nous ne sommes pas dans *Les Experts.* Il faut laisser le temps. Le principal, actuellement, est surtout de voir s'il n'y a pas d'implication du mari dans le meurtre de Françoise Altmeyer...

- Mais vous disiez...

- Je disais qu'il n'a pas pu la tuer lui-même. Par contre, il a fort bien pu commanditer le crime.

- Vous y croyez vraiment ?

- Très franchement, non...»

*

Quand Dimitri frappa à la porte du bureau de Magnin, il était en conférence avec son adjoint, Étienne "Je pense que..." Drichon. Il lui fit signe d'entrer.

«Du neuf ?

- Oui, et du bon. Je viens d'apprendre que le mari de Françoise Altmeyer s'est suicidé.

- Merde !»

Du coin de l'œil, il nota avec satisfaction que Drichon semblait largué. Il détestait jouer les seconds rôles, et se retrouver à la traîne de Magnin devait lui être insupportable.

Il reprit: «Je te propose ceci: je file au siège de la banque Grimard-Ledieu, dont deux des cadres viennent de disparaître tragiquement et puis, dans la foulée, je vais rendre une petite visite à l'appartement des Senart. Avec un peu de pot, je tomberai sur la fille tout juste rentrée des States.

- Excellente idée. Prends Pascal avec toi, on aura besoin de photos...»

***

«Où va-t-on ?»

Pascal, l'un des photographes de *L'Actualité,* avait déjà partagé de nombreuses enquêtes avec Dimitri[3]. Les deux hommes se connaissaient depuis une bonne quinzaine d'années. Pourtant, le courant ne passait pas entre eux. Dimitri détestait la propension du photographe à émettre des jugements définitifs sur tout et n'importe quoi. Il n'aimait pas non plus sa manie de donner des leçons de grammaire à tout le monde, y compris à des gens qu'il devait interviewer et qui se braquaient parfois. Mais il devait reconnaître que Pascal était un bon professionnel, qui connaissait personnellement presque tout ce que la région parisienne comptait d'officiers de police judiciaire.

«Dans le septième, non loin des Invalides, au siège de la banque Grimard-Ledieu.

- Un braquage ?

- Non. Plutôt une série noire: la DRH a été assassinée, et son mari, juriste, s'est flingué.

- C'est l'affaire de ton meurtre au manoir ?

- Exactement !

- Je ne voudrais pas être inutilement critique, mais franchement "Meurtre au manoir", c'est vraiment un titre ringard. C'est toi qui as trouvé ça ?»

Dimitri ne répondit pas, et le reste du trajet se déroula en silence. Façon de parler, puisque Pascal avait pour habitude de circuler dans

---

[3] Voir *Retour à Combergueil.*

Paris en agonissant les autres automobilistes d'injures diverses et variées.

La banque Grimard-Ledieu était installée dans un bel hôtel particulier, dans une rue calme. Réservée à des clients très fortunés, elle jouait de la discrétion comme d'une arme de séduction. Une simple plaque de cuivre signalait la raison sociale de l'immeuble. Pour entrer, il fallait sonner et patienter, le temps qu'un vigile aux allures de sumotori vînt ouvrir la porte.

Dimitri se présenta, désigna son photographe et expliqua qu'il désirait s'entretenir avec un responsable de la banque. Après avoir inspecté le contenu du sac de Pascal, le type les fit entrer dans un hall d'entrée tout en marbre blanc. Assis à un petit bureau entre deux colonnes, un autre vigile était assis, le regard rivé sur les écrans diffusant les images des caméras de surveillance.

«Je vais prévenir madame Rueff, la responsable de la communication !»

À peine était-il parti que Pascal lança: «Quand je pense que certains croient que l'argent n'a pas d'odeur. Ici, ça pue le fric !»

Boizot aurait aimé lui clouer le bec, mais il ne servait à rien d'envenimer davantage des relations déjà détestables. Il pria silencieusement pour que le photographe n'en rajoutât pas. Il avait noté le regard chargé d'hostilité que leur avait lancé le balèze installé à son bureau, et il ne tenait pas à voir l'entretien avec la chargée de com' s'achever par une expulsion manu militari.

Heureusement, le premier vigile était déjà de retour. «Madame Florence Rueff va vous recevoir. Si vous voulez bien me suivre...»

*

Un vaste bureau, haut de plafond, où le mobilier contemporain parvenait à s'intégrer harmonieusement. Florence Rueff était debout, près d'une fenêtre, et elle était très occupée à pianoter sur l'écran de son iPhone. Lorsque la porte s'ouvrit, elle redressa la tête: «Bonjour messieurs. Asseyez-vous, je suis à vous tout de suite !»

La petite trentaine, des cheveux blonds mi-longs, la responsable de la communication de Grimard-Ledieu était vêtue d'un tailleur strict. Une fois son texto envoyé, elle déposa son portable sur son bureau, s'affubla d'un sourire de commande. Le corps penché vers l'avant, elle tendit la main à ses visiteurs.

«Que puis-je pour vous ?»

Dimitri avait mentalement répété son discours : «En fait, j'ai appris que votre société avait perdu ce week-end deux de ses cadres supérieurs dans des circonstances tragiques, et je voulais savoir comment les responsables de la banque Grimard-Ledieu, ainsi que leurs collègues, réagissaient à ces événements.»

Dans sa position, Florence Rueff traitait davantage avec des journalistes de la presse économique et financière, et elle ne savait pas vraiment comment se comporter face à ces deux rustauds.

«La direction et l'ensemble du personnel de la banque Grimard-Ledieu ont, bien sûr, été extrêmement choqués à l'annonce du décès tragique de madame Françoise Altmeyer, qui était une directrice des ressources humaines très appréciée. Et la nouvelle du décès de son mari, monsieur Cyril Senart, juriste au sein de notre établissement, a renforcé le désarroi ressenti par chacun...»

Dimitri faisait mine de prendre des notes. En réalité, il se fichait éperdument des paroles convenues et creuses de Florence Rueff. Ce qu'il espérait, en venant ici, c'était trouver des collègues du couple disparu pour glaner des potins, des anecdotes à leur sujet, pas la langue de bois d'une chargée de com'.

«Il faut bien comprendre qu'il s'agit d'une tragédie personnelle et familiale, qui n'a bien entendu aucun rapport avec la banque Grimard-Ledieu. Les faits se sont passés en dehors de tout contexte professionnel. D'ailleurs, monsieur Senart et son épouse étaient en vacances lorsque les faits se sont produits...»

Il hocha la tête. Le texte était bien rodé et visait seulement à exonérer les dirigeants de l'établissement d'une quelconque responsabilité dans l'affaire.

«Je comprends bien. Mais, sur un plan plus... personnel, pourriez-vous m'en dire davantage sur madame Altmeyer et sur son mari ?

- Que voulez-vous dire ?

- Vous travailliez avec eux, vous les connaissiez, j'aimerais donc avoir votre opinion à leur sujet en tant qu'individus, pas seulement comme membres du personnel.»

Le visage de Florence Rueff se ferma d'un seul coup. «Je suis désolée, messieurs, mais nous n'avons pas pour habitude d'évoquer la vie privée de nos collaborateurs.

- Ah mais il ne s'agit pas de vie privée, seulement quelques indications sur leur caractère. Étaient-ce des personnes plutôt ouvertes, ou renfermées...?

- J'aimerais vous être agréable, mais il m'est impossible de vous répondre. La seule chose que je peux vous révéler, c'est que tous deux étaient très bien notés.»

«Tu parles d'une révélation !» songea Dimitri, qui craignit un éclat de Pascal, mais celui-ci demeurait heureusement silencieux.

«Bien. Madame Rueff, je pense que nous n'allons pas vous déranger plus longtemps. Juste une dernière question: est-ce que la succession de Françoise Altmeyer et de son mari est déjà réglée ?

- Monsieur le directeur général, ainsi que toute l'équipe de direction, vont rapidement se mettre en quête de personnes susceptibles de remplacer monsieur Senart et madame Altmeyer. Mais vous comprendrez aisément que nous ne souhaitions pas communiquer sur le sujet à l'heure actuelle...

- Je comprends. Mais je risque tout de même une ultime question...»

Léger rictus d'agacement chez la chargée de com': «Je vous en prie.

- Eh bien voilà. Pensez-vous, de façon tout à fait personnelle, et totalement anonyme, bien entendu, que monsieur Senart pourrait avoir tué son épouse avant de se suicider ?»

Le rictus se transforma en grimace. L'onctuosité professionnelle fit place à un ton beaucoup plus incisif.

«Écoutez, monsieur, je pensais avoir été assez claire: nous ne communiquons pas sur le sujet.

- Certes. Mais ce n'est pas de la communication que je vous demande, mais un avis personnel.

- Je ne suis pas payée pour donner mes avis personnels, et je n'en ai d'ailleurs pas la moindre envie. Maintenant, si vous voulez bien m'excuser...»

Lorsqu'il se retrouva dehors, raccompagné jusqu'à la porte par Florence Rueff – qui voulait ainsi s'assurer qu'il ne parlerait à aucun membre du personnel –, Dimitri poussa un profond soupir. Il se doutait bien, en venant ici, qu'il n'en ramènerait pas de scoop, mais il espérait au moins glaner un semblant d'information. C'était raté... Il ne lui restait plus qu'à tenter de prendre contact avec la fille Senart...

«Putain ! J'étais prêt à lui arracher les yeux, à cette connasse ! Non mais, tu as vu comment elle nous regardait. On aurait dit qu'elle venait de trouver un étron sur sa moquette !»

Dimitri se félicita de constater que Pascal avait attendu d'être dans la voiture pour dire tout le bien qu'il pensait de Florence Rueff.

*

L'appartement des Senart était situé à cinq cents mètres à peine de la banque, dans un bel immeuble cossu. Eux, au moins, avaient résolu le problème du transport et du stationnement. Cette proximité expliquait sans doute pourquoi Françoise Altmeyer n'avait pas de voiture...

«Écoute, Pascal, je vais d'abord aller sonner, tâter le terrain. Si ça marche, je te ferai signe de venir, OK ?»

Le photographe haussa les épaules, avec l'air de dire "Fais ce que tu veux, de toute façon, j'en ai rien à foutre..."

Il sonna et reçut très vite une réponse.

«Oui ?» C'était une voix d'homme.

- Bonjour monsieur, je m'appelle Dimitri Boizot. Vendredi, j'ai eu l'occasion de m'entretenir avec monsieur Senart peu de temps avant son décès...

- Pardon ?

- Je me trouvais au manoir de Haut-Levant en même temps que madame Altmeyer.

- Que voulez-vous exactement ?

- J'aimerais relater à Gaëlle ce que m'a dit son père... Je pense que cela lui ferait sans doute du bien...»

Silence. Il se dit que c'était à cet instant que tout se jouait. Ou son interlocuteur était convaincu par son discours, et c'était gagné, ou il le prenait pour un zozo malsain, et il allait le remballer. «Montez. C'est au cinquième !»

Il se retourna et, levant le pouce de la main droite, il signifia à Pascal que c'était dans la poche. Il vit le photographe accourir, son gros sac en bandoulière.

Deux minutes plus tard, ils faisaient face à un quinquagénaire chauve, doté d'imposantes poches sous les yeux et de moustaches à l'anglaise.

Il fut visiblement surpris de découvrir deux personnes sur le palier. Dimitri attaqua bille en tête: «Bonjour monsieur, je suis Dimitri Boizot, et voici Pascal Vandenhove, photographe.

- Attendez, je ne comprends rien à ce que vous me dites. Vous êtes qui au juste ?

- Je viens de passer trois jours au manoir de Haut-Levant pour faire un reportage sur la rencontre d'été du Portique d'une Nouvelle Vie. C'est au cours de ce reportage que j'ai malheureusement découvert le corps de madame Altmeyer et que j'ai été l'un des derniers à parler à son mari.

- Bon, entrez !» fit-il seulement sans prendre la peine de serrer la main que Dimitri voulait lui tendre.

L'appartement était conforme à ce qu'il en attendait: une vaste salle de séjour meublée de blanc, avec de grandes fenêtres donnant sur le Champ de Mars.

Assise sur un canapé, une femme blonde releva à peine la tête à l'entrée de Dimitri.

«Mon épouse, la tante de Gaëlle, la sœur de Cyril...»

Dimitri se contenta d'une inclinaison de la tête. «Madame, monsieur, je vous présente mes condoléances. Je me doute que les instants actuels doivent être très difficiles à vivre... Madame, j'ai eu l'occasion de parler avec votre frère vendredi, peu avant...»

À ces mots, la femme lui accorda enfin un regard. «Il semblait très abattu, mais très digne aussi... Nous avons parlé de son épouse, du goût de celle-ci pour ce qu'il qualifiait de *fadaises.*»

Catherine Senart haussa les épaules en levant les yeux au ciel. «Ce sont des fadaises. Je n'ai jamais compris comment Françoise avait pu se laisser entraîner dans cette espèce de secte... Ou plutôt si, je comprends trop bien...»

Elle s'interrompit, se mordilla les lèvres avec nervosité. Dimitri restait debout devant elle, son mari à ses côtés. Celui-ci intervint alors: «Vous ne voulez pas vous asseoir ?

- Volontiers. Merci.»

En prenant place dans l'un des fauteuils, il songea qu'il ne devait surtout pas sortir son calepin de sa poche, cela ne pourrait que braquer ses interlocuteurs. Pascal avait déposé son sac dans le hall d'entrée.

«Vous ne faites pas partie de la secte, au moins ?» fit la femme.

Dimitri sourit: «Pas du tout. Alors là, pas du tout. En fait, je me trouvais la semaine dernière en compagnie de votre belle-sœur et des membres du Portique en vue d'un reportage. C'est ainsi que j'ai été amené à partager un dîner avec votre belle-sœur...»

Du coin de l'œil, il vit le mari de Catherine Senart vider d'un trait ce qui ressemblait à un verre de whisky, puis il s'assit face à lui.

«Elle vous a parlé de sa cousine Myriam ?

- Oui...

- Elle vous a dit que c'était elle qui l'avait entraînée dans cette secte ?

- Elle m'a surtout dit qu'elle avait disparu et qu'elle avait récemment rêvé d'elle... Mais votre frère m'en a parlé également, il a évoqué leurs relations fraternelles et le fait que c'était effectivement Myriam qui avait connu la première le Portique...

- J'ai toujours pensé que tout cela se terminerait mal...

- Pourquoi ?

- Parce que Myriam était une femme très perturbée, qui a entraîné sa cousine dans ses délires, et que ce genre d'histoire ne peut jamais avoir de fin heureuse...»

Le mari intervint: «Excusez-moi, mais que cherchez-vous exactement en venant ici ?»

Dimitri se tourna vers lui et, de l'air le plus avenant possible: «En fait, quand j'ai parlé avec monsieur Senart, il m'a spontanément parlé de sa fille Gaëlle, en vacances aux Etats-Unis, et à qui il n'avait pas encore osé annoncer la mort de sa mère. Lorsque j'ai appris son suicide, ce matin...

- Qui vous en a parlé ?

- Là, excusez-moi, mais je ne peux pas vous le dire...

- Ah bon ?

- C'est ce que l'on appelle la protection du secret des sources. La conversation que nous avons en ce moment, par exemple, restera confidentielle si vous le décidez. Et si vous m'autorisez à publier, mais sans aucune mention de vous, je peux vous assurer que jamais personne ne saura que nous nous sommes vus... Bien, pour en revenir à ce que je disais... Quand j'ai appris le suicide de monsieur

Senart, j'ai aussi repensé à Gaëlle et je me suis dit, comme tout journaliste dans ce cas, que son témoignage serait intéressant...»

Le mari de Catherine Senart hocha la tête. «Gaëlle, vous devez bien vous en douter, est dans un état pitoyable. C'est samedi matin que nous avons pris contact avec elle pour l'avertir... Elle se trouvait alors à New York, elle a pris le premier avion. Depuis hier, elle dort, avec l'aide de calmants que le médecin lui a prescrits. Il n'est donc pas possible de la voir... Et, de toute façon, je ne vois pas bien ce qu'elle aurait pu vous dire...

- Je voulais seulement qu'elle me parle de ses parents, de leur vie, de leurs relations...»

Catherine Senart sortit de son mutisme: «Qu'est-ce que ça peut vous faire ? Vous cherchez du scandale, c'est ça ?

- Pas du...

- Mon frère et sa femme s'entendaient parfaitement. Il n'y a rien d'autre à dire, point-barre !

- Je n'en doute pas. Mais vous savez quand même que les enquêteurs examinent actuellement toutes les hypothèses, y compris...

- Taisez-vous ! Si mon frère s'est suicidé, c'est parce qu'il n'a pas supporté la mort de Françoise... Vous feriez mieux de vous intéresser à ce qui est arrivé à Myriam.

- C'est-à-dire ?

- Cela fait deux ans qu'elle a disparu et, comme par hasard, la dernière fois que son téléphone portable a émis, elle se trouvait pas loin du manoir. Vous croyez aux coïncidences, vous ?»

Dimitri ne put s'empêcher de sursauter. Qu'est-ce que c'était que cette histoire ?

«Excusez-moi, mais je ne comprends pas très bien ce que vous voulez dire.»

Catherine Senart était d'une susceptibilité maladive, il put s'en rendre compte très vite.

«C'est pourtant clair, je parle français, non ?»

Il laissa passer l'orage, comprenant qu'il était sur le point d'apprendre une information sans doute capitale, et il ne pouvait se permettre le luxe de passer à côté. Il prit son ton le plus humble pour répondre: «Absolument. Je voulais seulement dire que je n'étais pas au courant de ce détail.

- Ce n'est pas un détail. Au contraire, c'est un élément fondamental. Vous savez, pas plus tard qu'il y a deux semaines, j'avais mis Françoise en garde, je lui avais demandé de ne pas assister à cette... rencontre. J'avais un mauvais pressentiment. Mais elle n'en a fait qu'à sa tête, comme toujours.

- Tu ne dois pas culpabiliser. Tu n'aurais quand même rien pu faire...» intervint son mari.

Elle se retourna vers lui avec brusquerie: «Évidemment, mais ça n'empêche... Aujourd'hui, je me dis qu'un drame aurait pu être évité...

- Madame Senart, cette histoire de téléphone portable de Myriam Grimberg, les enquêteurs sont au courant ?

- Évidemment ! C'était Françoise qui avait insisté auprès de la police pour localiser le téléphone de Myriam.

- Son mari n'avait pas fait une telle demande ?

- Alain ? Pour lui, tout a toujours été clair: sa femme était partie avec un autre homme, et il ne voyait pas de raison d'avertir les autorités.

- C'est curieux comme attitude...

- Non, c'est logique: depuis des années, ça n'allait plus entre lui et Myriam. De son côté, il fréquentait une bonne femme. Le départ de Myriam l'arrangeait donc bien.

- Mais pas au point...

- De la tuer ? Non. Ce pauvre garçon est l'être le plus mou que j'aie jamais rencontré. Non, pour moi, il s'est passé autre chose: Myriam était complètement envoûtée par cette secte, elle a dû y faire la connaissance de quelqu'un, elle est allée le rejoindre et, pour je ne sais quelle raison, ça a dû mal tourner.

- Vous dites que les traces de son téléphone portable s'arrêtaient à proximité du manoir de Haut-Levant, mais les gens du Portique ne sont pas là en permanence, ils n'y passent que quatre jours une fois par an.

- Je ne sais pas, mais je suis certaine quand même que ce n'est pas une simple coïncidence...»

Dimitri regarda alternativement ses interlocuteurs. Comme très souvent, dans le couple, c'était la femme qui menait la barque. Le mari tentait dans la mesure du possible de rester en dehors d'un débat qui, visiblement, lui déplaisait, tandis que son épouse crachait tout son fiel sans retenue.

«Vous avez sans doute raison... Je vais d'ailleurs suivre votre conseil et m'intéresser au sort de Myriam Grimberg.

- Si vous faites ça, vous aurez tout mon appui !

- C'est gentil... Pour commencer, vous pourriez peut-être me donner le nom et l'adresse du mari de Myriam Grimberg, que j'aimerais interroger sur la disparition de sa femme.

- Je vous souhaite bon courage. Alain est visqueux comme une anguille et franc comme un marchand de voitures d'occasion.

- Vous le connaissez bien ?

- On s'est rencontrés à quelques reprises, lors de fêtes de famille, mais je n'ai jamais beaucoup apprécié cet homme, ni sa femme, d'ailleurs...»

En sortant de l'immeuble, Dimitri songea que l'enquête sur la mort de Françoise Altmeyer venait de prendre une tournure inattendue.

Il se dit qu'il irait volontiers interroger Alain Grimberg au sujet de la disparition de sa femme. Il habitait Reims. Il se demandait comment il allait convaincre Magnin de l'envoyer dans la Marne lorsqu'il arriva à la rédaction de *L'Actualité*...

CHAPITRE 14

Le lendemain matin, il se réveilla avec une sévère gueule de bois. La pire, sans aucun doute, depuis longtemps. Puisque Sylvie ne l'attendait pas à l'appartement, il en avait profité pour faire un détour à la brasserie *Maurice,* chez son copain Stan. Là, il avait pu s'épancher, lâcher la bonde de sa mauvaise humeur. Il ne pouvait pas admettre qu'elle fût repartie vivre chez ses parents quelques semaines à peine après s'être installée chez lui.

«Tu crois que l'accident de sa mère est une excuse, un prétexte pour me plaquer sans oser le dire ?»

Stan, bien planté derrière son comptoir, les mains posées sur son énorme bide, avait rigolé: «Tu te rends compte de ce que tu dis ? Tu es en train d'accuser ta copine d'avoir failli tuer sa mère, uniquement pour ne pas t'avouer qu'elle en avait marre de toi ! J'ai déjà vu pas mal de paranos dans ma putain de vie, mais des comme toi, jamais ! Allez, reprends plutôt un double, c'est pour moi...»

En sortant de la brasserie de la rue Belgrand, à deux pas de chez lui, Dimitri se sentit rassuré, à la fois par le discours lénifiant de Stan et par les doses de whisky qu'il avait ingurgitées, sans même songer à dîner.

Ce matin, il avait l'impression d'avoir la tête prise dans un étau, et le cerveau malaxé comme une boule de pâte par un boulanger fou.

Dans ce cas, il ne connaissait qu'un remède: deux aspirines, un café noir, et une heure allongé les yeux fermés dans la pénombre.

La veille, il avait obtenu l'autorisation de se rendre à Reims. Mais il avait dû batailler ferme, Magnin ne semblant pas convaincu de l'intérêt de la démarche.

«C'est vrai que ça ne donnera peut-être rien, mais on ne sait jamais. Je suis tout seul sur la piste de la cousine disparue, et s'il est vrai qu'elle se trouvait dans les environs du manoir de Haut-Levant lorsque son portable a cessé d'émettre, c'est quand même troublant. Ça voudrait dire que le manoir se trouve au centre de deux décès au moins et d'une disparition... sans parler de celle du jeune ouvrier forain survenue en 2001.»

C'était la mention de ce fait divers lointain qui avait emporté l'adhésion de Magnin. «OK. Elle a l'air de prendre belle tournure, ton affaire. Je vois déjà d'ici les titres du genre "Le manoir de l'horreur". En plein été, ça peut *pêcher !*

- Ne t'enthousiasme pas trop vite ! Jusqu'ici, les deux disparitions n'ont a priori rien de criminel, et si les gendarmes parviennent à la conclusion que Senart a tué son épouse avant de se suicider, c'est tout mon bel échafaudage théorique qui vole en morceaux...

- Demain, quand tu auras rencontré Grimberg, on y verra déjà un peu plus clair. Et tu pourras alors t'attacher aux traces de ce... Comment il s'appelle encore, ton jeune type des autos tamponneuses ?

- Raymond Schlamm.

- Ouais. Pas terrible, comme nom. Mais on fera avec...»

*

Dimitri arriva peu après onze heures à Reims. Alain Grimberg habitait à deux cents mètres à peine de la cathédrale, au quatrième étage d'un immeuble moderne. En route, il avait reçu un SMS de Sylvie, disant qu'elle pensait à lui et qu'elle l'aimait. Il n'y répondit pas. Il avait envie de la punir pour ce qu'il considérait toujours comme une forme de trahison...

«Oui, qu'est-ce que c'est ?»

L'homme qui se tenait devant lui était un quadragénaire bâti comme un deuxième ligne: près de deux mètres de haut et un bon quintal à la pesée.

«Monsieur Grimberg ?

- Oui...

- Je m'appelle Dimitri Boizot, je suis journaliste à *L'Actualité*, et je travaille actuellement sur le meurtre dont a été victime madame Altmeyer, la cousine de votre épouse.»

Il s'efforçait de parler très vite, pour ne pas laisser à Grimberg le temps de gamberger. «C'est moi qui ai découvert le corps de madame Altmeyer, vendredi matin, au manoir de Haut-Levant. La veille, je partageais sa table pour le dîner, et c'est là qu'elle m'avait parlé de la disparition de sa cousine Myriam, qu'elle considérait comme sa propre sœur. Je me suis dit que vous auriez peut-être des choses à m'apprendre sur madame Altmeyer et sur ses relations avec votre épouse.

- Mon épouse a disparu depuis deux ans, vous savez...

- Je sais...

- Vous êtes venu de Paris spécialement pour me voir ?

- Oui. Mais ce n'est pas très loin, un petit cent cinquante kilomètres.»

L'homme hocha la tête d'un air pensif. Il semblait se demander s'il devait ou non laisser entrer cet intrus. Finalement, il se décida: «Je ne sais pas si je pourrai vous être très utile, mais entrez. Et ne faites pas attention au désordre, je suis occupé à tapisser le salon...»

En le suivant, Dimitri songea que la description que Catherine Senart avait faite d'Alain Grimberg, parlant d'un *être mou,* était étrange. À première vue, cet homme était tout sauf mollasson...

«Installez-vous à table, vous serez mieux pour prendre des notes. Vous voulez une bière ?

- Pourquoi pas ? »

Son métier lui avait enseigné qu'il ne fallait jamais refuser un verre à quelqu'un qu'on se propose d'interroger. Le verre partagé est déjà une promesse de confidence, à tout le moins de rapprochement.

«À votre santé ! Monsieur Grimberg, j'aimerais savoir si vous connaissiez bien la cousine de votre épouse, et surtout ce que vous en pensiez.

- La connaître... Oui, bien sûr. Quand j'ai fait la connaissance de Myriam, il y a une vingtaine d'années, Françoise s'est invitée à notre première soirée en amoureux...

- Comment ça ?

- J'avais invité Myriam dans un restaurant de la place Drouet d'Erlon. Quand je suis allé la chercher, elle était au téléphone. C'était la mère de Françoise qui lui annonçait que sa fille venait d'accoucher. C'est ainsi que j'ai entendu parler pour la première fois de la cousine. Myriam a passé le reste de la soirée à me parler d'elle, de leur proximité fusionnelle... Au point que je me souviens avoir été un peu jaloux de Françoise et des sentiments qu'elle inspirait à Myriam. Le lendemain, je l'ai accompagnée à Paris, à la maternité. J'y ai fait la connaissance de Françoise, de Cyril et de la petite Gaëlle.

- Après votre mariage, vous êtes restés proches des Senart ?

- On peut le dire, oui. Il faut savoir que Myriam est la marraine de Gaëlle. Donc nous nous voyions très régulièrement, à chaque anniversaire de la gosse, mais aussi pour les grandes fêtes de famille, comme Pâques, Noël... Nous sommes même partis en vacances à deux reprises avec eux.

- Et dites-moi franchement, que pensiez-vous de Françoise Altmeyer ?

- J'ai toujours eu de bons rapports avec elle. Pas franchement amicaux parce que nous n'avions pas grand-chose à nous dire, mais bons... Françoise était une femme un peu particulière. Au premier abord, elle pouvait être glaçante, comme si elle voulait maintenir une certaine distance avec les autres... Et je pense d'ailleurs que telle était sa volonté... Mais, lorsqu'on la connaissait mieux, on apprenait à discerner ses faiblesses.

- Lesquelles, par exemple ?

- La peur des autres... Elle était terrorisée à chaque fois qu'elle devait entrer en contact avec quelqu'un, elle se demandait toujours comment elle allait être jugée... Mais elle cachait bien son jeu et parvenait à donner le change.

- Vous n'avez donc pas été étonné lorsque vous avez appris qu'elle était devenue membre du Portique, pour tenter de surmonter sa phobie sociale ?

- D'autant moins que je me rappelle très bien en avoir parlé un soir, lors d'un dîner au cours duquel Myriam avait raconté son expérience du Portique... J'avais alors suggéré à Françoise, sur le ton de la plaisanterie, de s'y inscrire à son tour. Ce soir-là, j'avais surpris le regard irrité de Cyril, aussi n'avais-je pas insisté... Mais je me dis que mes paroles avaient dû faire leur chemin dans le subconscient de Françoise puisque, trois mois plus tard, elle s'inscrivait au Portique...

- Tiens, je pensais que c'était plutôt votre épouse qui avait convaincu Françoise de franchir le pas...

- Qui vous a dit ça ?

- Cyril Senart lui-même: je l'ai croisé au manoir le jour où il est venu rechercher les affaires de Françoise, quelques heures avant son suicide.

- Les souvenirs humains sont quelque chose de très changeant... Et puis, peut-être aussi que je me monte le bourrichon et que je surestime l'influence que j'ai pu avoir sur Françoise...»

Alain Grimberg parlait bien, d'une voix que Dimitri aurait qualifiée de *souriante*. Certaines personnes ont ainsi, lorsqu'elles parlent, un ton naturellement positif qui les rend sympathiques dès l'abord.

«Monsieur Grimberg, lorsque j'ai dîné avec Françoise Altmeyer, elle a raconté un rêve qu'elle avait fait récemment, dans lequel sa cousine était retenue quelque part, contre sa volonté, et l'appelait au secours. C'est étrange, non ?»

Alain Grimberg n'avait pas bronché. Il haussa les épaules. «Que vous dire ? Mon épouse est partie il y a deux ans, avec un autre homme. Elle a décidé de refaire sa vie loin de sa famille, loin de moi et des enfants. Une coupure radicale avec sa vie d'avant. Quand elle est partie, elle nous a laissé un mot, disant que nous ne devions pas chercher à la retrouver et nous souhaitant tout le bonheur du monde...»

Le regard de Grimberg ne quittait pas le sien. Il parlait sans hésitation, comme s'il avait répété depuis longtemps cette confession.

«Pourtant, vous avez signalé sa disparition à la police ?

- C'est une formalité obligatoire... Ne serait-ce que pour le fisc... Oui, je sais, cela paraît bien mesquin, mais vous ne pouvez pas imaginer tout ce qu'implique la disparition d'un proche dans votre vie de tous les jours...

- Vous n'avez jamais revu votre épouse depuis son départ ?

- Jamais. Les premiers jours, j'ai bien essayé de la joindre sur son téléphone portable. Mais elle l'avait désactivé. Myriam a toujours été quelqu'un d'entier, incapable du moindre compromis.

- Même pour ses enfants ?»

À cet instant, Dimitri vit le visage de son interlocuteur se fermer. Il prit le temps de la réflexion avant de répondre, se passant la main sur les yeux.

«Je préfère ne rien dire... Je risquerais d'être très méchant... Vous savez, autant je pouvais admettre que Myriam ait envie de changer de compagnon, autant je n'ai jamais compris comment elle avait pu aussi facilement faire une croix sur ses enfants... Les premiers temps, ça a été très dur... Et, aujourd'hui encore, ce n'est pas toujours facile... Heureusement, Geneviève, ma nouvelle compagne, est très compréhensive et les gosses ont fini par l'adopter... Mais je ne pourrai jamais pardonner à Myriam cet abandon...»

Dimitri comprit qu'il ne servait à rien de s'aventurer davantage sur ce terrain glissant.

«Pour en revenir au rêve de Françoise...

- Au début, je pensais que Myriam avait gardé des relations avec sa cousine. J'appelais parfois Françoise pour essayer de lui arracher l'une ou l'autre confidence. Mais Françoise avait au moins le mérite de la franchise, elle n'était pas du genre à tourner autour du pot. Un jour, elle m'a dit clairement qu'elle non plus n'avait aucun contact avec elle, et qu'elle en était d'ailleurs très meurtrie. Vous savez, ce qu'il y a de tragique dans une disparition volontaire, pour ceux qui restent, c'est qu'on n'en finit jamais de s'interroger sur ses manques, sur tout ce qu'on a foiré. Et on a beau essayer de se dire qu'on n'est pas responsable, il y a toujours une petite voix dans un coin de votre tête qui vous susurre *et si, et si...»*

En l'écoutant, Dimitri ne put s'empêcher de penser à Andrée, sa première épouse, qui l'avait quitté pour vivre le grand amour avec son dentiste. Mais, à la différence de Myriam Grimberg, elle avait emmené les enfants.

«Juste une dernière question et je vous laisserai à vos travaux... L'homme avec lequel est partie votre épouse, vous avez une idée de son identité ?

- Pas la moindre. Sinon il aurait été facile de reprendre contact avec Myriam.

- Il n'a pas surgi de nulle part, quand même...

- Forcément, mais j'ai eu beau retourner la question dans tous les sens, je n'ai jamais pu mettre un nom sur lui.

- Ce qui veut dire qu'à l'heure actuelle, vous êtes incapable de dire, même approximativement, où peut se trouver votre épouse ?

- Exactement. Elle pourrait tout aussi bien vivre dans la région qu'à l'autre bout du monde. C'est en cela que je vous disais tout à l'heure que la situation est pénible, parce que c'est un peu une forme de deuil qui ne peut pas se faire. Il arrive encore souvent que les enfants évoquent leur mère au détour d'une conversation. Ils se demandent où elle est, ce qu'elle fait, ils imaginent même un nouveau petit frère ou une petite sœur... Dans ces moments-là, je vous assure que je me sens très mal, parce que je suis incapable de leur fournir la moindre réponse...»

En quittant Alain Grimberg, Dimitri se sentait frustré. Il avait le sentiment étrange d'avoir appris des choses, dont il était incapable d'évaluer l'importance...

CHAPITRE 15

«Et alors, on boude ?»

Dimitri sourit en silence. Lorsqu'il avait vu s'afficher le visage de Sylvie sur l'écran de son portable, il avait d'abord été tenté de ne pas répondre.

«Pourquoi ? J'ai une raison de bouder ?

- Non, mais tu ne réponds pas à mes messages. Alors je m'inquiète...

- Ta mère va bien ?

- Eh bien voilà, on y est ! J'étais certaine que tu ne comprendrais pas, que tu m'en voudrais... Mais je te l'ai dit, je n'ai pas le choix. Je ne peux pas laisser mes parents dans la mouise. Et c'est vraiment temporaire. Dans quinze jours, trois semaines au maximum, on se retrouve, et cette fois pour de bon.

- OK, OK... Mais reconnais qu'il y a quand même de quoi s'interroger. Quand ta copine retourne vivre chez ses parents, ce n'est jamais bon signe...

- Mais ça n'a rien à voir. Tu es vraiment borné, comme gars !

- Merci. C'est toi qui te casses, et c'est moi qui vais devoir m'excuser, si je comprends bien...»

Sylvie soupira bruyamment. Dimitri savait qu'il était en train de pousser sa mauvaise foi aux limites du tolérable, mais il refusait de baisser pavillon. À l'autre bout de la ligne, il entendit une voix masculine crier : «Sylvie, tu peux venir ? Il y a des clients !»

Deux secondes de silence, puis: «Excuse-moi, mais je dois te laisser, on me réclame au magasin.

- Vas-y, ne fais pas attendre *monsieur père*. Je t'appellerai ce soir...»

Il venait de rentrer de Reims et était occupé à retaper ses notes manuscrites à son appartement lorsque le téléphone avait sonné.

Il reprit son travail. Une chose était certaine: aux yeux d'Alain Grimberg, la disparition de son épouse n'avait rien d'inquiétant. Pour appuyer ses dires, il lui avait même confié une photocopie de la lettre manuscrite laissée par Myriam le jour de son départ. «Les enquêteurs ont conservé l'original, au cas où. Mais voyez vous-même...»

Le texte était, en effet, sans équivoque: «Alain, il y a des moments dans la vie où des décisions s'imposent. C'est le cas pour moi aujourd'hui. J'ai rencontré quelqu'un avec qui je suis à nouveau heureuse. De ton côté, c'est déjà le cas depuis pas mal de temps. Je suis parfaitement au courant de ta liaison. Je sais donc que tu te remettras très facilement de mon départ. Oui, je m'en vais. Entre nous, il n'y a plus rien.

J'ai décidé de couper les ponts avec tout ce qui a fait ma vie jusqu'à présent. Je pars donc seule, avec un minimum d'affaires. Je te laisse les enfants, qui finiront bien par m'oublier. Embrasse-les pour moi et évite de leur dire trop de mal de leur maman...

Ne cherche pas à me joindre, je quitte Reims pour toujours. Aujourd'hui est le premier jour de ma nouvelle existence, tu n'y as plus ta place.

Myriam»

Alain Grimberg affirmait n'avoir aucune idée de l'identité de l'homme pour qui sa femme l'avait quitté. Mais il avait perdu son sang-froid quand Dimitri avait évoqué la dernière localisation du téléphone portable de Myriam.

« Comment vous êtes au courant de ça, vous ?»

Il avait refusé de répondre, mais Grimberg avait aussitôt enchaîné: «Je suis certain que c'est cette peste de Catherine, la sœur de Cyril, qui vous en a parlé. Elle est persuadée que Myriam a disparu avec quelqu'un qu'elle aurait rencontré au Portique.

- Et vous ?

- À l'époque, les enquêteurs ont interrogé Lenain et quelques personnes du Portique, mais ils ont rapidement abandonné: lorsque

Myriam a disparu, il n'y avait aucune réunion dans ce manoir. Ils se sont même intéressés au propriétaire du Haut-Levant, mais ils ont vite compris qu'ils faisaient fausse route, puisque le type est notoirement homo...

- Mais comment vous expliquez que le téléphone de votre épouse émette pour la dernière fois à cet endroit ?

- Je ne l'explique pas...»

Il interrompit son travail, posa ses coudes sur le bureau et enfouit son visage dans ses mains en fermant les yeux. C'était sa manière à lui de s'abstraire pour quelques instants du monde extérieur. Il avait aussi noté que cette position stimulait sa faculté de réflexion.

Entre le meurtre de Françoise Altmeyer et les disparitions de sa cousine et du jeune forain, il avait la conviction qu'il devait exister un lien, mais lequel ?

La première des choses à faire, désormais, était de prendre contact avec le patron des autos tamponneuses où travaillait Raymond Schlamm lorsqu'il avait disparu. Il voulait en apprendre davantage sur la personnalité de ce jeune garçon au visage d'ange...

*

Dimitri avait toujours eu une sainte horreur des fêtes foraines. Quand il était gamin, à Vernouillet, il y avait ramassé les plus beaux râteaux de son existence. Depuis lors, elles symbolisaient de bruyantes réminiscences de ses années d'adolescence, ce maelström d'espoirs déçus, de crises de dépression et de rêveries douloureuses.

Lorsqu'il débarqua à Augrécourt, un minuscule village des environs de Saint-Dizier, ses appréhensions ne furent pas déçues. Il tombait un vilain crachin et le bled semblait à l'abandon. Sur la place, encerclant en quelque sorte le monument aux morts, une barbe à papa, un luna-park et une pêche aux canards tenaient compagnie aux autos tamponneuses. Il était à peine onze heures. Tout était encore fermé.

Il gara sa voiture sur un terre-plein orné d'un signal d'interdiction de stationner, et il alla frapper à la porte du mobilhome installé derrière les autos tamponneuses. À l'intérieur, on entendait hurler la radio. Il frappa une seconde fois. «Ouais, c'est bon ! On arrive, minute !» fit une voix masculine peu commode.

Lorsque la porte s'ouvrit, Dimitri se trouva face à un petit homme maigre, qui devait flirter avec la soixantaine et qui lui fit penser à un jockey à la retraite. Il était vêtu d'un invraisemblable pull-over orange qui lui tombait quasiment sur les genoux, et d'un blue jean crasseux. Il lui jeta un regard interrogatif, vaguement inquiet.

«Ouais ?

- Bonjour, vous êtes monsieur Quiévreux ?

- Ouais...»

Ces cinq lettres semblaient être son mode d'expression privilégié. Dimitri se fendit d'un sourire et expliqua le motif de sa présence. L'autre l'écouta sans l'interrompre, les sourcils de plus en plus froncés.

«Raymond ? Ouais, c'était un brave gars... Mais ça fait bien longtemps, je vois pas ce que je pourrais vous dire... Mais entrez, vous allez attraper la crève avec ce foutu temps !»

À l'intérieur régnait une épouvantable odeur de tabac froid et de café réchauffé. Quiévreux lui désigna un canapé râpé, constellé de taches douteuses. «Installez-vous. Vous voulez un café ?»

Pour une fois, il déclina l'offre. Il se sentait incapable de tremper ses lèvres dans une tasse aussi repoussante que tout le reste.

«Monsieur Quiévreux, ce qui m'intéresse, ce sont des détails ou des anecdotes concernant Raymond Schlamm, sa personnalité, ses goûts... Et puis aussi, j'aimerais que vous me racontiez dans quelles circonstances il a disparu...»

Le jockey émit un bruit incongru avec sa bouche. Il prit le temps d'ouvrir un thermos et de se verser un grand café dans un verre dont le fond était rempli d'une épaisse croûte brunâtre.

Il s'assit à côté de Dimitri. «Ouais... Raymond... C'était un petit gars courageux... C'est lui qui était venu me voir un jour pour savoir si je n'avais pas du boulot pour lui. Je lui avais dit que la vie de forain, quand on n'est pas né dans le milieu, c'est pas vraiment la joie... En plus, je lui avais dit – ce qui est la stricte vérité –, que j'avais pas les moyens de lui donner un salaire... J'arrive déjà à peine à m'en sortir avec un seul ouvrier... Mais Raymond, il avait vraiment ça dans le sang... Je me rappelle qu'il avait insisté, en disant qu'il rêvait de ça depuis qu'il était tout gosse... Je lui avais demandé si ses parents seraient d'accord de le voir partir sur les routes, et il m'avait répondu texto que ses parents n'en avaient rien à faire de lui et qu'ils seraient bien contents de le voir s'en aller... Mais j'avais quand même refusé...»

Lucien Quiévreux s'interrompit pour avaler une gorgée de café.

«Raymond n'était pas majeur à cette époque ?

- Non. Il devait avoir dix-huit ans quelques mois après...

- Et, finalement, comment a-t-il réussi à vous convaincre ?

- Il a attendu d'avoir dix-huit ans, et il est revenu me voir alors que j'étais je sais plus où. C'est là que j'ai compris qu'il en voulait vraiment, et comme j'avais alors un ouvrier qu'était pas terrible, j'ai engagé Raymond. Et, franchement, je l'ai pas regretté. Il boulottait bien et, en plus, avec sa belle petite gueule, il attirait les petites nénettes partout où on passait.

- Justement, il était comment, Raymond, avec les filles ?

- C'était un fameux cavaleur, le petit gars. Il aurait sauté sur tout ce qui bouge...

- Mais ?...

- Quoi, mais ?

- Vous dites *il aurait sauté,* donc c'est qu'il ne le faisait pas. Il avait déjà quelqu'un ?

- Non. Mais il savait faire passer le boulot avant ses envies. Et ça, croyez-moi, chez un jeunot, c'est rare...»

Dimitri noircissait son calepin. À nouveau, il avait le sentiment d'apprendre des choses intéressantes, mais sans savoir en quoi.

«Il a passé combien de temps à travailler pour vous ?

- Une quinzaine de mois, pas plus...

- Il logeait où ?

- Dans la roulotte que j'ai pour mes ouvriers. Ça fait partie du deal que je passe avec eux: ils n'ont pas un salaire mirobolant, mais ils sont logés.

- Et vous vous souvenez du jour où Raymond a disparu ?

- Ouais. Ça, je peux pas l'oublier: c'était le dernier jour de la fête à Longriaux. C'était un dimanche et, quand j'ai pas vu Raymond arriver pour l'ouverture du manège, je me suis étonné parce qu'il était toujours ponctuel. Je suis allé voir dans la roulotte. Personne. Il y avait même pas dormi. J'ai d'abord pensé qu'il avait dû passer la nuit avec une nénette et qu'il avait pas vu le temps passer. Mais quand, en fin d'après-midi, j'ai vu qu'il était toujours pas là, je me suis dit qu'il avait dû lui arriver quelque chose. C'était pas son genre...»

Dimitri approuva de la tête. En fin de compte, le patron des autos tamponneuses avait des souvenirs assez précis de son ancien ouvrier.

«Et vous ne l'avez plus jamais revu depuis ?

- Jamais !

- Qu'est-ce que vous pensez de cette disparition ?

- J'me dis que ça pue... Raymond, s'il avait dû partir avec une nénette, il aurait au moins pris ses quelques affaires avec lui. Or, là, il avait tout laissé. À part son portefeuille, c'est tout.

- Vous pensez qu'il a pu être victime d'une agression ?

- J'en sais rien ! Il est peut-être tombé sur un jaloux...

- Et les gendarmes, qu'est-ce qu'ils en ont pensé ?

- Pfft. Les gendarmes, ils s'en foutaient pas mal de Raymond: un ouvrier forain qui disparaît, c'est pas vraiment dans leurs priorités. Ils ont pris ma déclaration, et puis plus rien...

- Vous leur aviez fait part de vos craintes ?

- Ouais, évidemment... Mais c'est à peine s'ils m'écoutaient...

- Qu'est-ce que vous avez fait des affaires de Raymond ?

- Je les ai ramenées à ses parents, et en même temps je leur ai appris la disparition de leur fils. Ils n'étaient même pas au courant et ça n'a pas eu l'air de les tracasser beaucoup...»

À cet instant, quelqu'un frappa à la porte du mobilhome.

«Ouais ! Entrez !»

Un garçon d'une trentaine d'années, tout en rondeurs, apparut dans l'encadrement. «Salut, Lulu ! Ah, mais excuse-moi, t'as de la visite. Je repasserai...

- Non, non, viens. Je suis avec un journaliste qui cherche des renseignements sur la disparition de Raymond...»

Dimitri vit une moue d'incompréhension s'inscrire sur le visage rougeaud du visiteur.

Quiévreux procéda aux présentations: «Norbert Gaucel, il tient le luna-park et, comme l'heure de l'apéro s'avance, il vient me tenir compagnie...»

L'autre lui tendit une grosse main boudinée: «Y a du neuf pour Raymond ?»

Dimitri expliqua une nouvelle fois la raison de sa présence. Il termina par une question au nouvel arrivant: «Vous connaissiez bien Raymond Schlamm ?

- Pas mal. On avait pratiquement le même âge. Moi, je travaillais avec mon père à ce moment-là... On s'entendait bien, c'était quelqu'un de très sympa, Raymond...»

Dimitri l'écoutait parler et le trouvait étrangement nerveux, avec sa manie de se frotter les mains l'une contre l'autre. Pendant ce temps, Lucien Quiévreux s'était levé pour prendre une bouteille de Ricard sous l'évier.

«Vous prendrez bien un pastis avec nous ?»

Cette fois, Dimitri ne put se dérober. D'autant qu'il avait envie d'interroger plus avant le gros Norbert.

«Qu'est-ce que vous avez pensé, vous, de la disparition de Raymond ?»

Haussement d'épaules et rougeoiement du visage. Ou bien ce garçon était exagérément émotif, ou le sujet le mettait mal à l'aise.

«Avec Lulu, on en a beaucoup parlé. Et on n'est pas du même avis: lui, il pense que Raymond est tombé sur un rival jaloux, moi je crois qu'il est parti avec une des gamines qui lui tournaient sans cesse autour.»

Il s'interrompit pour prendre le verre que lui tendait son hôte. «Allez, à votre santé !

-À la vôtre !»

Il y avait décidément quelque chose d'étrange chez ce garçon. Il ne semblait pas croire lui-même à ce qu'il disait.

Dimitri reprit: «Si c'était le cas, on aurait bien dû signaler la disparition d'une jeune fille dans les environs. Or, à ma connaissance, il n'y a jamais rien eu de tel...»

Moue d'ignorance. «Ça, j'en sais trop rien. Nous, le lendemain, on s'en allait. Pour où encore ?»

Quiévreux répondit sans hésitation: «La semaine d'après, c'était la fête à Senlis.

- Oui, c'est ça... Le soir où il a disparu, Raymond m'avait dit qu'il allait retrouver une copine du côté de Ponsonneaux...

- Il vous avait dit son nom ?

- Non, d'ailleurs je lui avais rien demandé. Je sais que les gendarmes ont interrogé les habitants de Ponsonneaux, mais ça n'a rien rendu.

- Et, depuis ce moment, vous n'avez jamais plus eu de nouvelles de Raymond ?

- Non...»

Une nouvelle fois, Dimitri trouva que la réponse de Gaucel manquait de conviction. Mais il n'insista pas. Visiblement, il ne tirerait rien d'autre des deux hommes. Avant de prendre congé, il leur tendit deux cartes de visite: «Si jamais il vous revenait l'une ou l'autre anecdote concernant Raymond, n'hésitez pas à m'appeler...»

*

Une heure plus tard, à hauteur de Sézanne, son téléphone portable se mit à sonner. Il décrocha et reconnut la voix de Norbert Gaucel.
«Je ne vous dérange pas ?

- Je suis en voiture, mais je me gare... Allez-y !

- Eh bien, c'est-à-dire... Tout à l'heure, j'ai pas osé vous dire tout ce que je sais devant monsieur Quiévreux... Parce que je ne lui en ai jamais parlé...

- Ah bon ? Eh bien, je vous écoute, monsieur Gaucel.

- La veille du jour où il a disparu, Raymond était venu me voir au luna-park et il m'avait raconté qu'il avait fait la connaissance d'une fille super dont il était amoureux. Mais le problème, c'est que la fille était mineure. Elle n'avait que seize ans, et Raymond craignait les réactions de ses parents. En fait, il voulait s'enfuir avec la fille et il tenait à savoir ce que j'en pensais. Moi, j'ai essayé de le dissuader, et lui disant que ça ne pourrait que lui attirer des ennuis et qu'il ne serait peut-être plus bleu de cette fille dans quelques semaines ou quelques mois. J'avais l'impression d'avoir réussi à le convaincre. Il m'avait dit: *"Tu as raison. Je suis trop jeune pour gâcher ma vie. Je vais aller la retrouver une dernière fois, lui dire qu'entre nous ce ne sera pas possible, et de toute façon, après-demain, on sera repartis..."* Ce soir-là, j'ai suivi Raymond pour voir à quoi pouvait bien ressembler cette merveille. Il est allé la retrouver du côté de Ponsonneaux. Mais, à un moment, j'ai vu que je n'étais pas le seul à le suivre: il y avait aussi deux types. En voyant ça, j'ai eu peur de me faire repérer et je suis rentré.

- Sans même avertir votre ami ?

- Oui, j'avais vraiment la trouille...

- Vous auriez pu l'appeler sur son portable.

- On n'en avait pas: à cette époque, c'était encore trop cher pour nous.

- Mais pourquoi, alors, n'avoir pas prévenu la police ?

- Pour dire quoi ?

- Oui, mais quand il a disparu, vous auriez pu dire aux enquêteurs ce que vous aviez vu.

- Je n'ai pas osé. Je n'ai jamais rien dit à personne. Aujourd'hui, je le fais parce que j'en peux plus de la boucler.

- Pourquoi n'en avoir pas parlé à Lucien Quiévreux ?

- Je ne voulais pas qu'on sache que j'avais suivi Raymond. Alors j'ai joué les innocents et j'ai fait semblant de prendre tout ça à la légère.

- Mais quand même, avec de tels éléments, vous auriez pu inciter les enquêteurs à faire preuve d'un peu plus de zèle...

- Je sais, je sais...

- Mais, dites-moi, monsieur Gaucel. Comment êtes-vous sûr que les deux hommes suivaient votre ami Raymond ?

- Quand on a la conscience tranquille, on ne marche pas à demi courbé, en essayant de se cacher derrière chaque arbre, non ?

- Effectivement... Ils ressemblaient à quoi, ces deux bonshommes ?

- Je ne pourrais pas vous dire. Il faisait nuit et la route n'était pas éclairée.

- Ils étaient grands, gros, petits, maigres ?

- Il m'avaient semblé assez grands, mais je vous dis, dans le noir...

- Oui... Encore une chose: quand je vous ai demandé tout à l'heure si vous n'aviez plus jamais eu de nouvelles de Raymond, j'ai eu l'impression que vous ne me disiez pas toute la vérité. Je me trompe ?»

Silence. Dimitri attendit, conscient des réticences que Gaucel devait vaincre à cet instant.

«En réalité, il est vrai que je n'ai plus eu de contact direct avec Raymond depuis ce fameux soir. Mais, quelques mois après, j'ai reçu une carte de lui. Elle avait été postée en Espagne, à San Sebastian. Raymond avait écrit quelques lignes, disant quelque chose comme "*Salut, j'espère que tu vas bien. Pour moi, tout baigne, ma nouvelle vie est fantastique*". La carte avait été envoyée chez mes parents. Je dois dire que, pour moi, ça a été un soulagement énorme. Depuis que Raymond avait disparu, je m'imaginais le pire. Et je ne pouvais même pas en parler à quelqu'un. À partir de là, je me suis senti mieux...

- Cette carte, vous l'avez conservée ?

- Oui. Vous pensez bien, j'étais tellement heureux de l'avoir reçue...

- Vous pourriez me la montrer à l'occasion ?

- Pourquoi ? Qu'est-ce que vous voulez en faire ?

- Oh, pas grand-chose. J'aimerais seulement pouvoir y jeter un coup d'œil...»

Nouveau silence. Gaucel devait gamberger, et peut-être regretter d'avoir appelé ce journaliste trop curieux. «Vous pensez que ce n'est pas Raymond qui l'a envoyée ?

- Si vous me demandez ça, c'est que vous-même y avez pensé, monsieur Gaucel, non ?

- Oui, c'est vrai... Mais, franchement, qui aurait eu intérêt à se faire passer pour Raymond ?

- Son assassin, peut-être...

- Admettons. Mais alors, pourquoi m'envoyer une carte à moi, plutôt qu'aux parents de Raymond ?

- Parce que vous avez sans doute été vu ce soir-là et que, de cette manière, l'assassin cherchait à vous rassurer...

- Je me suis posé les mêmes questions, mais je n'ai jamais pu y apporter de bonnes réponses.

- Et, en dehors de cette carte, plus rien ?

- Rien du tout.

- Et donc, votre sentiment, aujourd'hui, est que Raymond a refait sa vie avec sa mystérieuse copine, et qu'il vit parfaitement heureux, en Espagne ou ailleurs ?

- C'est ça. Et vous savez, maintenant avec Internet, Facebook, tout ça, je me dis qu'un jour je le retrouverai, qu'on aura pas mal de choses à se dire, des souvenirs...

- Je l'espère pour vous, monsieur Gaucel... Je reviens à ma demande: vous pourriez me montrer la carte ?

- Oui, mais je ne la balade pas avec moi. Je l'ai planquée dans un tiroir de mon bureau, chez mes parents. Et je n'y vais pas souvent...

- C'est pas grave... Juste une dernière demande: vous pourriez me montrer l'endroit exact où les faits se sont passés, à Ponsonneaux ?

- Oui, bien sûr...»

En raccrochant, Dimitri se demanda quel crédit il pouvait accorder à la confession tardive de ce garçon. En tout cas, elle le confortait dans son idée que le manoir de Haut-Levant et ses environs se trouvaient au centre de trois affaires au moins...

CHAPITRE 16

Éric Magnin avait sa tête des mauvais jours. La fragilité nouvelle de sa situation devait lui miner le moral. Dimitri poussa la porte de son bureau, et il appuya sa poignée de main pour lui signifier qu'il avait tout son soutien dans la lutte sournoise qui l'opposait à son adjoint Drichon.

«Alors, tu as de bonnes nouvelles pour moi ?»

En entendant Boizot dérouler le fil de ses investigations des derniers jours, il sembla récupérer un peu d'énergie.

«C'est tout bon, ça ! À défaut d'avoir du neuf sur le meurtre de Françoise Altmeyer, puisque le parquet refuse de communiquer sur l'affaire, on va pouvoir faire un événement sur le manoir de Haut-Levant et sur les deux mystérieuses disparitions qui se sont produites dans ses alentours !

- C'est ce que je voulais te proposer. Là, on sera les seuls sur le coup, et ça fera peut-être enfin bouger le juge et le parquet. Seulement, avant de lancer les infos, je vais te demander d'attendre encore un jour ou deux. Je t'explique: demain matin, j'ai rendez-vous à l'entrée du manoir avec Norbert Gaucel, le forain ami de Schlamm. Il doit me montrer le chemin exact suivi par son copain le soir de sa disparition. Quand ce sera fait, j'en profiterai pour aller voir de Pervueilly. Je lui parlerai des deux disparitions, de la proximité avec sa propriété, et je verrai comment il réagit. Ça nous donnera des biscuits supplémentaires, et le gars ne pourra pas se plaindre de n'avoir pas été contacté avant la publication de l'article.»

Alors qu'il parlait, Magnin tapotait nerveusement sur l'accoudoir de son fauteuil. «OK. Mais demain, prends Pascal avec toi. Il nous faut un maximum de photos pour illustrer l'article.»

Dimitri hocha la tête en essayant de dissimuler son mécontentement.

«D'accord. Je vais m'arranger avec lui.

- Bon courage !» lui lança Magnin. Il arborait un sourire dans lequel il crut discerner un soupçon de sadisme...

*

Par chance, en cette période de vacances, la route menant à Ponsonneaux était fluide, et le soleil radieux qui illuminait le paysage donnait à chacun des envies de bonheur. À chacun mais pas à Pascal.

Calé au volant de la Citroën Saxo de la rédaction, il ne décolérait pas depuis qu'ils avaient quitté Paris. «Tu me diras ce que tu veux, mais c'est vraiment de la connerie, tous ces sujets ! Franchement, la presse ne s'est pas améliorée avec le temps. Quand j'ai débuté, je me rappelle, mon premier sujet a été l'annonce de la candidature de Coluche à l'élection présidentielle de 1981... Et maintenant, qu'est-ce qu'on fait ? On va voir un péquenot qui va nous faire la reconstitution d'une disparition sans le moindre intérêt...»

Dimitri ne répliqua pas. Avec Pascal, il savait que c'était inutile. En fait, il n'attendait que ça. Il n'aimait rien tant que de tailler en pièces les arguments de ses interlocuteurs.

«C'est vrai, non ?

- Bien sûr.

- T'es pas d'accord avec moi ?

- Si, si...

- T'as déjà pris tes vacances ?

- Dans trois semaines...

- Tu vas encore te faire chier en Bretagne ?

- Mmmh...

- T'en as pas marre de faire toujours la même chose ? T'as pas envie de voir du pays, l'Asie du Sud-Est, l'Afrique ?

- Avec deux gosses, c'est pas évident...

- Tu rigoles ? C'est pour les gosses que c'est fantastique... Avance, ducon! »

Il fut soulagé de voir enfin arriver Ponsonneaux.

«Pour le manoir, tu prends la première à gauche, la route qui monte...»

Une Peugeot 308 était garée à quelques mètres du portail d'entrée. Adossé à la portière, Norbert Gaucel fumait une cigarette, les yeux mi-clos. En apercevant la voiture de *L'Actualité,* il se redressa et fit un petit signe amical de la main droite.

Avec son T-shirt Hard Rock Café défraîchi, qui soulignait son énorme panse, avec son bermuda à fleurs d'où émergeaient deux gros mollets à demi cachés par des chaussettes grises, Gaucel évoquait un bouseux en pleins travaux des champs.

Après avoir expédié les présentations, Dimitri proposa: «Bien. Monsieur Gaucel, on refait le trajet de 2001 ?

- On fait tout à pied ?

- Oui. À moins qu'il y ait un problème.

- Non, non. Mais pour démarrer, je dois d'abord vous amener à Longriaux. C'est à deux kilomètres d'ici. C'est là qu'était installée la fête foraine.»

Pascal, son sac à l'épaule et son Canon à la main, s'impatienta soudain: «Bon, allez. On y va, sinon on va y passer la journée, et j'ai pas que ça à faire ! »

Surpris, le gros Gaucel lança un regard interrogatif à Dimitri, qui se contenta de hausser les épaules, fataliste.

Sur la route menant à Longriaux, ils ne croisèrent personne.

«Voilà, fit Gaucel en débouchant dans le village, qui devait réunir à peine une trentaine de maisons. C'est sur cette place que la fête foraine était installée.»

Dimitri chercha à imaginer les quelques manèges occupant tout l'espace, les jeunes de l'endroit et des hameaux voisins se réunissant au luna-park ou près des autos tamponneuses.

Pascal demanda à Gaucel de prendre la pose devant la place.

«Bien, fit Boizot. C'est donc d'ici que Raymond était parti ?

- Exactement. Il a pris la route de Ponsonneaux, et moi je l'ai suivi, deux cents mètres derrière lui.

- La nuit était déjà tombée à ce moment ?

- Oui, pratiquement...»

C'est en arrivant à une cinquantaine de mètres du manoir que Gaucel s'arrêta soudain. Désignant un bosquet sur la gauche de la route, il dit: «C'est de là que j'ai vu sortir les deux gars.

- D'accord. Ils sont sortis juste après le passage de Raymond ?

- Oui... Enfin, je dirais trente secondes après. Moi, je me trouvais à une centaine de mètres d'eux.

- Quand vous les avez vus, qu'est-ce que vous avez fait ?

- Je me suis arrêté et je n'ai plus bougé. Je me demandais ce qui se passait.

- D'ici, si votre copain Raymond était à deux cents mètres, vous ne pouviez plus l'apercevoir, avec le dénivelé de la route ?

- Exactement. On peut dire que c'est vraiment ici que je l'ai vu pour la toute dernière fois...»

Nouvelle séance de photos, au cours de laquelle Dimitri en profita pour noircir son carnet de notes.

«Monsieur Gaucel. Si je vous ai bien suivi, les deux hommes étaient donc cachés lors du passage de Raymond.

- Oui.

- Ils ne sont sortis de leur bosquet qu'après un petit moment...

- C'est ça...

- C'est curieux... Parce que si on imagine deux rôdeurs – ce qui serait étonnant sur une route où ne passe pratiquement personne –, plutôt que de suivre leur victime, au risque de se faire repérer par celle-ci, il aurait été plus logique de se jeter immédiatement sur Raymond et de le dépouiller.

- C'est exactement ce que je me suis dit en y repensant. En fait, on aurait dit qu'ils l'attendaient, comme s'ils savaient qu'il allait passer là...

- Ce qui ferait penser à des copains jaloux de la fille que Raymond allait retrouver... C'est d'ailleurs la thèse de Lucien Quiévreux...

- Effectivement. Mais, par la suite, il y a eu la carte de San Sebastian, qui était rassurante...»

Dimitri haussa les sourcils, comme s'il ne croyait qu'à moitié à cette version positive de l'affaire.

«Monsieur Gaucel, après vous être arrêté, vous avez fait immédiatement demi-tour ?

- Non, j'ai d'abord attendu de voir les deux gars disparaître au sommet de la côte. Puis j'ai hésité. Je me demandais si je ne devais pas les suivre... Mais j'avais trop peur...»

Dimitri en savait assez, il prit congé de Gaucel, qui remonta à bord de sa Peugeot et repartit sur un double coup de klaxon.

«Bien, fit Dimitri à l'intention de Pascal. Quant à nous, nous allons rendre une petite visite de politesse à Arnaud de Pervueilly, le propriétaire de ce très beau manoir de Haut-Levant.»

Arrivés devant le portail, qui était fermé, comme d'habitude, Boizot eut une idée. Dans son portefeuille, il récupéra le bout de papier où il avait griffonné le code en service lors de la rencontre d'été du Portique. Il le composa et, à sa grande surprise, le portail s'ouvrit sans difficulté.

«Bizarre...

- Pourquoi bizarre ?» fit Pascal, qui ne comprenait pas ce qui se passait.

«L'employée m'avait expliqué que Pervueilly changeait systématiquement le code du portail tous les lundis, pour éviter toute intrusion. Or, ici, le code n'a pas été changé depuis au moins une semaine...

- Peut-être qu'avec cette affaire de meurtre, il n'y a plus pensé ?

- Peut-être...»

Alors qu'ils commençaient à gravir le perron, un grand bonjour sonore se fit entendre derrière eux.

Dimitri se retourna et reconnut le jardinier. «C'est pour monsieur de Pervueilly ?

- Oui.

- Il n'est pas là. Comme tous les jeudis, il est au marché à Amiens. Il ne revient en général qu'en début d'après-midi.

- Ah oui... Et Caroline est là ?

- Oui. Je sais pas où elle est exactement, mais il y a une sonnette à la réception.

-Merci !»

Il retrouva le hall d'entrée prétentieux, avec Pascal sur ses talons, qui paraissait impressionné par les lieux.

Une minute plus tard, Caroline apparaissait.

«Bonjour messieurs.

- Bonjour, vous me reconnaissez ?»

La jeune fille sourit à tout hasard. Mais, visiblement, Dimitri ne lui avait pas laissé un souvenir impérissable... Il ajouta : «Dimitri Boizot, journaliste. J'étais ici la semaine dernière avec les membres du Portique et c'est moi qui...

- Oui, oui, je me souviens...

- Caroline, j'aurais voulu pouvoir rencontrer votre patron, mais le jardinier nous a expliqué qu'il est absent ce matin.

- Oui. Tous les jeudis...

- Nous savons... En fait, j'aimerais que vous me donniez son numéro de portable. Il est important que je puisse le joindre rapidement.

- C'est que...

- Monsieur de Pervueilly refuse que vous donniez son numéro à n'importe qui, c'est ça ?

- Voilà...

- Je comprends. Mais alors vous pourriez peut-être l'appeler vous-même et lui demander s'il accepte de me parler.»

Cinq minutes plus tard, rendez-vous était pris pour un déjeuner à Amiens, au désespoir de Pascal, qui croyait en avoir terminé avec ce reportage.

Avant de quitter le manoir, Dimitri lui demanda de prendre une série de photos, y compris dans le parc, à l'endroit précis où le corps de Françoise Altmeyer avait été découvert.

*

Arnaud de Pervueilly était installé à une table proche de l'entrée lorsque Dimitri et Pascal débarquèrent au restaurant où il leur avait fixé rendez-vous.

«Eh bien, monsieur Boizot, comment allez-vous depuis la semaine dernière ?

- Pas mal...

- Vous vouliez me parler, m'a dit Caroline ?

- Mon journal m'a chargé des articles sur le meurtre de Françoise Altmeyer. Et, au cours de mes recherches, j'ai découvert deux éléments qui m'ont intrigué...»

Il s'interrompit pour permettre au serveur de prendre la commande. Du coin de l'œil, il surveillait de Pervueilly, afin de voir si quelque chose, dans sa physionomie, trahissait une quelconque inquiétude. Mais il paraissait complètement détendu.

«Donc, vous avez fait des découvertes ?

- Oui... Enfin, ce ne sont que des pistes de réflexion. Mais c'est tout de même assez troublant.»

De Pervueilly l'écoutait, les mains croisées et les pouces joints, sans la moindre impatience. Sur son visage flottait le léger sourire qu'il semblait arborer en toutes circonstances.

«Voici deux ans, une dame qui était membre de l'association de monsieur Lenain a disparu. Il se fait qu'elle était la cousine de Françoise Altmeyer. Elle s'appelle Myriam Grimberg. Ce nom vous dit quelque chose?

- Oui, bien sûr... Les gendarmes étaient venus m'interroger à son sujet... Je n'ai jamais très bien compris pourquoi, d'ailleurs...»

De Pervueilly parlait sur un ton très posé, un peu comme si cette conversation ne le concernait pas vraiment.

«A priori, selon son mari, la disparition de Myriam Grimberg s'explique très facilement: selon lui, elle serait partie avec un autre homme, lui laissant même un mot d'adieu très clair. Mais ce qui est bizarre dans ce cas, c'est que son téléphone portable a cessé d'émettre définitivement alors que l'appareil se trouvait dans les environs du manoir de Haut-Levant. Depuis lors, plus personne n'a eu la moindre nouvelle d'elle...»

Cette fois, de Pervueilly parut intéressé. Son sourire se figea. «Voilà pourquoi les gendarmes étaient venus au manoir. Et vous, vous en déduisez quoi, monsieur Boizot ?

- Rien du tout. Sauf que je trouve vraiment étonnant qu'une femme partie refaire sa vie avec un autre homme coupe ainsi tous les ponts, y compris avec ses deux enfants, à qui elle n'a plus jamais donné signe de vie... Et cela se passe près de chez vous, non loin de l'endroit où sa cousine sera assassinée deux ans plus tard...

- Attendez... J'ai peur de comprendre: vous êtes en train de me dire que le meurtre de madame Altmeyer et la disparition de sa cousine auraient un rapport quelconque avec mon manoir ?»

D'un coup, le ton venait de monter. Ce qui, aux yeux de Dimitri, était plutôt bon signe: de Pervueilly paraissait sincèrement indigné.

«Je n'en sais rien, je vous fais seulement part des faits que j'ai découverts.

- C'est léger...

- Je sais. C'est pour cette raison que je suis persuadé que ce que je vais vous dire va vous intéresser davantage. Il y a douze ans, en mars 2001, un jeune garçon qui avait alors à peine vingt ans, a également disparu aux environs immédiats du manoir...

- Je m'en souviens bien. J'avais repris l'exploitation du manoir l'année précédente, et ce garçon travaillait sur un manège d'autos tamponneuses à la fête foraine de Longriaux... Mais Longriaux n'est pas vraiment dans les environs immédiats du manoir, le hameau se trouve à deux kilomètres...

- C'est exact, monsieur de Pervueilly. Mais il se fait que j'ai récolté un témoignage de première main sur la disparition de ce garçon, qui s'appelait Raymond Schlamm: la dernière fois qu'il a été vu, c'était à deux cents mètres à peine du manoir, et il était suivi par deux hommes qui s'étaient cachés dans un bosquet tout proche du portail d'entrée...

- Ah bon ? C'est la première fois que j'entends parler de cela...

- Normal, puisque le témoin qui m'a relaté les faits n'avait jamais parlé auparavant.

- C'est quelqu'un de la région ?

- Non, pas du tout, c'est un autre forain, qui était à l'époque très ami avec Raymond...

- Eh bien, chapeau, monsieur Boizot ! Vous faites un enquêteur efficace... Mais je ne vois pas le rapport direct avec Haut-Levant.

- Moi non plus, mais je trouve quand même que tout cela fait un nombre de coïncidences assez élevé...»

Le visage de Pervueilly se ferma. «Vous pensez que j'ai assassiné madame Altmeyer et fait disparaître deux personnes ?

- Absolument pas. Je voulais simplement vous parler de ces faits afin de savoir ce que vous en pensez.

- Mais rien du tout ! Écoutez, ce n'est déjà pas mal d'avoir eu un meurtre, si en plus on me met sur le dos d'anciennes disparitions...»

Dimitri s'efforça de dédramatiser la situation qu'il venait de créer. À côté de lui, Pascal commençait à s'agiter, trouvant sans doute cette conversation inintéressante.

«Je ne veux rien vous mettre sur le dos, monsieur de Pervueilly. Vraiment pas... Je tenais simplement à avoir votre réaction avant de publier un article.

- Ma réaction, elle est simple: je ne vois pas le rapport entre ces trois affaires. Mon établissement est bien connu dans toute la région, et même au-delà, et venir suggérer que le manoir pourrait être au centre d'une série d'affaires criminelles s'apparente à de la diffamation... Je pense d'ailleurs que je vais contacter mon avocat tout à l'heure, pour savoir quelle ligne de conduite adopter si votre journal publie un article mettant Haut-Levant en cause...»

Dimitri soupira. Il devait bien admettre que l'indignation de Pervueilly était légitime: si vraiment il n'avait rien à voir dans tout cela, le papier de *L'Actualité* lui causerait un tort certain. Mais il ne pouvait plus faire machine arrière, Magnin était impatient de publier son scoop.

La poignée de main qui suivit le déjeuner était nettement moins appuyée que celle qui avait ponctué leur arrivée au restaurant...

CHAPITRE 17

Installés dans un salon sans grâce, les trois hommes semblent nerveux. «Je sais pas ce que cherche ce journaliste, mais il devient vraiment emmerdant. Ce matin, il rôdait encore du côté de Haut-Levant. On l'a même vu faire la route à pied depuis Longriaux. Et il cherchait à parler à Pervueilly...

- Dis donc, Francis, tu dois pouvoir savoir très vite où il crèche, s'il a des enfants, une femme...

- C'est ça ! T'as l'intention d'enlever ses gosses, ou quoi ?»

Son interlocuteur hausse les épaules en ricanant. «Non, évidemment. Mais on pourrait peut-être le calmer, une agression, c'est vite arrivé...

- Oui. Ainsi, il saura qu'il est sur la bonne piste, il en parlera aux gendarmes qui ne manqueront pas de l'interroger, et on va les voir débarquer dans les jours qui suivent... Non, il vaut mieux le laisser faire... Pour l'instant, les gendarmes n'en sont nulle part...

- Tu en es certain ?

- Je suis bien placé pour le savoir, non ?

- Ouais...»

Silence. Chacun réfléchit à la suite des événements. Jusqu'ici, tout s'est déroulé sans accroc. Il ne faudrait pas que le meurtre de

Françoise Altmeyer détruise le bel ordonnancement patiemment mis au point.

«Qu'est-ce qu'on fait, alors ?

- Rien. On laisse venir. On verra bien ce que ce journaliste va publier, et on avisera...»

Hochements de tête. Les bavardages inutiles n'ont jamais été leur tasse de thé. Ils lèvent leurs verres, les vident d'un trait. La réunion est terminée.

CHAPITRE 18

Le juge Francis Caduc s'apprêtait à prendre son petit déjeuner en compagnie de Victoire lorsque son téléphone portable sonna. Il n'était pas de garde ce week-end là et il fut d'abord tenté de ne pas répondre. Mais lorsqu'il vit s'afficher le nom de Frans Van Loo, il comprit qu'il avait tout intérêt à décrocher.

- Oui ?

- Van Loo à l'appareil, vous avez entendu la radio ?

- Non, pourquoi ?

- *L'Actualité* fait sa une sur *Les mystères du manoir de Haut-Levant*, et l'affaire est relayée par les radios, j'ai déjà eu droit à six appels de journalistes ce matin.

- Attendez, je ne comprends rien à ce que vous me dites. Vous pouvez m'expliquer ?»

Il adressa à Victoire une moue en levant les yeux au ciel, manière de lui signifier qu'il avait au bout du fil un emmerdeur de première classe. Elle sourit et posa une main sur son bras.

«Eh bien, Dimitri Boizot, le journaliste qui a découvert le corps de Françoise Altmeyer, prétend que, au cours des années précédentes, deux disparitions inexpliquées ont eu lieu à proximité immédiate du manoir.»

Caduc haussa les épaules. De soi-disant *enquêtes* journalistiques, il en avait connu pas mal dans sa carrière. Elles s'étaient toujours lamentablement dégonflées.

«Mouais. Il cite les noms des disparus ?

- Oui. Il y a deux pages entières dans le journal.

- Et ce qu'il raconte a l'air de se tenir ?

- Ce n'est pas ça qui importe. Nous allons devoir réagir officiellement. On ne peut pas faire le gros dos, d'autant qu'au rythme où ça avance, on aura droit aux journaux télévisés de 13 heures. Retrouvons-nous dans mon bureau dans une demi-heure, nous pourrons ainsi mettre au point un communiqué.»

Le juge coupa la communication sans répondre. Plus que tout, il avait horreur de voir le boulot empiéter sur son week-end. Mais il devait bien s'avouer que ce jeune connard suffisant avait raison...

*

En entendant le nom de Haut-Levant, il a dressé l'oreille. La journaliste de France Inter parle d'une enquête de *L'Actualité* où il est question de meurtre et de disparitions.

«Merde !» Il a juré tout haut. Il doit à tout prix se procurer le journal.

Il pousse un profond soupir. S'il s'agit bien de ce qu'il croit, ça sent très mauvais...

Il s'habille à la hâte, ferme à double tour en quittant la maison et s'engouffre dans son 4x4.

Une demi-heure plus tard, il est de retour, nerveux et accablé à la fois. La une de *L'Actualité,* ornée des photos du manoir, ainsi que de celles de Françoise Altmeyer, de Myriam Grimberg et de Raymond Schlamm, est une véritable catastrophe.

Il s'installe au salon, déplie le journal et se met à lire.

Au fur et à mesure, son visage se décompose. Ce journaliste en sait vraiment beaucoup, même s'il n'a aucune preuve de ce qu'il avance.

Le problème, c'est que les gendarmes vont certainement relancer l'enquête sur les disparitions, et ça c'est inquiétant.

Il se sent pris d'une soudaine envie de tuer ce Boizot. Pourquoi faut-il qu'il existe des gens toujours prêts à se mêler de ce qui ne les regarde pas ? Il ne déteste rien tant que ces bonnes âmes désireuses de faire le bonheur de leurs contemporains malgré eux. La vie, la vraie vie, ce n'est pas ça. C'est un perpétuel rapport de forces où les plus faibles ont vocation à servir les plus forts. C'est la loi de la nature. Et ça n'a rien à voir avec cette belle idée des droits de l'homme que d'aucuns agitent comme un étendard.

Putain ! On n'est pas sur la Terre pour être perpétuellement emmerdés par les autres.

«Et si le meurtre de Françoise Altmeyer débouchait sur une affaire d'une tout autre ampleur, impliquant un tueur en série ? C'est, sans aucun doute, une question à laquelle devront répondre les enquêteurs.»

C'est sur ces mots que ce Dimitri Boizot achève son article. Un tueur en série ! Pourquoi pas des terroristes islamistes tant qu'il y est ? Ce type est un con, et un con du genre malfaisant.

Et Francis qui propose de le *laisser aller*.

Pas question. Il doit trouver un moyen de le neutraliser, sans passer par des menaces ni des coups. Il faut l'attaquer sur son propre terrain, celui des médias.

Il redresse la tête, regarde le jardin par la fenêtre. Son expression d'anxiété cède la place à un sourire. Mais oui, voilà l'idée géniale, celle qui va lui permettre de ridiculiser complètement ce journaliste, tout en lui fournissant – suprême astuce – un rebondissement de première classe.

À cet instant, il n'est pas loin de se prendre pour un génie. Il doit seulement mettre au point un scénario dans lequel il sait que chaque détail sera essentiel...

*

Au même moment, Dimitri Boizot achevait de prendre une douche. La nuit qu'il venait de passer dans les bras de Sylvie l'avait mis d'excellente humeur. Lorsqu'il était rentré hier soir du journal, elle l'attendait, souriante et câline : «J'ai pris congé ce week-end. J'avais trop envie de te voir. J'ai convaincu mon père de faire bosser

Laurène, une de nos petites voisines qui avait déjà assuré quelques remplacements à la boulangerie.»

Ça tombait bien. Il n'était pas de service au journal et avait donc deux jours entiers de liberté devant lui. Du moins, c'était ce qu'il pensait...

Il était occupé à se frictionner lorsque son portable sonna dans le salon. Il entendit la voix de Sylvie qui criait: «C'est Drichon ! Je réponds ?»

Merde ! Cet insupportable type allait, à coup sûr, lui foutre son week-end en l'air.

«Non, laisse sonner ! Il n'a qu'à laisser un message.»

Il jeta un coup d'œil désespéré dans le miroir. Au fil des ans, sa silhouette évoquait davantage celle de Marlon Brando sur la fin de sa vie que le jeune premier d'*Easy Rider*. «Faudrait décidément que je fasse un régime...»

Il s'habilla, blue jean et T-shirt, l'accoutrement idéal pour deux jours de glandouille. Puis il rejoignit Sylvie au salon. Avec sa robe d'été et sa chevelure sauvage, elle avait l'air d'une gamine.

«Bon, je vais voir ce que me veut ce con de Drichon...»

Le message que lui avait laissé son rédacteur en chef adjoint disait: «Salut Dimitri, c'est Étienne. Ton papier sur le manoir de Haut-Levant fait un carton. On a été repris ce matin par toutes les radios, les télés vont embrayer à 13 heures. Et on vient de recevoir un communiqué officiel du parquet qui dit, en gros, que les liens entre les trois affaires ne sont que des supputations reposant seulement sur des impressions, et que l'enquête sur le meurtre de Françoise Altmeyer suit son cours. Est-ce que ça t'intéresse de rédiger toi-même l'article, ou alors je le confie à Bastien, qui est de permanence ce week-end. Tu me rappelles ? Merci !»

«C'est marrant, fit Dimitri en coupant la conversation. J'ai l'impression que, depuis un certain temps, Drichon m'a plutôt à la bonne. Auparavant, il m'anéantissait du poids de son mépris. Aujourd'hui, c'est tout juste s'il ne me tape pas dans le dos comme un vieux copain.

- C'est logique: après les affaires Perdiou et Coypel, tu es devenu un journaliste qui compte. Drichon est peut-être con, mais il sait reconnaître les talents.»

Il se pencha vers elle pour un baiser tendre. À ses yeux, il avait presque l'impression d'être la réincarnation d'Albert Londres.

«Tu as raison, mon amour. Comme toujours... Cela dit, j'ai trop envie de profiter du week-end avec toi, je vais donc l'appeler illico et lui dire que Bastien fera parfaitement l'affaire pour suivre l'évolution du dossier aujourd'hui.»

*

Dans le bureau du substitut Frans Van Loo, au palais de justice, l'ambiance était nettement moins détendue.

«Bon ! Avec ce communiqué, on désamorce la polémique dans un premier temps. Mais ça ne va pas durer: les journalistes vont chasser en meute, comme d'habitude. On risque fort, dès demain, et plus encore lundi, de voir fleurir des reportages et des *enquêtes* sur les disparitions dont parle ce Boizot.»

Lorsqu'il parlait, le juge Caduc en imposait naturellement au jeune substitut, qui se contenta de hocher la tête pour approuver. «Je me demande si je ne devrais pas le convoquer. Après tout, il est notre premier témoin, et aussi l'un des suspects potentiels... Je serais lui, je me ferais plutôt discret...

- Ce serait une bonne idée de le convoquer, et de lui remonter les bretelles. Il m'a l'air un peu trop sûr de lui, ce journaliste. Je trouve ça déplaisant...»

Caduc haussa les épaules, il en avait vu d'autres dans sa longue carrière.

Van Loo reprit: «Vous en êtes où, exactement, dans votre instruction ?

- Après le suicide du mari, on a évidemment creusé cette piste en priorité. Mais ni l'examen des comptes du couple, ni la perquisition menée à leur domicile, ni les témoignages des membres de la famille et des collègues à la banque Grimard-Ledieu ne permettent, pour l'instant, de penser que le mari ait pu tuer sa femme...

- On n'a toujours pas retrouvé les affaires de Françoise Altmeyer, que son mari avait emmenées ?

- Non. C'est, en fait, le seul point emmerdant... Maintenant, on peut toujours penser que quelqu'un qui passait par là a piqué la valise en s'imaginant qu'elle contenait peut-être des valeurs...

-Ça ne tient pas. Si un rôdeur avait délesté Cyril Senart, il lui aurait aussi volé son portefeuille, son téléphone...

- Pas nécessairement. Pour y arriver, la personne aurait dû toucher au cadavre. Tandis que la valise se trouvait sur le siège arrière, au vu et au su de tout le monde. Cet élément a été fourni par le propriétaire du manoir...

- Il est clean, celui-là ?

- Pour autant qu'on en sache, oui...

- Et parmi tous ceux qui participaient à cette fameuse rencontre d'été avec madame Altmeyer ?

- Les recherches se poursuivent. Les gendarmes sont occupés à fermer des portes.

- Rien du côté de l'ADN ?

- Alors là, rien d'exploitable. On a simplement trouvé des fragments de fibres sur la bouche de la victime. Selon le labo, elles proviendraient de gants de travail ou de protection, du genre de ceux qui sont utilisés pour jardiner ou bricoler...

- On a fait des fouilles dans les alentours pour tenter de les retrouver ?

- Oui, les gendarmes ont à nouveau ratissé les lieux, dans le parc du manoir, et sur le trajet jusqu'au lieu du meurtre. Sans succès. Pas plus de succès, d'ailleurs, pour les chaussures de la victime, qui ont totalement disparu...»

Le téléphone sonna sur le bureau du substitut. «Je vous parie que c'est encore un journaliste... Oui, Van Loo à l'appareil...»

Il leva le pouce pour indiquer qu'il ne s'était pas trompé.

«Non, pas d'autre commentaire pour l'instant. Nous nous en tenons à notre communiqué... Eh oui... Au revoir !»

Il raccrocha d'un air rageur. «C'est marrant, mais je trouve qu'à l'école de la magistrature, on ne met pas suffisamment l'accent sur la manière de gérer les relations avec la presse...»

Caduc sourit. Van Loo avait encore pas mal de choses à apprendre. Personnellement, il lui avait fallu pas mal de temps pour apprendre à composer avec les journalistes. Bien sûr, il ne l'aurait avoué pour rien au monde, mais dans son for intérieur il était bien conscient de la nécessité d'entretenir des liens avec eux. Il s'était toujours gardé de rapports trop amicaux, mais il savait pouvoir compter sur quelques-uns lorsqu'il s'agissait de diffuser des informations, voire d'organiser quelques fuites, pour faire progresser telle ou telle enquête. Mais cela ne s'apprenait pas à l'école.

«Où en étions-nous ?» fit Frans Van Loo.

«Nous parlions de la disparition des chaussures de la victime, qui n'ont toujours pas été retrouvées...

- Oui... Pour en revenir aux deux disparitions dont parle *L'Actualité*, vous étiez au courant ?»

Caduc se renfrogna. Sa susceptibilité maladive remonta d'un seul coup à la surface. Être pris en défaut par ce jeune crétin lui était insupportable.

«Évidemment... Mais je suis persuadé qu'elles n'ont pas le moindre rapport avec le meurtre de Françoise Altmeyer.

- J'espère que vous avez raison... Parce qu'avec l'article d'aujourd'hui, et ceux qui vont suivre, si une relation peut être établie, on sera mal.

- Rassurez-vous, monsieur le substitut, les journalistes cherchent des rapports qui n'existent pas, dans le seul but de vendre du papier.»

Van Loo avait l'air dubitatif. À juste raison: le juge d'instruction bluffait sans vergogne. En réalité, s'il avait entendu parler de la disparition de Myriam Grimberg lors de ses auditions au manoir, en revanche il venait de découvrir le nom de Raymond Schlamm. Il se promit de faire procéder à des recherches sur ce jeune homme lundi matin. En attendant, il avait hâte de rentrer chez lui et de retrouver Victoire.

CHAPITRE 19

Tout est calme dans la maison. Quand il était gosse, et davantage encore lorsqu'il était adolescent, il aimait le dimanche matin, la grasse matinée sans une once de culpabilité.

Il a ouvert la porte-fenêtre du jardin. Tout respire la quiétude. Il sourit. Il en connaît un qui sera beaucoup moins tranquille lorsqu'il recevra le message électronique qu'il va lui rédiger.

Il ouvre son ordinateur portable et l'allume. Après quelques minutes de patience, il peut enfin travailler.

D'abord, il rouvre la photo prise la veille. Elle est parfaite de netteté et extrêmement claire dans son propos. Myriam pose, souriante, l'air détendu, installée dans une balancelle. Derrière elle, on distingue une pelouse et des arbres. Tout baigne dans une éclatante lumière estivale. D'ailleurs, la légère robe blanche de Myriam témoigne à merveille de la douceur de la température. Il zoome légèrement, de manière à rendre plus lisible l'élément essentiel du cliché: la une de *L'Actualité* de la veille, barrée de ce titre racoleur, *Les mystères du manoir de Haut-Levant*. Avec ça, si quelqu'un doute encore du fait que Myriam est vivante et heureuse, c'est qu'il est d'une insigne mauvaise foi.

Il scrute la photo dans ses moindres détails. Comme elle va être examinée sous toutes ses coutures par son destinataire et par les enquêteurs, il faut être absolument certain qu'elle ne comporte aucun élément susceptible d'identifier les lieux.

Au bout d'un quart d'heure d'un contrôle minutieux, il relève la tête et pousse un profond soupir. Nickel !

Il ne lui reste plus qu'à composer son message. C'est le plus difficile. Il a toujours eu des problèmes avec l'écriture. Souvent, il a l'impression que les mots se dérobent devant lui, qu'ils se refusent, comme s'ils se vengeaient du mépris dans lequel il les a longtemps tenus. Jusqu'au jour où il a enfin compris que celui qui maîtrise le langage prend facilement l'ascendant sur ses semblables. Depuis lors, il s'astreint à une heure de lecture quotidienne, ponctuée de fréquentes incursions dans le Larousse. Il n'aime rien tant que de découvrir de nouveaux mots, particulièrement ceux qui sont rarement employés par les autres gens.

Allez, il faut se lancer...

«Monsieur,

J'ai lu avec attention votre article sur le meurtre de ma...»

Faut-il immédiatement parler de *cousine* ou bien ne vaut-il pas mieux l'affubler de l'adjectif *malheureuse* ? Allez, va pour *malheureuse !*

«... sur le meurtre de ma malheureuse cousine, Françoise Altmeyer.

Vous parlez de ma disparition, en des termes qui laissent penser qu'elle pourrait être liée à cette tragique affaire.

Avec ce message, je veux démentir cela avec la plus grande force. Si j'ai décidé de disparaître voici deux ans de cela, c'est seulement pour repartir à zéro...»

Est-ce qu'on ne doit pas dire plutôt *repartir de zéro ?*

Il ouvre le dictionnaire. Mais où chercher ? Au mot *zéro* ou au verbe *repartir ?* Il opte pour la première solution. Sans succès. Rien non plus à *repartir...*

Il va donc devoir se débrouiller seul. Puisqu'il a déjà écrit *à zéro,* autant conserver cette formule.

« Depuis ce moment, j'ai réussi à refaire ma vie. Je suis parfaitement heureuse. Pour vous le prouver, j'ai demandé à mon compagnon de prendre une photo de moi, avec le journal en question. Ainsi, j'espère vous convaincre que vous faites fausse route.

Pardonnez-moi si je ne peux vous en dire plus. Mais je n'ai aucune envie d'être retrouvée. Ma vie a pris un autre cours. Tout ce que je vous demande, c'est de respecter ma volonté de discrétion.

Par la même occasion, je tiens à affirmer que j'aime mes enfants, que je ne les ai pas oubliés. Mais il vaut mieux ne plus se voir.

Je vous autorise à publier ce message dans votre journal, ainsi que la photographie qui l'accompagne. Mais ne cherchez pas à me répondre. Ce serait peine perdue: je ne vous écrirai plus. Je tiens par-dessus tout à ma tranquillité.»

Il relit ce qu'il vient d'écrire. Il n'a rien oublié. Ni l'allusion à ses enfants, ni celle à son compagnon.

Quand Boizot recevra ce mail, il n'aura pas le choix, il devra le publier. D'ailleurs, il sera sans doute trop content de le faire, puisqu'il pourra le présenter comme un nouveau scoop. Trouver son adresse de boîte électronique a été un jeu d'enfant: elle figure sur le site Internet du journal, ainsi que sa ligne téléphonique directe.

Il ne lui reste qu'une formalité à accomplir, créer une adresse mail au nom de Myriam, et surtout le faire à partir d'un cybercafé d'Auxerre. De cette façon, il sera assuré que personne, jamais, ne pourra remonter jusqu'à lui...

Il sourit. C'est lui, désormais, qui va conduire le jeu. D'une certaine manière, cela l'excite plutôt. Tirer les ficelles dans l'ombre peut procurer une certaine forme de jouissance.

Et puis enfin, si on y réfléchit bien, il n'y a rien de fondamentalement erroné dans son message. Myriam a bien refait sa vie, cela personne ne peut le nier. Peut-être ne correspond-elle pas tout à fait à ce qu'elle envisageait, mais nul n'est totalement maître de son existence...

CHAPITRE 20

Dimitri Boizot retrouva la rédaction de *L'Actualité*, lundi matin, avec un sentiment de lassitude qui lui était tombé sur les épaules au lever. La veille au soir, Sylvie était repartie à la boulangerie familiale de Senlis, lui laissant une terrible impression de vide et d'abandon.

Alors il s'était vautré sur son canapé, avait allumé la télévision, prêt à ingurgiter n'importe quoi pourvu que ça lui évite de réfléchir. Par chance, une bouteille presque intacte de whisky était à portée de gosier. Il avait allumé une cigarette et s'était laissé flotter dans une espèce de no man's land ouaté.

Il avait d'abord tenté de suivre les démêlés de la septième compagnie au clair de lune. Il avait très vite abandonné au profit d'une série policière allemande censée se dérouler à Venise, mais dont la lenteur de l'action aurait fait passer le défunt Derrick pour un sprinter agité du bocal. Heureusement, il avait fini par trouver son bonheur grâce au film Ray que diffusait Arte.

Ce matin-là, il n'avait donc pas le moral au beau fixe.

Depuis le mois de mars, Patrice Censier, son collègue installé en face de lui à la rédaction, avait pris sa préretraite pour se consacrer à son épouse, dont la sclérose en plaques s'était brusquement aggravée. Il avait été remplacé par une petite nouvelle, vingt-cinq ans tout juste, passionnée d'économie comme son prédécesseur, mais dont l'énergie juvénile le fatiguait. Autant que sa manie de s'enquérir de sa santé à tout bout de champ, comme s'il était un vieillard prêt à passer l'arme à gauche.

Marie-Aude était déjà rivée à son écran lorsqu'il débarqua. «Ça va, Dimitri, tu as pas trop l'air dans ton assiette ?»

Il réfréna à la fois un soupir et l'envie de lui expédier une gifle. Il se contenta de sourire. «Non, ça va, merci. Et toi, tu as passé un bon week-end?

- Super. j'ai participé aux 20 kilomètres d'Orléans, et j'ai réussi à améliorer mon temps de plus de deux minutes.

- Super !»

Il s'installa à son bureau. Les écrans d'ordinateur formaient une barrière visuelle qui lui évitaient de poursuivre une conversation sans intérêt. Cette fille avait tout pour elle, la beauté, l'intelligence, un vrai talent d'écriture. Et pourtant, il ne la sentait pas. Avait-il basculé à son insu dans le troisième âge râleur et rétrograde ? À quarante-quatre ans à peine, ç'aurait été terrible. Il alluma son ordinateur. Il en avait pour cinq bonnes minutes avant qu'il ne fût opérationnel. Il se leva et se rendit à la machine à café.

Drichon s'y trouvait, lancé dans une grande conversation avec Stéphane Massaux, le responsable de l'équipe des graphistes et, surtout, redoutable délégué syndical. Il ne les aimait ni l'un ni l'autre, alors il poursuivit son chemin après un rapide salut de la main, et il décida de remplacer le café par une première cigarette dans le petit square en face du journal.

La journée s'annonçait belle. Il songea à Claude et Mireille, ses deux enfants. Ils lui avaient envoyé un texto la veille, en fin d'après-midi. Ils venaient de découvrir Las Vegas et en étaient visiblement émerveillés.

Ce n'était pas avec son salaire de journaliste qu'il aurait pu leur offrir de telles vacances. Il en venait à se demander si, en fin de compte, le remariage de leur mère avec un dentiste très aisé n'était pas une bonne chose pour eux. S'il n'avait que très peu d'affinités avec Jean-Christophe, il devait admettre qu'il était un excellent beau-père pour les gosses, et un mari attentionné pour Andrée.

Il écrasa sa Camel dans le gravier et se décida à remonter à la rédaction. Première tâche de la journée: nettoyer sa boîte mail, perpétuellement encombrée de messages dont l'immense majorité était inutile.

Son attention fut attirée par un nom d'expéditeur inattendu: Myriam Grimberg. Il ouvrit le message sans attendre, regarda la photo jointe. Comme par enchantement, sa fatigue disparut, laissant la place à une forme d'excitation qu'il connaissait bien, lorsqu'il était lancé sur la piste d'une information exclusive.

Il lut le texte, qui s'achevait sur cette phrase: «Je tiens par-dessus tout à ma tranquillité». Inconsciemment, il releva le fait que le texte était parfaitement rédigé, sans la moindre faute d'orthographe.

Il se leva d'un bond et se rendit, à grandes enjambées, vers le bureau d'Éric Magnin. Comme tous les matins avant la réunion de rédaction, celui-ci était occupé à éplucher la concurrence tout en écoutant la radio et en jetant un œil sur la télé branchée sur LCI.

«Salut ! Très beau scoop. Tous les autres ont dû embrayer.

- Et ce n'est pas fini, Éric... Je viens de recevoir un mail de Myriam Grimberg elle-même.

- Quoi ?

- Comme je te le dis. Et le plus beau, c'est qu'elle a joint à son message une photo d'elle, prise samedi, avec la une de *L'Actualité* devant elle !

- C'est génial ! Et qu'est-ce qu'elle raconte ?»

Dimitri lui résuma la teneur du message.

«Écoute, il faut absolument lui répondre et lui demander une interview.

- C'est ce que je m'apprêtais à faire... Mais, franchement, je doute... Je pense, à la lecture de son mail, qu'elle veut retrouver au plus vite son anonymat.

- Alors, tu dois contacter le juge d'instruction en charge de l'affaire et lui demander son avis sur ces disparitions.

- Il l'a déjà donné...

- Par communiqué, je sais. Mais moi, ce qui m'intéresse, c'est une vraie interview, pour faire le point sur l'avancement de l'enquête.»

Alors qu'il sortait du bureau, Dimitri sentit son portable vibrer dans sa poche.

«Monsieur Boizot ? Antoine Gillot, le greffier du juge Caduc. Je vous passe monsieur le juge !»

Un déclic. Puis la voix caractéristique du magistrat. «Bonjour. J'ai lu avec attention vos articles de ce week-end. J'y ai trouvé certains éléments au sujet desquels j'aimerais avoir quelques précisions. On en parle maintenant au téléphone, ou je vous convoque à mon bureau ?»

Dimitri sourit. Décidément, ce juge Caduc avait le chic pour se rendre imbuvable. Mais son coup de téléphone tombait à point nommé.

«Monsieur Caduc, je suis content de vous entendre. Je m'apprêtais justement à vous appeler... Je suis évidemment tout disposé à vous fournir toutes les informations dont vous aurez besoin. Mais, si cela ne vous dérange pas, je préférerais le faire de vive voix plutôt que par téléphone...

- Quand ?

- Quand vous voulez.

- C'est bien. Je vous attends à onze heures à mon bureau.»

Pas la moindre formule de politesse. Le juge Caduc avait décidé, une fois pour toutes, de se passer de ces formalités qu'il jugeait inutiles. Boizot s'en fichait. L'essentiel était de pouvoir le rencontrer en tête à tête et de lui arracher une interview...

Magnin se montra aussi enthousiaste que lui lorsqu'il lui annonça la nouvelle. «Dix heures moins vingt. Si tu veux être à l'heure chez le juge, tu as intérêt à te magner... Appelle-moi quand tu sortiras de son bureau, que je sache sur quel pied danser pour la une !»

*

Le bureau de Francis Caduc lui ressemblait. Froid, sans âme. Quand Dimitri entra, sur le coup de onze heures quinze, il ne daigna même pas relever la tête. Son greffier lui désigna un siège en silence, avec un petit sourire contraint.

Il s'attendait à un tel accueil. Le juge devait se montrer fidèle à son image de vieux misanthrope et, dans ce cas précis, il avait de bonnes raisons de lui en vouloir. Ses informations du week-end avaient dû lui valoir des moments pénibles.

Il s'assit, croisa les jambes, et attendit sans broncher. Il ne devait surtout pas faire montre d'impatience ni de nervosité. Pour l'heure, c'était lui qui avait l'ascendant sur le juge, il devait s'arranger pour le conserver.

Au bout de trois longues minutes, Caduc daigna enfin refermer le dossier dans lequel il était plongé. Il releva la tête, descendit ses lunettes sur le bout de son nez: «Les mystères du manoir... Vous lisez trop de romans policiers !»

Il sourit sans se laisser démonter par cet accueil du genre rugueux.

«Qu'est-ce qui peut vous faire penser qu'il existe un lien entre la disparition de ce... Raymond Schlamm et le meurtre de madame Altmeyer ?

- Si vous avez bien lu mes articles – et je ne doute pas que ce soit le cas, monsieur le juge –, vous aurez pu noter que, jamais, je n'établis un lien direct entre ces affaires. Je me contente de poser la question.

- Si je posais mes questions à la façon dont certains journalistes mènent leurs enquêtes, il y a longtemps que j'aurais battu le record du monde des révocations !

- C'est pour cela que nous ne faisons pas le même métier...

- Exactement. Mais je n'ai pas le temps de disserter sur les avantages et inconvénients de l'une et l'autre professions. Je vous ai expliqué que j'avais quelques précisions à vous demander sur des éléments très ponctuels de vos articles.

- Je vous écoute.»

Caduc ouvrit une chemise jaune.

Un quart d'heure plus tard, il la refermait après une salve de questions auxquelles Dimitri s'était efforcé de répondre le plus complètement possible, sauf lorsqu'elles avaient trait à ses sources. Il avait accepté que ce qui devait n'être qu'une rencontre informelle se transformât en audition.

Le juge ôta ses lunettes et se mit à en mordiller l'une des branches. «Bien. Je vous remercie pour votre collaboration...

- Elle n'est d'ailleurs pas terminée, monsieur le juge. Je vous ai apporté un document que vous allez apprécier, j'en suis certain.»

Joignant le geste à la parole, il tendit alors la copie du mail de Myriam Grimberg, ainsi que la photo qui l'accompagnait. Surpris, le juge s'en saisit avec réticence, comme s'il craignait un coup fourré de ce journaliste. Mais, au fur et à mesure de sa lecture, il se détendit, et consentit même un léger sourire en posant la feuille sur son bureau.

«Eh bien, voilà au moins un élément éclairci.»

Dimitri en était moins sûr, mais il ne voulait pas ternir la soudaine bonne humeur du juge. Il abonda donc dans son sens: «Absolument. Je vous signale d'ailleurs que je vais reproduire ce message et la photo dans *L'Actualité* de demain... Mais, monsieur le juge, si je préférais évoquer tout cela avec vous en direct, c'est aussi parce que j'aurais voulu faire le point sur l'enquête, dix jours après le meurtre de madame Altmeyer.»

Caduc leva les yeux au ciel et, avec un soupir: « Vous avez déjà entendu parler du secret de l'instruction ? Lorsqu'il y aura du neuf, le parquet communiquera officiellement. En attendant, l'enquête suit son cours, il n'y a pas grand-chose à en dire.

-Mais, en ce qui concerne le mari, par exemple...

-Lui, on peut dire qu'il est hors de cause à quatre-vingt-dix-neuf pour cent.

-C'est déjà une information. Je peux l'écrire ?

-Oui. Je n'y vois pas d'inconvénient. Je peux d'ailleurs vous donner un élément que j'ai reçu ce matin même. Il s'agit d'un rapport sur la localisation du téléphone portable de monsieur Senart dans la soirée et la nuit où son épouse a été mortellement agressée. Il confirme tout à fait les déclarations qu'il avait faites aux enquêteurs. Maintenant, il faut rester prudent: il aurait fort bien pu se déplacer sans son téléphone. Mais, si l'on sait que les autres investigations à son sujet n'ont rien donné, la piste du mari criminel s'éloigne fortement.

-Il vous reste donc les occupants du manoir ?

-Là, c'est plus délicat, dans la mesure où les experts du labo de la gendarmerie sont formels: la dame a été tuée à l'extérieur du manoir, selon toute vraisemblance au bord même de la route...

-Je ne sais si vous accepterez de répondre à cette question, mais je vous la pose quand même : pensez-vous que madame Altmeyer ait pu être tuée par quelqu'un qu'elle connaissait, et avec qui elle aurait pu avoir un rendez-vous ce soir-là à proximité de Haut-Levant ?

-L'hypothèse a été envisagée, bien sûr. Comme beaucoup d'autres. Et, à l'heure actuelle, rien ne permet de privilégier une piste particulière...

-L'enquête risque d'être longue, si je vous comprends bien.

-En effet...

-Bien. Monsieur le juge, une dernière question si vous me le permettez. Vous pensez qu'il peut exister un lien entre le meurtre et le vol commis la nuit suivante dans une voiture sur le parking du manoir ?

-Là non plus, je n'ai pas de réponse pour l'instant. Mais je pense que c'est très peu vraisemblable...

-Je vous remercie.

-N'oubliez pas de signer votre audition et, bien sûr, je ne vous ai rien dit!»

Dimitri Boizot à peine sorti de son bureau, le juge Caduc sourit doucement. Il n'allait quand même pas abattre toutes ses cartes devant ce journaliste. Il n'avait pas à savoir que l'affaire du rôdeur du parking avait été résolue très rapidement. Une simple audition de cette Sophie Valluet l'avait amenée à des aveux complets.

Le rôdeur en question n'était autre que l'assistant de son patron, un homme marié avec lequel elle venait d'achever une liaison de plus d'un an. La demoiselle avait conservé une série de lettres enflammées qu'il lui avait expédiées au fil des mois. Il savait qu'elle les glissait systématiquement dans le classeur où elle rangeait ses papiers de voiture, dans la boîte à gants du véhicule. Comme il craignait qu'elle ne les utilisât un jour, il voulait les récupérer. Pour cela, il s'était rendu sur le parking du manoir... Et s'était fait surprendre par Dimitri.

Mais cela, Boizot l'apprendrait bien assez tôt...

CHAPITRE 21

« Exclusif: la disparue nous écrit » Le résultat dépasse ses espérances. Le journaliste a mordu à l'hameçon sans la moindre réserve. Il a même poussé la conscience professionnelle jusqu'à interroger le mari de Myriam. Et, pour lui, pas de doute. « C'est bien une photo actuelle de Myriam. Quand elle est partie voici deux ans, elle avait les cheveux mi-longs. Ici, ils sont plus courts. Elle a un peu vieilli aussi. Non, ce n'est certainement pas un photo-montage...»

À la question suivante du journaliste sur le *style* du message et les termes employés, il répond: «Là, c'est plus difficile à dire. Je n'ai jamais eu l'occasion de recevoir du courrier de Myriam, et elle ne s'exprimait pas d'une façon particulière. Alors je dirais oui, c'est plausible.»

À l'étage, le bruit de l'aspirateur résonne à ses oreilles comme une douce musique. Myriam s'active aux tâches ménagères avec une ardeur qui lui fait chaud au cœur..

Évidemment, il s'est bien gardé de lui montrer le journal. Inutile de la mettre en colère. Mais Myriam ne se met jamais en colère. Elle est dotée d'un caractère accommodant.

Il consulte sa montre. Il lui reste un quart d'heure avant de partir au boulot. Il a le temps de consulter la boîte mail de Myriam sur l'ordinateur portable.

Cet imbécile lui a écrit. Forcément. Un message bien ampoulé, avec des phrases trop longues et mal fichues, comme seul un mauvais journaliste peut en écrire. Un peu de brosse à reluire, beaucoup de pathos. Tout cela pour convaincre Myriam de lui accorder une interview. Et puis quoi encore? Pourquoi pas une rencontre, tant qu'il y est ?

Myriam ne lui répondra pas. Elle s'y est engagée, et elle tiendra sa promesse. En revanche, cet abruti de Boizot pourra constater, s'il possède une once d'intelligence, que son mail a été ouvert et lu. Cela le renforcera dans sa conviction qu'il a bien affaire à Myriam.

Ah oui, vraiment, ce mail était une idée de génie...

Il sursaute en entendant le carillon de l'entrée. Il se lève et va jeter un discret coup d'œil à travers les rideaux du salon. Ce n'est que Matthieu. Rassuré, il va ouvrir.

«Salut ! Il y a quelque chose qui ne va pas ?

- Non, tout va bien. Je me demandais seulement... Normalement, je suis de garde ce week-end. Mais je viens d'avoir une proposition pour aller passer trois jours au Touquet. Est-ce qu'on pourrait échanger nos week-ends ?

- Aucun problème. Moi, je n'avais rien de prévu. Et je ne voudrais surtout pas perturber ton plan cul.

- Super. Je te revaudrai ça. À plus !»

Il referme la porte, sent un regard sur sa nuque. Il se retourne et voit Myriam, immobile en haut de l'escalier.

«Ce n'est rien. C'était Matthieu...»

*

«Tiens. Regarde ce que je viens de recevoir...»

Éric Magnin tendit à Dimitri une lettre à en-tête d'un cabinet d'avocats d'Amiens. «Droit de réponse ?

- Exact.

- Il fallait s'y attendre. Pervueilly me l'avait d'ailleurs annoncé lorsque j'étais allé le voir avec Pascal.»

Le courrier mentionnait des "amalgames sans fondement" et "un préjudice conséquent pour la réputation d'un établissement honorablement connu".

Dimitri redressa la tête après lecture. Il savait que son rédacteur en chef était, en général, peu réceptif à ce genre de courrier.

«Qu'est-ce que tu comptes faire ?

- On va le publier, bien entendu. Personnellement, ça ne me pose aucun problème, d'autant que ce n'est que du blabla commercial, et qu'à aucun moment la qualité de nos informations n'est remise en cause.»

Dimitri songea que, si les rumeurs de remplacement de Magnin par Drichon étaient fondées, la rédaction perdrait sans aucun doute un vrai chef, qui savait ce qu'il voulait, se donnait les moyens pour y arriver, tout cela avec humanité et respect d'autrui. Même si, parfois, il lui arrivait de se montrer dur, voire cassant, mais c'était toujours dans le feu de l'action, sans réelle volonté d'être inutilement blessant. Il se souvenait de quelques engueulades homériques, mais la tension retombait toujours très vite.

Arrivé à la porte du bureau, il se retourna et lança très vite: «Éric, je voulais te dire que je trouve que tu fais un super boulot à la tête de la rédaction.» Il sortit sans attendre une réponse.

*

Il passa toute la journée à son bureau. Les deux pages qu'il devait rédiger sur le Portique d'une Nouvelle Vie, les premières de la série commandée par Magnin sur les nouvelles thérapies, nécessitaient une mise en forme particulière, avec plusieurs photographies pour alléger la mise en page.

Il commença donc par transférer les photos de son appareil sur son ordinateur. À sa grande surprise, il constata qu'il en avait pris une bonne centaine, la plupart montrant les *porticains* en pleine séance de thérapies de groupe sous l'œil attentif de Mérovée Lenain.

Il n'avait pas la prétention d'être un grand photographe. De nombreux clichés n'étaient pas bons du tout: surexposés ou sous-exposés, quand ils n'étaient pas carrément flous, il n'était pas question de les utiliser pour illustrer son reportage. Mais il en restait quand même assez pour donner une bonne idée des techniques utilisées dans la guérison des phobies sociales.

Il étala ensuite toutes ses notes sur son bureau et entreprit de les retranscrire intégralement. Lorsqu'il eut terminé, il s'aperçut que la rédaction était déserte. Un regard à la grosse horloge murale lui en fit comprendre la raison: il était midi quarante. Il décida de faire un break à son tour, en commençant par une cigarette dans le square, histoire de souffler un peu avant d'aller déjeuner.

Troisième partie

CHAPITRE 22

Installé à l'ombre du tilleul de son jardin, Mérovée Lenain profitait de la douceur du temps. Pour la première fois depuis des années, il prenait du plaisir à ne rien faire. Était-ce l'âge, ou les suites des événements de la rencontre d'été ? Un peu des deux, sans doute. Il se sentait las. Le temps n'était-il pas venu de tourner la page du Portique, et de profiter d'une confortable retraite ?

Il en était là de ses réflexions lorsqu'il entendit le carillon de la porte d'entrée. Il jeta un coup d'œil à sa montre: dix heures vingt. Ce devait être le facteur, avec un colis... Il déplia sa carcasse, s'étira, et alla ouvrir.

Trois gendarmes se tenaient sur le seuil de la maison. Aussitôt, l'image de sa fille Stéphanie s'imposa à son esprit. Les gendarmes ne se déplacent pas chez les gens sans un motif grave. Elle devait avoir eu un accident...

«Messieurs ?

- Monsieur Mérovée Lenain ?

- Oui...

- Nous avons une commission rogatoire du juge d'instruction Francis Caduc». En parlant, le gendarme déplia une feuille de papier qu'il agita sous son nez. «Nous devons procéder à une perquisition de votre domicile.»

Mérovée Lenain crut être revenu quinze ans en arrière, quand d'autres gendarmes étaient venus l'interpeller à la suite des accusations de cette patiente mythomane.

«Une perquisition ? Pourquoi ?

- C'est dans le cadre de l'homicide volontaire commis sur madame Françoise Altmeyer» répondit le gendarme sur un ton sans réplique. «Vous nous laissez entrer ?

- Oui, oui, excusez-moi.»

Dans sa tête, des pensées incohérentes étaient lancées dans une ronde infernale. Qu'est-ce que des gendarmes pouvaient bien venir chercher chez lui, en rapport avec Françoise ? Étaient-ce les livres de comptes du Portique, des agendas relatifs aux activités de l'association ?

Il referma la porte derrière les trois hommes.

«Excusez-moi, messieurs, pouvez-vous me dire ce que vous cherchez ?»

Comme s'il n'avait rien entendu, l'officier s'adressa à ses hommes: «Toi, tu montes à l'étage, toi, tu vas dans le jardin. Moi, je vais m'occuper du rez-de-chaussée.»

Puis, se tournant vers Lenain: «Y a-t-il quelqu'un d'autre dans la maison en ce moment ?

- Non. Personne... Mais...

- Vous pouvez assister à la perquisition, mais je vous demanderai de ne toucher à rien, pas d'ordinateur, pas de téléphone, pendant toute sa durée !»

Le fondateur du Portique opina en silence. Curieusement, il songea aux voisins, dont la présence de la voiture de la gendarmerie devant sa maison allait alimenter les ragots durant quelques jours.

Puisqu'il n'avait pas le choix, il s'assit à la table de la cuisine et prit son mal en patience. Il avait beau s'évertuer à trouver un motif à cette perquisition, il n'en découvrait aucun. Jamais Françoise n'avait mis les pieds ici. Pas plus, d'ailleurs, que les autres *porticains*. Il devait sans doute s'agir d'un malentendu, ou alors de la vérification d'un point de détail dans l'enquête.

Le temps passait. Il entendait l'un des gendarmes aller et venir à l'étage. De temps en temps, il voyait passer le deuxième homme dans le jardin. L'officier s'affairait au salon...

Soudain, au bout d'une heure, il entendit crier le gendarme qui se trouvait dans le jardin: «Ça y est ! Je crois que j'ai trouvé !»

Mérovée Lenain le vit rentrer dans la maison en tenant à la main, avec des gants, une paire de chaussures de femme.

L'officier, revenu du salon, lui demanda sèchement: «Vous pouvez m'expliquer ?»

Comment aurait-il pu expliquer quoi que ce fût, alors qu'il était complètement dépassé par la situation ? Mais il eut soudain la révélation: ces chaussures ne pouvaient être que celles de Françoise, qui avaient disparu après son assassinat et que les enquêteurs cherchaient, déjà, le jour du meurtre, dans le manoir et aux environs !

«Non. Je ne comprends rien à ce qui se passe...

- Vous connaissez ces chaussures ?

- Non, je ne les ai jamais vues.

- Que font-elles, enterrées dans votre jardin ?

- Enterrées ?»

Il n'arrivait plus à formuler de phrase cohérente. En temps normal, il aurait récupéré très vite ses esprits et la maîtrise de soi. Mais là son cerveau faisait du surplace, complètement bloqué sur cette pensée qui s'imposait à lui: il allait être accusé du meurtre de Françoise.

«Suivez-nous au jardin !»

Il se leva en appuyant ses mains sur la table de la cuisine. Il avait l'impression que ses jambes allaient se dérober sous lui. L'officier agrippa son bras pour l'aider. Il se sentait sans forces, comme si toute son énergie vitale l'avait abandonné.

À l'angle de la maison, à l'extrémité sud de la terrasse qu'il avait lui-même construite vingt ans plus tôt, le gendarme désigna un petit monticule de terre fraîchement retournée.

«C'est à cet endroit que les chaussures de madame Altmeyer étaient enterrées.»

Il regardait la terre avec un sentiment d'incrédulité totale. Ce n'était pas possible. Quelqu'un était forcément venu déposer les chaussures. Et ce quelqu'un ne pouvait être que l'assassin !

«Je n'y comprends rien... Je vous assure...

- Vous niez avoir vous-même enterré ces chaussures ?

- Mais oui ! Évidemment. C'est complètement dingue, cette histoire !

- Bien. Quoi qu'il en soit, monsieur Lenain, vous allez devoir nous suivre à la gendarmerie...»

Comme par magie, il vit apparaître une paire de menottes pendant que l'autre gendarme plaçait les chaussures dans un sachet plastique qu'il prit soin de sceller.

En sortant de la maison, il eut le temps de voir frissonner un rideau dans la maison d'en face...

*

La salle d'interrogatoire de la gendarmerie était pire que tout ce qu'il aurait pu imaginer. Des murs d'un vert pisseux à donner la nausée, une chaise bancale qui paraissait prête à s'effondrer au moindre mouvement un peu brusque... Et le visage de l'officier, dont l'hostilité était palpable.

À partir du moment où il était entré dans cette pièce, il n'était plus un suspect, mais déjà un coupable présumé que les gendarmes avaient pour mission de faire craquer.

L'interrogatoire commença, portant d'abord sur ses relations avec Françoise Altmeyer.

«Cordiales. Comme avec les autres membres du Portique.

- La cordialité va jusqu'aux relations sexuelles ?

- Pas du tout.

- Pourtant, en 1999, certaines de vos patientes s'étaient plaintes de gestes déplacés à leur égard...

- Des affabulations. J'ai été blanchi par la justice. Et il n'y avait pas des patientes, mais une seule.

- Mais vous connaissez le dicton: il n'y a pas de fumée sans feu.

- J'en connais d'autres, comme il ne faut pas se fier aux apparences...»

L'interrogatoire se poursuivit ainsi toute la journée. Dans la soirée, épuisé, Lenain commença à craquer. Il avait des vertiges, des nausées. Les gendarmes décidèrent alors de suspendre la séance, et ils l'envoyèrent dormir en cellule.

Lessivé par des heures de tension extrême, il s'endormit comme une masse. Mais, à trois heures du matin, il se réveilla en sursaut, trempé de sueur.

À partir de cet instant, il lui fut impossible de se rendormir. Il passa le reste de la nuit à chercher qui pouvait lui en vouloir au point de lui faire porter le chapeau de ce crime.

Selon toute logique, ce ne pouvait être que l'un des *porticains* présents au manoir. En passant en revue les événements de la rencontre d'été, il eut une soudaine illumination: il se souvint des regards appuyés de Norbert Huisman vers Françoise Altmeyer. C'était sa première rencontre d'été, à la différence de sa femme, Nelly Duchaussoy. Ça ne pouvait être que lui. Mais pourquoi vouloir l'impliquer, lui ? Peut-être pour détourner d'éventuels soupçons de son épouse...

Au matin, l'interrogatoire reprit. Mérovée Lenain aurait donné n'importe quoi pour mettre fin à cette torture morale. Mais il avait conservé suffisamment de ressources intérieures pour ne pas craquer. Au contraire, ses cogitations nocturnes lui avaient rendu un semblant d'énergie. Il répéta donc une nouvelle fois qu'il n'était en rien impliqué dans le meurtre dont on l'accusait et, sur sa lancée, il fit part aux gendarmes des soupçons qu'il portait sur Huisman.

«Vous vous rendez compte que vous portez de très graves accusations ?

- Et celles qui pèsent sur moi, elles ne sont pas graves ?»

Le reste de la matinée se passa à éviter les pièges que lui tendaient les enquêteurs. Il avait fini par comprendre que ceux-ci ne disposaient, en fait, d'aucun autre élément à charge en dehors des chaussures découvertes chez lui.

Lorsqu'il avait demandé à l'officier comment ils avaient été amenés à perquisitionner à son domicile, il n'avait pas répondu. Mais Lenain était persuadé qu'il avait été victime d'une dénonciation anonyme.

L'après-midi, il fut emmené au palais de justice pour y être présenté au juge Caduc.

Lorsqu'il s'effondra sur la chaise qui lui était désignée, il se sentait à deux doigts de perdre conscience. «Vous êtes sûr que ça va, monsieur Lenain ?»

Que le juge d'instruction s'enquît de sa santé lui parut de bon augure. «J'aimerais seulement un verre d'eau...

- Pas de problème ! Antoine, apportez donc un verre d'eau à monsieur Lenain !»

La suite de l'entretien devait se révéler moins courtoise. Francis Caduc, comme les gendarmes, était intimement persuadé de la culpabilité de Lenain. Il y avait d'abord ses antécédents judiciaires. Même s'ils s'étaient bien terminés pour lui, on ne pouvait exclure que l'homme fût en proie à des pulsions qui avaient fort bien pu resurgir à l'occasion. La victime était une jolie femme qui devait présenter bien des attraits aux yeux d'un sexagénaire comme Lenain. Surtout, il y avait ces chaussures découvertes chez lui, à propos desquelles il n'avait pas le moindre élément d'explication.

Durant toute sa carrière, Francis Caduc s'était toujours efforcé de demeurer fidèle à ses idéaux de jeunesse, mettant un point d'honneur à mener ses instructions à charge et à décharge. C'est pourquoi il n'oubliait pas qu'un fait pouvait plaider en faveur de Mérovée Lenain : s'il avait ordonné la perquisition chez lui, c'était sur la seule base d'une lettre anonyme reçue l'avant-veille. Elle avait été déposée dans la boîte aux lettres du palais, sans timbre, avec la seule mention de son nom et, dans le coin supérieur gauche, le mot "important" écrit en majuscules d'imprimerie.

Dans l'enveloppe, une simple feuille de papier quadrillé, arrachée à un carnet à spirales. Écrit à la main, toujours en caractères majuscules, un texte de quelques lignes disant: « Monsieur le juge d'instruction, voici une information qui devrait bien vous intéresser. Je connais l'auteur du meurtre de Françoise Altmeyer. Il s'agit du dénommé Mérovée Lenain. Il a tué Françoise Altmeyer parce qu'il n'a pas admis qu'elle refuse ses avances. Cet homme est un pervers qui a déjà eu affaire à la justice. Après le meurtre, il a conservé les chaussures de sa victime. Ce point peut être facilement vérifié en se rendant au domicile du dénommé Lenain.»

Rien d'autre. La lettre et son enveloppe avaient été soumises aux techniciens du labo. Sans résultat: son auteur avait pris soin de n'y abandonner aucune empreinte ni aucun indice exploitable.

On ne pouvait donc exclure, a priori, une machination montée dans le but de nuire au fondateur du Portique, qui n'avait visiblement pas que des amis ou des admirateurs.

«Bien. Monsieur Lenain, j'ai pris connaissance de vos déclarations aux enquêteurs. Vous prétendez ne rien savoir de l'origine des chaussures enterrées dans votre jardin. Selon vous, elles ont dû y être déposées par quelqu'un qui vous en veut et qui serait, toujours selon vous, l'auteur du meurtre de madame Françoise Altmeyer. C'est bien cela ?

- Tout à fait, monsieur le juge.

- J'ai noté que vous accusez même l'un des membres de votre association, monsieur Norbert Huisman...

- Je n'accuse pas. J'ai simplement indiqué aux gendarmes que, parmi les auteurs possibles, pouvait figurer monsieur Huisman, qui paraissait très attiré par madame Altmeyer.

- Bien. Monsieur Lenain, vous vivez seul, n'est-ce pas ?

- Oui...

- Est-ce qu'il vous arrive de recevoir des gens chez vous ?

- Des gens ?

- Oui. Des amis à dîner, ou des connaissances.

- Cela arrive...

- Est-ce arrivé depuis la fin de la rencontre d'été au manoir de Haut-Levant ?

- Non.

- Vous n'avez donc reçu personne chez vous depuis ce moment ?

- Effectivement.

- Selon vous, quelqu'un aurait-il pu s'introduire à votre domicile, effectuer quelques travaux de terrassement dans votre jardin et y enterrer une paire de chaussures sans que vous vous aperceviez de quoi que ce soit ?

- Bien sûr. Je ne suis pas chez moi vingt-quatre heures sur vingt-quatre.

- Mais tout de même, monsieur Lenain, si un gendarme a pu découvrir, relativement vite, les chaussures de madame Altmeyer, c'est bien parce que — il l'écrit d'ailleurs en toutes lettres dans le procès-verbal — on voyait clairement que la terre avait été retournée à cet endroit. Comment, alors, se fait-il que vous n'ayez rien remarqué ?

- De nouveau, c'est très simple, monsieur le juge: quand je me rends dans mon jardin, je sors du salon par la porte-fenêtre. Je me retrouve alors sur la terrasse. Là, en général, je m'installe à la table, sous le parasol. Et, de là, je ne vois pas l'endroit où les chaussures étaient enterrées.

- Je comprends. Toutefois, monsieur Lenain, vous admettrez qu'au vu des éléments en notre possession à l'heure actuelle, je n'ai pas d'autre choix que de demander votre placement en détention provisoire pour homicide volontaire et entrave à l'enquête par dissimulation de pièces à conviction.»

CHAPITRE 23

Sept heures du matin. La journée s'annonce grise et fraîche. L'anticyclone a battu en retraite devant une dépression carabinée. La pluie tambourine sur les fenêtres. Le carillon de RTL retentit au salon. «Un titre éclipse tous les autres ce matin: Mérovée Lenain, le fondateur du Portique d'une Nouvelle Vie, est inculpé du meurtre de Françoise Altmeyer, dont le corps avait été retrouvé il y a deux semaines dans le parc du manoir de Haut-Levant, en Picardie. Ce sont nos confrères du *Courrier picard* qui révèlent ce matin l'information...»

Il se redresse sur sa chaise, rejette la tête vers l'arrière, ferme les yeux et pousse un long soupir bruyant. «Yes !»

Après le coup du mail, celui des godasses a parfaitement fonctionné. Dépouiller Françoise Altmeyer de ses chaussures était une excellente idée. Pour être tout à fait sincère, il ne comptait pas les utiliser de cette façon, mais il a su rebondir. S'introduire dans la maison de Lenain a été un jeu d'enfant. Planquer les chaussures à quelques centimètres sous terre, dans un coin du jardin où il ne risquait pas de les découvrir, mais où elles n'échapperaient pas au regard d'un enquêteur en perquisition, fut un peu plus compliqué. Mais on n'a rien sans rien. Seul le travail paie, comme le lui répétait son défunt père...

Il avale une gorgée de café. Il lui paraît délicieux. Ce matin, il est envahi par un sentiment de toute-puissance. Il n'aurait jamais pensé qu'il fût aussi simple de berner la justice et de provoquer une belle erreur judiciaire.

Il a bien fait de ne tenir personne au courant de ses intentions. Les autres auraient tenté de le dissuader, sous une série de prétextes fumeux.

Il se réjouit de découvrir leurs têtes, ce soir, lorsqu'il leur révélera la vérité cachée derrière l'arrestation de Lenain.

En fin de compte, même une journée grise et terne peut être lumineuse, pour peu qu'elle commence sur une bonne nouvelle.

«À ta santé, Lenain !»

*

Rue des Lyanes, Dimitri Boizot était en train de passer le rasoir sur sa joue droite lorsque le flash info lui arracha un "Merde !" retentissant. Jamais il n'aurait soupçonné le fondateur du Portique. «C'est impossible, ce ne peut pas être lui. Ou alors ce type est l'empereur de la dissimulation...»

Il n'eut pas le loisir de pousser plus avant ses réflexions, interrompu par la sonnerie de son portable dans le salon. Il se précipita pour décrocher. Visiblement, Magnin avait entendu les mêmes informations que lui: «Pourquoi on n'a pas l'info ?»

Aucun bonjour ni autre formule de politesse: quand il était en rogne, le rédacteur en chef se muait en beauf mal embouché, prenant son pied en humiliant ses collaborateurs.

Au début, comme nombre de ses confrères, Dimitri tremblait face à ces crises de colère terribles. Désormais, il prenait du recul et c'est sur un ton détaché qu'il répondit: «Bonjour d'abord. Ensuite, la réponse me semble claire: le journaliste du *Courrier* a des entrées au palais de justice que je n'ai pas.

- Tu te fous de ma gueule ? Tu es sur cette affaire depuis deux semaines et quand on arrête l'assassin, on se fait baiser par la concurrence !

- L'assassin, c'est vite dit...»

Mais Magnin était tellement déchaîné qu'il n'écoutait pas ce que Dimitri cherchait à lui dire. Il reprit: «Là, on passe vraiment pour des cons. Trois jours après ton reportage sur cette association de fêlés, voilà le type mis en examen pour meurtre !

- Personne n'aurait pu deviner un tel rebondissement et, d'ailleurs...

- Surtout pas toi ! Bon, on va tâcher de rattraper le coup. On sort deux pages demain avec la bio et les antécédents judiciaires de Lenain. Et puis tu interroges tes copains du Portique pour avoir leur témoignage, savoir si Lenain avait des comportements *limites*... On doit être les meilleurs. Je t'attends dans l'heure, et tâche de me trouver de l'exclusif. C'est pas possible de se faire avoir comme des amateurs !»

Magnin raccrocha sans attendre de réponse. Dimitri reposa le téléphone sur la table du salon. Il avait le cœur qui battait fort, il avait horreur de ce genre de scène. Et ce n'était sans doute rien à côté de ce qui l'attendait lorsqu'il allait mettre les pieds au journal...

*

Étonnamment, la hargne de Magnin était retombée lorsqu'il franchit la porte de la rédaction. C'est sur un ton presque détaché qu'il rappela à Dimitri ce qu'il attendait de lui.

Il appela d'abord la vieille Ernestine Loubrieu. Elle avait sans doute des tonnes de choses à dire au sujet de Mérovée Lenain.

«Oui, j'ai entendu les informations ce matin à la radio. Je ne parviens pas à y croire... Vous savez que j'ai été l'une des toutes premières à m'inscrire au Portique. Monsieur Lenain a toujours été impeccable. C'est un homme d'une grande bonté, intelligent, humain...

- Oui... Vous ne l'avez jamais vu avoir, disons... des gestes déplacés à l'égard de l'une ou l'autre dame de l'association ?

- Vous n'y pensez pas !

- Vous ne croyez donc pas à la culpabilité de monsieur Lenain ?

- Pas du tout. Je suis sûre que c'est un coup monté !

- Par qui ?

- Ah çà ! Je ne sais pas... Mais certainement pas un *porticain*. Tout le monde adore monsieur Lenain, il n'y a personne chez nous qui serait assez vil pour faire une telle chose...

- Donc, selon vous, il faut chercher à l'extérieur du Portique ?

- J'en suis certaine.»

Après avoir raccroché, il se demanda qui il allait appeler ensuite. Il choisit Alban Fulok.

«C'est une tragédie. Le mot n'est pas exagéré. Si vraiment monsieur Lenain a commis un tel acte, comment pourrons-nous encore avoir confiance en quelqu'un en ce bas monde ?

- Vous le croyez capable d'avoir tué madame Altmeyer ?

- On ne sait jamais de quoi les hommes sont capables...

- Que va-t-il advenir du Portique ?

- C'est fini. Personne ne sera capable de prendre la succession de monsieur Lenain.

- Pourquoi ?

- Parce que c'est quelqu'un d'exceptionnel !»

Les autres *porticains* tenaient, à peu de choses près, le même discours. Toutefois, à force de persévérance, Dimitri finit par trouver un commentaire dissonant.

Nelly Duchaussoy, la retraitée lilloise qui assistait à la rencontre d'été en compagnie de son mari, Norbert Huisman, décrocha à la quatrième sonnerie.

«J'étais au courant depuis hier. On a eu droit à la visite des gendarmes, et je peux vous dire que, désormais, Lenain peut crever la gueule ouverte, je ne lèverai pas le petit doigt pour l'aider. Ce salopard-là n'a rien trouvé de mieux que d'accuser mon mari. Les gendarmes sont venus l'interroger et lui ont demandé s'il n'était pas l'auteur de la lettre anonyme qui a dénoncé Lenain.

- Quelle lettre anonyme ?

- Celle qui a permis aux gendarmes de retrouver les chaussures de Françoise dans son jardin !

- Ah bon ? Je n'étais pas au courant. Expliquez-moi !

- Une lettre anonyme a été envoyée au juge, disant que les chaussures se trouvaient chez Lenain, c'est tout !

- Mais vous dites que Lenain a accusé votre époux.

- Exactement, d'après lui, c'est l'auteur de la lettre qui serait aussi l'assassin. Et il n'a rien trouvé de mieux que de donner le nom de mon mari aux enquêteurs, soi-disant qu'il faisait les doux yeux à Françoise, vous vous rendez compte !»

Dimitri prenait des notes à la volée. Ce que Nelly Duchaussoy était en train de lui apprendre était excellent...

«De toute façon, vous étiez avec votre mari la nuit du crime, non ?

- Évidemment ! En trente-cinq ans de mariage, nous n'avons jamais dormi séparément, sauf quand j'ai accouché de nos deux filles et que j'étais à l'hôpital...»

*

En début d'après-midi, il parvint à joindre le substitut Frans Van Loo, mais celui-ci n'était toujours pas plus disert. «Je n'ai rien à ajouter aux informations que vous avez pu lire ou entendre.»

Dimitri raccrocha en lançant un "Sale con !" qui fit sursauter sa voisine de bureau. Il savait très bien que ce n'était pas de ce côté qu'il apprendrait des choses intéressantes, mais il ressentait le mépris de ce Van Loo comme une attaque personnelle.

Il lui restait une dernière possibilité. L'avocat de Mérovée Lenain était Pierre Jequier, un pénaliste parisien qu'il avait déjà rencontré à plusieurs reprises.

«Maitre Jequier, Dimitri Boizot, de *L'Actualité*, je vous appelle à propos de votre client, Mérovée Lenain.

- Bonjour, monsieur Boizot. Vous devez savoir que monsieur Lenain nie totalement les accusations pesant sur lui. J'ai eu l'occasion de le rencontrer deux fois. Je peux vous dire que sa détermination à faire valoir son innocence est totale. J'ai trouvé un homme décidé, prêt à se battre...

- Les charges sont lourdes, tout de même.

- Elles se résument à une paire de chaussures que n'importe qui a pu venir déposer dans son jardin. Pour le reste, dans l'état actuel du dossier, il n'y a rien d'autre. En revanche, le meurtre de Françoise Altmeyer comporte encore de nombreuses zones d'ombre. Je vous rappelle le suicide de son mari, la disparition de ses affaires, la présence pour le moins étonnante de Françoise Altmeyer à une heure avancée de la soirée sur une route déserte.

- Vous ne craignez pas que le passé de votre client...

- Quel passé ? Si vous faites allusion aux accusations insensées dont il a été blanchi par la justice, je peux vous dire que je veillerai à ce que cette vieille affaire ne vienne pas interférer dans la procédure en cours.

- Vous savez sans doute que je viens de réaliser, tout récemment, un reportage sur monsieur Lenain et le Portique...

- Bien sûr !

- L'impression que votre client m'a donnée à cette occasion est celle d'un homme extrêmement maître de ses nerfs, habitué à gérer des situations pas toujours simples, très organisé, très "carré". Est-ce que c'est aussi l'image que vous en avez ?

- Je l'ai rencontré pour la première fois avant-hier. Il m'est apparu, effectivement, comme quelqu'un de solide et, j'ajouterai, de profondément sincère. Quand il m'assure de son innocence, je suis donc tout prêt à le croire, à le suivre, et à faire tout ce que je pourrai pour en convaincre la justice.»

CHAPITRE 24

«Ta journée s'est bien passée ? Tu n'as pas l'air dans ton assiette...» Sylvie posa sa main sur la sienne. C'est vrai qu'il ne devait pas être un compagnon très agréable. Depuis qu'ils étaient arrivés dans ce petit resto italien où ils avaient leurs habitudes, Dimitri n'avait pratiquement pas ouvert la bouche.

Il sourit. «Je n'ai pas envie de t'ennuyer avec mes problèmes professionnels...»

Sylvie accentua sa pression. «Tu as des ennuis au journal ?»

S'épancher lui ferait certainement du bien. Il reprit par le détail tout ce qui s'était passé depuis son retour du manoir de Haut-Levant. Il était convaincu de l'innocence de Mérovée Lenain. «Tu comprends, il y a bien trop de choses qui clochent dans cette histoire. Quid, par exemple, du rôdeur du parking ? Quid de la disparition de Raymond Schlamm ? Quid de l'auteur de la lettre anonyme qui accuse Lenain ? Et puis, surtout, à moins d'avoir affaire à un grand malade, comment imaginer l'auteur d'un meurtre s'emparer des chaussures de sa victime, les conserver et les enterrer dans son jardin ? C'est vraiment signer son crime...»

Il fut interrompu par le serveur, venu prendre la commande. Sylvie l'avait écouté avec attention. «C'est vrai que, présentée de cette façon, l'histoire ne paraît pas claire du tout. Que comptes-tu faire ?

- Il faut chercher qui peut en vouloir à Lenain au point de le faire accuser d'un meurtre. Et, forcément, cette personne devait assister à la rencontre d'été. En effet, il est avéré que, durant tout le temps qu'elle a passé au manoir, Françoise Altmeyer n'a passé ni reçu aucun coup de fil, en dehors de son mari peu après son arrivée...»

Sylvie sourit: «En tout cas, on peut dire que tu as le chic pour dégotter des affaires tordues.»

Il haussa les épaules. «Pourtant, je t'assure que je ne le fais pas exprès. J'imaginais un reportage pépère, quelques beaux portraits de cinglés, et basta. Au lieu de ça, je me retrouve avec une histoire dans laquelle je suis persuadé que tout le monde se fourvoie depuis le départ...»

Le reste du repas se déroula sans autres allusions à l'affaire Altmeyer. Dimitri avait décrété une pause et avait plutôt amené la discussion sur l'état de santé de madame Flaneau mère.

«Ça va... Elle recommence à râler sur moi, sur mon père, sur le monde entier. C'est plutôt bon signe...

- Elle en a encore pour combien de temps ?

- Le toubib lui a dit qu'on allait lui enlever son plâtre dans dix jours. Mais il lui faudra encore du temps pour récupérer l'usage complet de sa jambe.

- Ça veut dire que ce n'est pas demain la veille que je vais pouvoir à nouveau dormir avec toi !»

Il ne parvenait pas à admettre que Sylvie, à trente-trois ans, fût encore tellement soumise à ses parents. Mais elle le regarda avec une petite moue ironique. «Pas du tout ! Ce matin, j'ai mis les choses au point avec ma mère. Je lui ai dit que j'acceptais de donner encore un coup de main jusqu'à l'enlèvement de son plâtre. Mais ensuite, c'était fini, ils n'avaient qu'à se démerder pour trouver quelqu'un.

- Houlà ! Ça a dû être chaud...

- Pas trop. Je pense qu'elle s'attendait à un truc du genre. Elle a fait sa tête façon *mater dolorosa,* elle a pris sa petite voix d'agonisante et elle m'a dit "*Avec ton père, on va se débrouiller*". Évidemment, je n'ai eu droit à aucun merci, mais le résultat est là...»

Il prit sa main et y déposa un baiser léger.

«Alors là, je dis chapeau ! Mais dis-moi, qu'est-ce qui t'a donné le courage d'agir ainsi ? Est-ce l'envie de couper les ponts avec tes parents, ou alors est-ce le désir insurmontable de mon corps d'athlète ?»

Elle secoua la tête, faisant valser ses cheveux. «Les deux, mon commandant !»

En sortant du restaurant, ils s'embrassèrent longuement sur le trottoir, prélude à une nuit prometteuse.

*

Dimitri se retourna. Il n'arrivait pas à dormir. Il jeta un œil au radio-réveil posé sur la table de nuit. Il indiquait deux heures cinquante-trois. À ses côtés, il entendait la respiration régulière de Sylvie. Il se redressa en essayant de faire le moins de bruit possible. Alors qu'il s'apprêtait à sortir de la chambre, il entendit: «Où vas-tu ?

- Fumer une cigarette au salon. Rendors-toi...»

Il était à peine installé sur le canapé qu'il vit arriver Sylvie, vêtue du T-shirt blanc qui lui servait de chemise de nuit. «Tu peux pas dormir non plus?

- Non. Je pense à ton affaire Meyer...

- Altmeyer.

- Oui. Enfin, peu importe. Je me dis que, si tu as raison, un innocent est en ce moment en prison...»

Il haussa les épaules. Sylvie se blottit contre lui. «Et si tu me montrais toutes les photos que tu as prises à cette rencontre d'été ? J'aimerais voir à quoi ressemblent tous ces gens. Peut-être que je pourrai te mettre sur une piste...»

Il soupira. Il n'avait pas vraiment envie de passer le reste de la nuit à se replonger dans cette histoire. Mais Sylvie était têtue et il serait vain d'argumenter.

«D'accord. Mais, franchement, je ne vois pas...

- Tatata ! Fie-toi à ma redoutable intuition féminine !»

*

Cinq heures et demie. Le jour se levait. Dimitri se frotta les yeux en se disant qu'après une telle nuit blanche, il serait à ramasser à la petite cuillère. Sylvie, elle, paraissait en pleine forme. Face à l'écran de l'ordinateur portable, elle continuait de scruter les photographies comme si elle espérait en voir surgir la vérité.

«Regarde là. Tu as vu le regard de Fulok en direction de Lenain ? On dirait qu'il s'apprête à l'abattre.

- Oui... Le problème, c'est que Fulok regarde tout le monde de la même manière. Avec sa gueule de vampire, il faut dire qu'il n'attire pas d'emblée la sympathie.

- Ça fait longtemps qu'il est au Portique ?

- Quelques années, oui...

- Donc, ça veut dire qu'il y était déjà lorsque sa femme a été assassinée.

- Non. Lenain m'a expliqué que c'est justement la mort de son épouse qui a déclenché chez lui ce qu'il appelle un trouble anxieux généralisé.

- Il fait quoi dans la vie, cet homme ?

- Tu ne me croiras pas, mais il est croque-mort.

- On peut dire qu'il a la gueule de l'emploi ! Et tu m'as dit qu'on n'avait jamais trouvé l'assassin de sa femme ?

- Exactement.

- C'est quand même bizarre, non ?

- Mouais. Mais je ne le sens pas... Pour moi, c'est juste un pauvre type marqué par le sort, qui essaie tant bien que mal de se sortir de ses problèmes personnels.

- D'accord. Mais alors qui ?»

Dimitri avait déjà retourné cette question dans tous les sens, sans parvenir à une réponse claire. Il alluma une cigarette, toussa.

«C'est juste une impression, qui ne repose sur rien de tangible, mais si je devais miser sur quelqu'un dans cette assemblée, je jouerais Frangier gagnant.

- Frangier, c'est ce petit mec insignifiant dont on ne voit le regard sur aucune photo ? Pourquoi lui ?

- Justement parce qu'il est insignifiant. Il fait partie de ces gens qui, dans un groupe, se font toujours oublier. En quatre jours, c'est à peine si j'ai entendu le son de sa voix. Le matin du deuxième jour, Lenain a organisé une séance d'*expression colérique*. J'y ai fait quelques photos. Tu verras que, même à ce moment où chacun est invité à sortir ses colères les plus secrètes devant tout le monde, il a juste réussi à dire, avec un filet de voix presque inaudible, qu'il ne supportait pas les spots publicitaires pour les produits WC à la télé à l'heure du dîner ! Je me souviens même que Lenain l'a encouragé à trouver d'autres raisons de se mettre en colère, mais l'autre lui a répondu, sur un ton égal, qu'il n'avait pas un tempérament colérique.»

En l'écoutant, Sylvie avait zoomé sur le visage de Robert Frangier. L'archiviste dijonnais faisait face à Mérovée Lenain, et personne n'aurait pu deviner ce qu'il ressentait à cet instant. «C'est vrai que j'ai rarement vu un visage aussi neutre. Même ses cheveux sont d'une teinte indéfinissable. Pour en dresser un portrait-robot, il suffirait de dessiner un ovale avec rien à l'intérieur. Il est marié, ce zombie ?

- Divorcé. Il a deux fils dans la vingtaine.

- Tu l'as interviewé ?

- Oui. L'après-midi du deuxième jour, justement après cette séance d'*expression colérique,* où je l'avais trouvé tellement terne...

- Et ?

- Il m'a expliqué que ses problèmes avaient débuté à l'adolescence. Au lycée, il faisait partie des plus petits de la classe, et il jouait en quelque sorte le rôle de souffre-douleur. Plus tard, ça ne s'était pas arrangé avec les filles, toujours à cause de sa petite taille. Quand il a rencontré celle qui allait devenir sa femme, il a cru avoir enfin surmonté son handicap, mais il est revenu en force à l'aube de la quarantaine. Il a replongé quand sa femme l'a plaqué. Il a obtenu la garde de ses fils qui, depuis l'année dernière, ont quitté la maison familiale. Il est donc seul, visiblement frustré sur tous les plans. Je me dis qu'à un moment ou un autre, ce genre de type doit finir par exploser. Et là, ça peut faire du dégât...»

Sylvie paraissait sceptique. «Il y a quand même un truc qui cloche. Tu m'as dit que l'assassin avait transporté sa victime, seul apparemment, sur cinq cents bons mètres. Franchement, quand je regarde Frangier, je le vois mal charger Françoise Altmeyer sur son dos et la ramener ainsi au manoir.»

Dimitri eut une moue d'embarras. «C'est effectivement une objection recevable. Mais je me dis que lorsqu'un gars comme ça se venge des frustrations accumulées tout au long d'une vie, ça doit être violent comme l'éclatement d'une cocotte-minute. À ce moment, ses forces doivent être décuplées...»

Sylvie se tourna vers lui en souriant. «Moi, tu vois, instinctivement, j'aurais un autre candidat.

- Qui ?

- Le gros Le Berre. Regarde, sur plusieurs photos, il se trouve juste à côté de Françoise Altmeyer, ou derrière elle. En tout cas, jamais très loin. Et sur deux photos au moins, on le voit la regarder d'un air vicelard. Ce type a l'air malsain. Il a une vraie tête d'obsédé sexuel. En plus, il a la carrure, et sans doute la force nécessaire pour transporter une femme sur une longue distance. C'est quoi, lui, son problème ?

- Le confinement urbain.

- Pardon ?

- J'ai eu la même réaction que toi lorsque Lenain m'en a parlé. Le confinement urbain est une forme d'agoraphobie. Il amène ceux qui en sont atteints à faire toujours le même trajet entre leur domicile et leur lieu de travail, sans jamais en changer de crainte d'être victimes de troubles paniques. Dans le cas de Le Berre, qui est juriste dans une société de distribution d'eau dans la région de Bar-sur-Aube, où il est chargé de la gestion du patrimoine immobilier, c'est évidemment un handicap terrible. Cela fait des années qu'il emploie toutes les ruses possibles pour éviter de se retrouver dans des situations susceptibles de déclencher des crises de panique. Cela fait dix ans qu'il n'est pas parti en vacances, et le simple fait de se rendre aux réunions du Portique et, pire encore, à la rencontre d'été, provoque chez lui des angoisses terribles. Mais, en deux ans, Lenain a réussi à améliorer considérablement sa situation, au point de rendre sa vie familiale et professionnelle à nouveau vivable.

- Il est marié ?

- Oui, depuis plus de vingt ans. Il a quatre enfants, entre dix-sept et douze ans...

- C'est vrai que tu as rencontré quelques spécimens pas tristes dans ce manoir. Pour en revenir à Le Berre, tu ne crois pas qu'il pourrait figurer en bonne place sur la liste des suspects ?

- Probablement. Mais, tu vois, je pense à un truc à l'instant. La lettre anonyme accusant Lenain a été déposée directement dans la boîte aux lettres du palais de justice. Et là, je vois mal le gros Le Berre se lancer dans un voyage tel que celui-là... Ou alors, c'est qu'il a vraiment fait de gros progrès. Et je ne le vois pas non plus s'introduire dans le jardin de Mérovée Lenain pour y déposer des chaussures que sa femme aurait fort bien découvrir s'il les avait rapportées chez lui d'abord. Alors que, dans le cas de Frangier, qui vit seul, cette objection tombe.»

En quelques clics de souris, Sylvie revint aux premières photographies, sur lesquelles Dimitri avait fait poser l'ensemble des participants à la rencontre d'été.

«Qui sont les autres assassins potentiels ?

- Je retirerais Norbert Huisman, qui a un alibi inattaquable avec son épouse. Dans ce cas, il nous resterait Salvatore Ferrara et Olivier Pardessus.

- Ferrara, c'est le prof d'histoire ?

- Oui, avec le bouc blanc. Mais il était là aussi avec sa compagne, celle qui est à sa droite sur la photo. Et je suppose qu'il devait se trouver avec elle la nuit où Françoise Altmeyer a été tuée.

- Tu n'en es pas certain ?

- Non. Je ne l'ai pas interrogé personnellement, mais les enquêteurs l'ont fait, et je suppose que ses réponses ont dû être satisfaisantes...

- Tu as eu l'occasion de l'interviewer ?

- Oui, le premier jour. Un type très bien, à première vue. J'avais eu un bon contact avec lui.

- Quel est le problème de Ferrara ?

- Alors là c'est intéressant parce, lorsque je l'ai rencontré la première fois, il m'a expliqué qu'il ne souffre d'aucune phobie sociale, et qu'il n'assistait aux réunions du Portique que pour soutenir sa compagne. Selon lui, en effet, elle n'aurait jamais osé franchir le pas toute seule.

- Et Mérovée Lenain a accepté une telle situation ?

- En fait, Ferrara m'a raconté, de manière confidentielle, qu'il avait réussi à tromper Lenain et à simuler tous les symptômes d'un trouble anxieux généralisé.

- Ah ? Ou Lenain est incompétent, ou Ferrara est un très bon acteur.

- C'est possible, mais franchement je ne le vois pas tuer sauvagement Françoise Altmeyer.

- Si tu le dis... Reste donc Olivier Pardessus.

- Oui. Là, c'est vrai que j'ai un doute. Le garçon semble vraiment perturbé. À vingt-huit ans, il vit toujours chez ses parents, se dit écrivain. Il est surtout complètement bloqué. C'est un peu, en plus jeune, le même profil que Robert Frangier.

- Donc tu ne l'élimines pas de la liste des suspects ?

- Non. Mais si je devais faire un choix, je prendrais quand même Frangier...»

CHAPITRE 25

Les yeux cernés, le visage fatigué, d'une vilaine teinte grisâtre, Mérovée Lenain apparut très abattu à son avocat, venu lui rendre visite à la maison d'arrêt.

«Alors, monsieur Lenain, comment vous sentez-vous ?

- Comme quelqu'un qui n'a pas dormi depuis deux jours et qui se demande ce qui lui arrive...»

Maître Jequier lui décocha un sourire qu'il avait longuement étudié devant son miroir, et qui était censé exprimer la bienveillance, la compassion et un encouragement muet. Il ouvrit son porte-documents et en sortit une chemise rouge.

«Monsieur Lenain, ne vous méprenez pas sur le sens de ma question. De votre réponse va dépendre toute la stratégie de défense que je vais mettre en place...»

Son client, le front posé sur la main gauche, le regardait sans broncher.

«Monsieur Lenain, vous êtes absolument certain que vous n'avez rien à voir avec le meurtre de Françoise Altmeyer ?»

Dans le regard de son client passa une lueur fugitive, comme s'il venait de sortir, l'espace d'un instant, de son atonie. Il passa sa langue sur ses lèvres sèches et répondit: «À deux cents pour cent, à mille pour cent, sans la moindre réserve.»

Pierre Jequier sourit. «Parfait. Dans ce cas, nous ne devons négliger aucun détail, si futile qu'il paraisse. Nous allons commencer par dresser une liste des personnes susceptibles de témoigner en votre faveur, de dresser de vous un portrait positif...»

Un quart d'heure plus tard, l'avocat avait noirci trois feuilles avec les noms d'une bonne trentaine de membres du Portique.

«Votre femme et votre fille peuvent-elles entrer dans cette liste ?

- Je l'espère... Cela fait une bonne dizaine d'années que je n'ai plus vu mon ex-femme. Elle a refait sa vie en Angleterre...

- Oui... Et votre fille ?

- Stéphanie habite à Toulouse. Elle a épousé un ingénieur d'Airbus. Elle a deux enfants. On se parle régulièrement au téléphone et je la vois deux fois par an...

- Quelle image a-t-elle de vous ?

- Bonne, je crois. Vous savez, lorsque nous nous sommes séparés, avec sa mère, cela s'est fait de manière plutôt... positive. Chacun de notre côté, nous avions dressé le même constat, à savoir que nous n'étions pas faits pour vieillir ensemble. Partant de là, les choses ne se sont pas trop mal passées. En tout cas, Stéphanie ne m'a jamais fait de reproches, pas plus qu'à sa mère, je crois.

- Bien. Et lorsque vous avez eu vos ennuis judiciaires ? Comment avaient-elles réagi ?

- Vous parlez de Stéphanie ?

- Oui, et de sa mère.

- Mon ex-femme avait été interrogée par les enquêteurs. Et je pense d'ailleurs que son témoignage a dû peser lourd dans la balance. Elle avait expliqué qu'elle tombait des nues, que je n'avais jamais eu la moindre attitude équivoque envers d'autres femmes. Et ma fille, qui avait vingt-sept ou vingt-huit ans à l'époque, avait abondé dans le même sens... Elles savent en tout cas que je suis foncièrement opposé à toute forme de violence, que j'ai toujours essayé de régler les conflits par la discussion. Je n'ai jamais levé la main sur ma fille — sur ma femme non plus, bien évidemment — et j'ai élevé Stéphanie dans le respect des autres... Je suis sûr qu'elles savent très bien que je serais totalement incapable d'un acte aussi horrible que le meurtre de cette pauvre Françoise.

- Est-ce qu'elles sont au courant de votre arrestation ?

- Oui, j'ai appelé Stéphanie hier, elle m'a dit qu'elle allait prévenir sa mère.

- Comment votre fille a-t-elle réagi ?

- Comme je m'y attendais. Elle est restée très calme. Elle m'a simplement demandé, comme vous, si j'étais droit dans mes bottes, et elle m'a dit qu'elle viendrait me voir dès son retour de vacances. Elle se trouve en ce moment à Bali, avec son mari et les enfants...»

En sortant de la maison d'arrêt, Maître Jequier poussa un profond soupir. En fait, il était nettement moins confiant que ce qu'il avait tenté de faire croire à son client: la découverte des chaussures de la victime dans son jardin constituait un élément extrêmement lourd, qui pourrait à lui seul entraîner la conviction des jurés aux assises...

*

Le soir, alors qu'il s'attendait à dîner seul rue des Lyanes, Dimitri fut très surpris de retrouver Sylvie installée au salon.

«Alors, tu ne peux plus te passer de moi ?» Il déposa un baiser appuyé sur sa bouche, en songeant qu'il avait été bien inspiré de ne pas faire de halte chez son ami Stan...

Sylvie paraissait exceptionnellement excitée. Sur l'écran de l'ordinateur, Dimitri reconnut l'une des photos de la rencontre d'été.

«Tu es encore en train de jouer les détectives ?

- Exactement. Cet après-midi à la boulangerie, j'ai profité d'un moment de calme pour repasser en revue tous les clichés. Cette nuit, un élément m'avait intrigué, mais j'étais incapable de dire quoi. J'ai donc regardé plus attentivement et j'ai trouvé. Regarde !»

Sur l'écran apparut une photo prise en fin de matinée, la deuxième jour de la rencontre d'été du Portique. Dimitri s'en souvenait très bien: il s'agissait d'une séance de ce que Mérovée Lenain appelait la *déconstruction personnelle.* Elle consistait, pour les participants, à échanger leurs personnalités, à prendre la place de l'autre de manière à mieux saisir le regard d'autrui sur soi-même. Pendant une heure et demie, les *porticains* avaient ainsi joué des rôles improvisés, les obligeant à puiser au fond de leurs ressources pour s'en sortir.

La séance s'était déroulée dans la salle à manger du rez-de-chaussée. Les membres étaient installés aux tables, deux par deux, et ils changeaient toutes les dix minutes, un peu sur le principe du speed dating.

«Oui. Et alors ?

- Je vais agrandir et zoomer sur un point précis.»

Au fond de la salle, derrière l'une des fenêtres donnant sur le jardin, deux visages apparurent. Deux hommes suivaient avec attention ce qui se passait à l'intérieur. Leurs regards paraissaient dirigés vers Françoise Altmeyer.

«Tu vois ? C'est qui, ces bonshommes ?

- À droite, c'est le jardinier.

- Et l'autre ?

- Pas la moindre idée.

- Ce n'est pas un des employés du manoir ?

- Non. Pervueilly emploie seulement une jeune bonne à tout faire.

- Qu'est-ce qu'ils foutaient là, ces deux types ?

- Je suppose que le jardinier faisait une pause... L'autre est peut-être un fournisseur.

- Pourquoi tu ne m'en as pas parlé ?

- J'en sais rien... De toute façon, le jardinier n'habite pas au manoir, il vient faire sa journée et puis salut !»

Sylvie le regarda, sceptique. «Il faudrait peut-être quand même chercher à en savoir davantage à son sujet, non ?»

Face à la moue dubitative de Dimitri, elle insista: «Il a peut-être flashé sur Françoise Altmeyer.

- Je te rappelle qu'il n'y a pas eu viol.

- Ça ne veut rien dire...»

Il alluma une cigarette et se versa un whisky. Il ne voyait pas bien où pourrait mener la piste du jardinier et de son mystérieux compagnon. Mais Sylvie paraissait bien décidée à l'exploiter: «Qu'est-ce que ça te coûte de te renseigner sur eux ? Si tu veux défendre Lenain, il ne faut rien négliger.

- Comment ? Je n'ai même pas le nom du jardinier...»

Elle leva les yeux au ciel. «Alors là, c'est la meilleure ! C'est moi qui vais devoir t'apprendre ton métier. Je t'ai connu plus incisif... Écoute, c'est très simple. J'appelle le propriétaire du manoir, je me fais passer pour une collaboratrice du juge d'instruction, et je lui demande de me fournir l'adresse et toutes les coordonnées du jardinier ! »

Dimitri la regarda avec tendresse. «Ouais... Mais que vas-tu dire à Pervueilly s'il te demande pourquoi tu en as besoin ?

- Je lui dirai qu'il doit être entendu en qualité de témoin... De toute façon, je suis la reine de l'improvisation.»

Il soupira. Il savait que toute discussion était inutile. «D'accord. Mais à une condition. Tu vas appeler d'une cabine téléphonique. Je n'ai pas envie, si jamais ça merde, qu'on puisse remonter à toi, et donc à moi...

- Oh là là, monsieur le trouillard a parlé.

- C'est pas de la trouille, mais de la prudence.

- C'est ce que je disais...»

*

Un quart d'heure plus tard, ils étaient de retour à l'appartement. Sylvie se sentait plus excitée que jamais.

«Qu'est-ce que je t'avais dit ? Je savais que ton Pervueilly ne se ferait pas prier pour collaborer avec la justice. Et reconnais quand même que ce que j'ai obtenu est troublant...

- Pourquoi ? Parce que le jardinier habite Longriaux ?

- C'est évident. Françoise Altmeyer a été tuée non loin du manoir, sur la route entre Ponsonneaux et Longriaux, et ce Gabriel Mercado y vit, ne me dis pas que tu n'as pas un doute...»

Il se pinça les lèvres. «Je ne sais pas... Je ne vois toujours pas ce que je peux faire.

- Moi je peux aller le voir et lui tirer les vers du nez.

- Ah bon ? Et comment ?

- Je vais me faire passer pour une amie d'un de tes cinglés du Portique, je lui dirai que cette amie trouve qu'il fait un boulot fantastique au manoir. J'aimerais donc avoir recours à ses services pour mon propre jardin.

- N'importe quoi ! En admettant même qu'il gobe ton histoire, ça va te mener où ?

- Et si le manoir n'avait rien à voir dans l'affaire ?

- Que veux-tu dire ?

- Le meurtre de Françoise Altmeyer a été commis sur la route de Longriaux, c'est-à-dire près de l'endroit où le jeune forain avait disparu. Et le relais téléphonique qui a localisé pour la dernière fois le mobile de Myriam Grimberg est dans la région, mais pas nécessairement au manoir. En fait, la clef du mystère se trouve peut-être à Longriaux.

- Tu penses au jardinier ?

- Qui d'autre ?»

CHAPITRE 26

Dimitri disposait d'une excellente source à la crim'. Avec le temps, des liens d'amitié s'étaient liés avec Paul Vendroux. Celui-ci savait que Boizot était un journaliste réglo et, lorsqu'ils se retrouvaient dans une brasserie du boulevard du Palais, le policier n'hésitait jamais à lui filer des tuyaux intéressants...

Il l'appela sur son portable. La réponse tomba après la troisième sonnerie: «Salut Dimitri, tu n'es pas en vacances ?

- Bientôt. Et toi ?

- Je suis déjà rentré.

- Dis-moi, je t'appelle pour un service.»

Il entendit un rire joyeux. «Tu ne m'appelles jamais que pour me demander un service !

- Ce n'est pas faux. Tu es au boulot ?

- Je vais y arriver dans cinq minutes...

- Tu pourrais te rencarder sur un certain Gabriel Mercado? Il habite un bled appelé Longriaux, dans l'Oise.

- Tu le soupçonnes de coucher avec Sylvie ?»

Il se fendit d'un petit rire poli, puis il expliqua sans détour pourquoi il voulait obtenir un maximum de renseignements sur ce personnage. Avec Vendroux, il jouait toujours cartes sur table, en toute confiance.

«Dis donc, tu as raté ta vocation. Tu es sûr que tu n'aurais pas préféré la vie de détective à celle de journaliste ?

- Pas du tout ! Dans cette affaire, j'ai pas joué de chance, voilà tout. Il a fallu que la découverte du corps de Françoise Altmeyer me tombe dessus, alors que j'avais rien demandé.

- Pourquoi es-tu tellement persuadé que Lenain n'est pas coupable ?

- Franchement, il n'y a pas une réponse argumentée. Mais j'ai fréquenté cet homme pendant quatre jours, et je ne parviens pas à me l'imaginer dans la peau d'un assassin. Alors je cherche...

- Ouais... Mais pourquoi as-tu pensé à ce Mercado ?

- Ça, c'est l'intuition féminine de Sylvie. Alors je gratte, à tout hasard...

- OK. Je regarde et je te rappelle avant la fin de la matinée.

- Merci.»

*

Midi et demie, boulevard du Palais. En cette deuxième quinzaine de juillet, Paris s'était déjà vidé d'une partie de ses habitants. Ils avaient abandonné les trottoirs à des grappes de touristes, bruyants et envahissants. Quand Dimitri pénétra dans la brasserie, après avoir joué des coudes pour fendre un groupe de retraités madrilènes, Vendroux y était déjà installé, à sa table dans le fond de la salle, devant son éternel Coca Light.

«Tu as le nez creux. Ton bonhomme a effectivement un casier judiciaire.

- Impressionnant ?

- Pas vraiment. Pas de quoi, en tout cas, lui donner un profil de serial killer. Le gars a quarante ans. Il est célibataire et, apparemment, il a plutôt le sang chaud. À son palmarès, il a trois affaires de coups et blessures, au cours de bagarres de bistrot, et ça remonte, pour la dernière, à une douzaine d'années. C'était la plus grave, si on peut dire. Ça se passait dans un café à Beauvais. Il avait massacré un pauvre type qui avait eu le malheur de renverser une bière sur sa veste. Contusions multiples au visage, fracture du bras... Vu ses antécédents, il avait écopé d'une peine de deux ans de prison, dont un ferme. Depuis, plus rien. Pour lui, au moins, la prison semble avoir eu du bon.

- Ouais... Sauf s'il a récidivé en tabassant Françoise Altmeyer.»

Vendroux haussa les épaules, fixant Dimitri de son regard bleu délavé. «Entre des coups portés dans le feu de l'action d'une bagarre, et le meurtre d'une femme, il y a plus qu'une nuance.

- Sans doute, mais ça veut dire que Mercado est un sanguin. Si on imagine qu'il a voulu se faire Françoise Altmeyer et que celle-ci a refusé, il a fort bien pu voir rouge.

- Dis-moi un truc: tu ne vas pas faire un article sur base de ces infos ?

- Bien sûr que non...

- Tu as l'air aussi franc qu'un marchand de voitures d'occasion !

- Non, non, je t'assure. De toute façon, il n'y a pas matière à écrire quelque chose pour l'instant. Mais je garde tes renseignements dans un coin de ma tête, au cas où...»

*

En retrouvant sa vieille Renault grise, Dimitri se dit qu'il n'avait pas vraiment menti à son pote Vendroux. Effectivement, il n'allait pas écrire de papier sur Mercado, en tout cas pas dans l'immédiat. Il allait plutôt aller le voir. Ce que le policier venait de lui apprendre l'inclinait à penser que les soupçons de Sylvie n'étaient peut-être pas tout à fait absurdes.

En partant ce matin, à tout hasard, il avait emporté une copie couleur de la photographie où figuraient Mercado et l'inconnu.

Il était quatorze heures trente lorsqu'il arriva dans le hameau. Sous le léger crachin qui tombait depuis le matin, il semblait encore plus sinistre que d'habitude. Mais, avec ce temps, il aurait peut-être la chance de surprendre le jardinier chez lui.

Mercado habitait une maison assez imposante avec une allée de pierre, menant à la porte d'entrée, qui serpentait entre d'imposants massifs de fleurs aux teintes vives.

Il sortit de sa voiture, jeta un coup d'œil circulaire, aperçut le frémissement d'un rideau à la fenêtre de la maison d'en face.

«Décidément, dans ces bleds, tout le monde surveille tout le monde...»

Il sonna. Au bout d'une trentaine de secondes, il entendit du bruit à l'intérieur de la maison, puis la porte s'ouvrit sur Gabriel Mercado. L'homme était assez imposant avec son mètre quatre-vingt-sept et ses muscles saillant sous un polo blanc moulant. Il fronça les sourcils. Visiblement, il devait se demander où il avait déjà vu ce visiteur.

«Monsieur Mercado, bonjour. Je m'appelle Dimitri Boizot, je suis journaliste. Nous nous sommes croisés voici une quinzaine de jours au manoir de Haut-Levant, pendant la rencontre d'été du Portique au cours de laquelle la pauvre madame Altmeyer a été tuée. C'est même moi qui ai découvert son corps dans le parc.»

Mercado se fendit d'un léger sourire. «Oui, je me souviens.

- Monsieur Mercado, j'aimerais vous parler. Est-ce possible ?

- Parler de quoi ?

- En fait, j'ai une photographie à vous montrer, j'aurais aimé avoir votre réaction à son sujet.

- Oui... Si vous voulez... Entrez !»

L'homme parlait d'une voix douce, qui cadrait mal avec son physique. Dimitri se demanda s'il ne forçait pas le trait.

- Installez-vous. Vous voulez boire quelque chose ?

- Si ce n'est pas abuser, je prendrais bien une bière.

- Je vous accompagnerai.»

Pendant que Mercado se rendait à la cuisine pour en rapporter deux canettes, Dimitri en profita pour faire des yeux un rapide tour du propriétaire. Il fut frappé par l'ordre et la propreté qui semblaient régner dans cette maison. Il se dit que, pour un homme seul, ou bien il était un maniaque du ménage, ou bien il bénéficiait des services d'une bonne. Ce qui paraissait hautement improbable dans la mesure où il ne devait pas vivre sur un grand pied avec son salaire de jardinier.

«Voilà ! Alors, vous voulez me montrer une photo ?

- Exactement. D'ailleurs la voici !»

Il sortit d'une chemise de carton le cliché qui intriguait tellement Sylvie.

«Regardez...»

Mercado prit le document. Il tendit un peu les bras pour mieux l'examiner. Puis il releva la tête et regarda Dimitri avec un rictus d'incompréhension.

«C'est une photographie qui a été prise au manoir...

- Oui, c'est même moi qui l'ai prise, pour mon reportage.

- Pourquoi vous voulez que je la regarde ?

- Parce que vous figurez dessus, monsieur Mercado. Regardez bien, on vous voit, derrière la fenêtre donnant sur le parc, en compagnie de quelqu'un que je ne connais pas.»

Mercado fronça les sourcils, regarda avec plus d'attention. «Ah oui, en effet ! Mais j'avoue que je ne comprends toujours pas...

- C'est pourtant simple. Depuis plusieurs jours, dans l'affaire du meurtre de madame Altmeyer, les enquêteurs soupçonnent Mérovée Lenain d'être l'auteur du crime. Mais je me suis rendu compte, en voyant cette photo, que si tout le monde au manoir avait été interrogé, y compris monsieur de Pervueilly et Caroline, en revanche, vous êtes passé complètement inaperçu.»

Cette fois, le visage de Mercado s'était durci. Il serrait les dents, faisant saillir les muscles aux extrémités de sa mâchoire. «Vous êtes en train de m'accuser...

- Non. Entendons-nous bien, je n'accuse personne. Je dis seulement que vous avez réussi à échapper complètement à l'attention des enquêteurs.

- Quelle importance, puisque l'assassin a été arrêté.»

Dimitri leva les mains. «Oui, à condition que Mérovée Lenain soit bien l'assassin, ce dont je ne suis pas du tout persuadé.»

Mercado avait retrouvé le sourire. «C'est votre problème, monsieur Boizot, pas le mien.

- C'est vrai... En venant vous voir aujourd'hui, je voulais surtout savoir qui est l'homme qui figure à vos côtés.

- Pourquoi ?

- Parce que, tout comme vous, il semble porter une grande attention à Françoise Altmeyer.

- Qu'est-ce qui vous fait dire ça ?

- Si vous suivez la direction de vos regards, on tombe droit sur elle.»

Mercado approcha le cliché de son visage. «Franchement, je ne sais pas où vous êtes allé chercher ça. Personnellement, je n'arrive même pas à distinguer mon regard.

- Avec une bonne loupe, on y parvient facilement, et sur un écran d'ordinateur, en zoomant bien...

- Admettons... Mais je ne vois toujours pas ce que vous voulez. Vous n'êtes pas policier, à ce que je sache.

- C'est vrai. Mais je ne voudrais pas être le témoin passif d'une erreur judiciaire... Alors, l'homme qui est à vos côtés ?

- Un livreur de pain. Il vient trois ou quatre fois par semaine, et je ne connais pas son nom...

- Et celui de la boulangerie ?

- Non plus...

- Tant pis. Je pense que je vais devoir apporter ma photographie aux gendarmes ou au juge d'instruction.

- Attendez... Vous me menacez, là ?

- Non, je ne vous menace pas. En venant vous voir, je voulais simplement avoir votre avis sur le meurtre de Françoise Altmeyer, et aussi savoir pourquoi, le matin où son corps a été découvert, on ne vous a pas vu au manoir.

- Pour quelle raison devrais-je vous répondre ?

- Par amitié pour moi» répliqua Dimitri, tentant un trait d'humour pour détendre l'atmosphère devenue soudain pesante.

C'était peine perdue. «J'ai très peu d'amis. Et vous n'en faites pas partie. Maintenant, sortez de chez moi, je n'aime pas les gens dans votre genre.»

Derrière l'apparente fermeté des paroles, Dimitri ressentit une forme de nervosité, voire de faiblesse. Il sortit sans se faire prier, connaissant les penchants violents de l'homme.

*

Le soir, Dimitri retrouva Sylvie au Gueuleton, le petit restaurant que son frère Simon et son épouse Anne-Catherine tenaient à Saint-Germain. Cela faisait une éternité qu'il n'avait plus passé une soirée en leur compagnie.

Il avait besoin de se changer les idées. Pour cela, il ne connaissait rien de mieux qu'une andouillette arrosée de brouilly, dans un cadre rassurant.

Lorsqu'il raconta à Sylvie ses visites successives à Vendroux et à Mercado, elle le regarda avec une lueur d'admiration au fond des yeux. «Donc, tu as quand même pris au sérieux la piste du jardinier ?

- Tu es tellement convaincante... Mais, franchement, ça n'a rien donné. Le type a l'air droit dans ses bottes, même si on sent chez lui une violence rentrée qui ne demande qu'à exploser...

- Tu lui as parlé du jeune Schlamm ?

- Non, je ne voulais pas brûler toutes mes cartouches d'un coup. Et puis, je te dis, ce type m'a plutôt fait bonne impression. Chez lui, tout est nickel. Apparemment, c'est un maniaque du rangement et de la propreté.»

Il vit s'inscrire sur le visage de Sylvie un drôle de sourire, entre ironie et étonnement.

«Qu'est-ce qu'il y a ? J'ai dit une connerie ?

- Pas du tout. Seulement, je ne vois pas bien le rapport entre ordre et innocence.

- Il n'y en pas, c'est vrai...»

Il fut interrompu par l'arrivée d'Anne-Catherine. Sa belle-sœur, toute en rondeurs et en sourires, assurait le service avec une bonne humeur et un entrain jamais pris en défaut, pendant que son mari était aux fourneaux.

«Alors les enfants, tout s'est bien passé ?

- Parfait, comme toujours. Vous féliciterez le chef !» répondit Dimitri en riant.

La soirée s'acheva, lorsque le dernier client fut parti, autour de quelques pousse-café qui permirent à Dimitri d'oublier pour un temps l'affaire Altmeyer.

*

Au même moment, à Longriaux, où sa visite de l'après-midi n'était pas passée inaperçue, une réunion se tenait chez Gabriel Mercado.

«Que sait au juste ce journaliste ?» interrogea l'un des trois hommes installés dans son salon.

«Rien du tout. Il m'a montré une photo qu'il a prise au manoir, où je suis en train de regarder une de leurs séances débiles. C'est tout.»

Un grand type aux yeux vairons, avec une petite cicatrice sur le menton, intervint: «Attends, c'est quoi cette photo ?

- Je te l'ai dit: pendant la rencontre des copains de Lenain, ce journaliste a pris des tas de photos. J'apparais sur l'une d'elles, et ça l'a intrigué...»

Son interlocuteur ne semblait pas satisfait par cette explication: «Tu n'es pas en train de parler du fameux matin où j'était allé livrer chez Pervueilly et où on a suivi leurs jeux de cons depuis la terrasse ?»

Mercado piqua un fard. «Je ne sais plus...

- Je ne suis pas sur la photo, au moins ?

- Non, on ne voit que moi...»

Le jardinier était un piètre menteur. La sueur envahit son front. Mais il ne pouvait plus faire marche arrière. Il savait que si Sébastien se sentait menacé, il pouvait devenir extrêmement dangereux. Il l'avait prouvé l'autre jour avec Françoise Altmeyer. Il ne tenait pas à subir le même sort.

Heureusement pour lui, Francis dévia le cours de la conversation: «Et comment as-tu réagi ?

-Je l'ai foutu à la porte, en lui rappelant que le coupable est arrêté.

-Ouais. Ça pue quand même, cette affaire. Imagine que ce type aille porter sa photo aux gendarmes.

-Et alors ?

-Imagine... Imagine qu'ils viennent faire une petite perquisition...»

Cette fois, Gabriel Mercado avait blêmi.

«On ne peut pas prendre le moindre risque.

-Évidemment...

-Donc, on doit faire quelque chose...»

Autour de la table, tous les visages étaient tendus. Le silence se fit soudain pesant.

CHAPITRE 27

Le lendemain matin, vers neuf heures trente, Dimitri reçut un appel téléphonique provenant d'un numéro masqué. D'habitude, il ne décrochait pas et attendait que la personne laissât un message. Là, sans savoir pourquoi, il répondit immédiatement.

Il entendit une voix de femme mûre, qui parlait bas, comme si elle voulait éviter d'être entendue. «Faites attention à vous. Vous avez donné un coup de pied dans une véritable fourmilière. vous courez de grands risques.

- Je ne comprends rien à ce que vous me dites !

- Je vous parle du meurtre de la dame dont le corps a été retrouvé au manoir de Haut-Levant. Hier, vous êtes venu voir Gaby... Mercado... Méfiez-vous, vous avez maintenant des ennemis mortels...

- Qui êtes-vous ?

- Je ne peux pas vous le dire. Mais je ne raconte pas des blagues. Vous ne savez pas où vous êtes tombé.

- Soyez plus claire, s'il vous plaît !

- Je ne peux pas être plus claire: vous êtes sur une piste brûlante, et ça dérange beaucoup de monde...

- Vous voulez dire que Mercado est l'auteur du meurtre ?

- Je n'ai pas dit ça. Mais je peux vous dire autre chose : cherchez à savoir ce qu'est devenue Charline Wague. Si vous y arrivez, vous aurez fait un grand pas. Mais je vous le dis une dernière fois, faites très attention à vous !»

Fin de la conversation. Dimitri rangea son portable, très circonspect. D'un côté, sa correspondante lui conseillait de se tenir à carreaux, de l'autre elle le mettait sur une piste nouvelle. Il nota rapidement le nom qu'elle lui avait donné, de crainte de l'oublier.

Il pianota sur Internet, mais ne trouva aucune référence à cette Charline Wague. En revanche, lorsqu'il consulta l'annuaire, il trouva une famille Wague installée... à Longriaux.

Il appela alors de son portable, après avoir pris soin de cacher son numéro. Il tomba sur une femme, à qui il demanda à parler à Charline.

Silence au bout du fil.

«Vous devez faire erreur. Au revoir, monsieur !»

*

La journée fila à toute allure au journal. Depuis l'arrestation de Mérovée Lenain et la confirmation de son mandat d'arrêt, l'intérêt de Magnin pour l'affaire Altmeyer avait considérablement faibli. Dimitri se garda bien de lui parler des derniers rebondissements de son enquête: il ne savait pas exactement où il mettait les pieds, et il ne tenait pas à se griller avant d'en avoir appris davantage.

Il retrouva Sylvie sur le coup de vingt heures à l'appartement. Lorsqu'il lui parla du coup de téléphone anonyme, il la sentit soudain inquiète. «Cette bonne femme t'a vraiment parlé d'ennemis mortels ?

- Oui, c'est l'expression qu'elle a employée.

- Ça fout la trouille !»

Il haussa les épaules avec un petit ricanement, comme si ce sentiment lui était inconnu, mais au fond de lui, il devait admettre que cet appel masqué le troublait.

Il répondit: «En même temps, ça te donne raison: le jardinier est bien dans le coup. Mais il ne serait pas seul...

- Oui, et si on en croit ta bonne femme, il y aurait un lien entre le meurtre de Françoise Altmeyer et cette Charline Wague. Mais, d'après ce qu'elle t'a dit, il faut chercher ce qu'elle est devenue. Cela peut signifier qu'elle aussi a été tuée. Et que l'auteur, qui ne serait pas nécessairement le jardinier, pourrait être le même que celui de Françoise Altmeyer.

- Je veux bien. Mais, concrètement, je fais quoi ?

- La première chose, c'est de savoir qui était exactement cette Charline Wague. Il y a peut-être eu, pour elle aussi, un avis de disparition.

- Non. J'ai vérifié et je n'ai rien trouvé.

- D'accord, mais tu as trouvé une famille Wague à Longriaux. Il faudrait en savoir davantage sur cette famille et, notamment, si elle compte parmi ses membres une certaine Charline.

- Je me vois mal aller frapper à la porte de ces gens, surtout après l'accueil glacial que j'ai déjà reçu au téléphone.

- Évidemment, mais on peut contacter la mairie de la commune dont dépend Longriaux, en se faisant passer pour un service officiel, genre Trésor public, qui chercherait à retrouver une certaine Charline Wague. Je peux le faire, si tu veux.

- Vendu!»

*

Le lendemain matin, après une nuit passée à ressasser tous les épisodes de cette affaire, Sylvie obtenait le renseignement demandé. L'employée de mairie lui expliqua que la famille Wague, à Longriaux, se composait du père, Francis, de la mère Arlette, et d'une fille, Charline, née en 1985, mais qui avait quitté la commune en 2002 pour aller vivre à l'étranger, au Canada, selon ses souvenirs.

Dimitri regarda Sylvie. «Tu penses à ce que je pense ?

- Charline pourrait être la fille que Raymond Schlamm allait rejoindre le soir où il a disparu.

- Exactement. L'âge concorde: née en 1985, elle avait seize ans en 2001. Et si elle a quitté la France pour le Canada l'année suivante, c'est peut-être dans le but d'aller rejoindre Schlamm.»

Sylvie eut une moue de perplexité. «Tu crois vraiment ?

- Je ne sais pas. Mais je me dis que j'aimerais creuser cette piste.

- On peut jeter un coup d'œil sur Facebook et Twitter. À vingt-huit ans, cette Charline doit certainement être active sur les réseaux sociaux.

- Peut-être...»

Dix minutes plus tard, Dimitri refermait son ordinateur, dépité. «Ni Charline Wague, ni Raymond Schlamm... C'est à croire que ces deux-là se sont volatilisés...» Sylvie ne répondit rien, mais il comprit à son expression qu'elle avait en tête une hypothèse beaucoup plus sombre...

Après quelques secondes de réflexion, elle lâcha, comme si elle se parlait à elle-même: «Il y a deux choses qui me chiffonnent. D'abord, pourquoi t'a-t-on parlé d'une erreur quand tu as téléphoné aux Wague et que tu as mentionné le nom de Charline ?

- Si elle est partie s'installer au Canada voici plus de dix ans, elle a peut-être complètement coupé les ponts avec sa famille, d'autant plus si elle partait rejoindre un garçon dont ses parents ne voulaient pas.

- Oui, peut-être. Mais le second élément qui m'inquiète vraiment est le rapport établi par ta correspondante anonyme entre cette Charline et le meurtre de Françoise Altmeyer.

- Là, effectivement, je dois reconnaître que ça ne plaide pas en faveur d'une fin heureuse...»

*

Une heure plus tard, Dimitri poussait la porte de l'ambassade du Canada, avenue Montaigne. Il fut reçu par la chargée de communication à laquelle il débita un discours mis au point avec Sylvie. «J'aimerais réaliser un reportage sur quelques Français installés au Canada depuis plusieurs années, la manière dont ils se sont acclimatés, leur vie professionnelle... Dans ce cadre, je cherche les coordonnées d'une dame appelée Charline Wague...»

Cinq minutes après, il obtenait la réponse à sa question. «Je suis tout à fait désolée, monsieur Boizot, mais je ne trouve aucune trace d'une demande d'immigration formulée par cette dame. Vous êtes certain de l'orthographe de son nom ?

- Absolument.

- Qu'est-ce qui vous fait penser qu'elle a pu émigrer au Canada ?

- Une information obtenue dans sa commune d'origine.

- Ah ? En tout cas, pour le Canada, elle n'a aucune existence légale.»

Dimitri se leva pour prendre congé. «Ce n'est pas grave. Je vous remercie de votre amabilité. Si jamais j'avais une autre demande, je me permettrais de revenir vers vous.

- Sans problème. Voici ma carte...»

À peine sur le trottoir de l'avenue Montaigne, il appela Sylvie. «Je ne sais pas pourquoi, mais j'étais sûre que tu obtiendrais cette réponse. Il y a vraiment un truc pas clair dans cette histoire. J'ai un très mauvais pressentiment au sujet de cette Charline. J'en viens à me dire qu'elle a peut-être été tuée. Du coup, ça voudrait dire qu'il y a à Longriaux un tueur qui sévit toujours. Ta correspondante t'a parlé d'ennemis mortels, ça veut tout dire.

- Oui, mais elle a aussi parlé d'un coup de pied dans la fourmilière, ce qui tendrait plutôt à faire croire qu'il n'y a pas un tueur isolé, mais un groupe de complices... Maintenant, si Charline a été tuée, je ne peux pas imaginer une seule seconde ses parents vivant toujours dans le hameau, et couvrant l'auteur...

- Sauf si c'est le père ou la mère qui a commis les faits... Tu devrais parler aux enquêteurs de ce que tu as appris, je trouve que tout ça devient effrayant.»

Il eut un grognement qui pouvait passer pour une approbation, puis il coupa la communication. Il avait une idée en tête, et il n'avait pas du tout l'intention d'en parler à Sylvie...

CHAPITRE 28

Vingt-trois heures. La nuit était tombée depuis trois bons quarts d'heure. Dimitri verrouilla la portière de sa Renault. Il l'avait garée sur le bas-côté de la route, à quatre cents mètres à peine des premières maisons de Longriaux. L'obscurité était profonde, rompue seulement à intervalles réguliers par les lueurs orangées des lampadaires.

Il prit le temps de jeter un large coup d'œil circulaire, afin de s'assurer qu'il était bien seul. Il se sentait fébrile, avec le sentiment d'être sur le point de commettre une énorme imprudence. Mais, dans l'état actuel de ses trouvailles, il n'aurait jamais pu convaincre un enquêteur. Il devait donc en savoir davantage.

Il poursuivit sa route, attentif aux bruits, même les plus ténus. Cet après-midi, il avait étudié avec soin les lieux sur un plan. Il savait qu'à deux cents mètres environ de la première maison de Longriaux, un petit chemin à droite menait à la ligne de chemin de fer Paris-Amiens. Partant de ce chemin, une espèce d'allée perdue dans les arbres longeait les voies et permettait, par la même occasion, de disposer d'une vue imprenable sur l'arrière des maisons du hameau.

Par précaution, il avait tout de même emporté une paire de jumelles.

À une centaine de mètres du chemin, il entendit soudain un bruit de moteur. Il eut juste le temps de se cacher derrière un hêtre. Il vit passer une camionnette qui roulait à vive allure. Au même moment, il sentit son portable vibrer dans la poche de son pantalon. Il attendit que la camionnette ait totalement disparu avant d'allumer son téléphone, qu'il avait pris soin de mettre en mode silencieux. Sylvie cherchait à le joindre. Il ne pouvait se permettre de lui répondre. Il décida de couper son portable...

Deux minutes plus tard, il bifurquait sur le sentier. Très vite, il se retrouva dans le noir. Devant lui, le seul repère lumineux était formé de quelques lueurs lointaines, en provenance de maisons installées de l'autre côté des rails.

Plusieurs fois, il faillit s'étaler sur des branchages obstruant le chemin. «Manquerait plus que je me casse la gueule...»

Il avançait avec d'infinies précautions. Il avait emporté une lampe de poche, mais l'utiliser serait le plus sûr moyen d'être découvert.

Enfin, il parvint à l'allée menant à l'arrière des jardins. Il s'arrêta un instant pour écouter à nouveau les bruits alentour. Tout était silencieux.

Il ne s'attarda pas, dépassa le deuxième pavillon, et arriva à la maison des Wague. Il sortit ses jumelles de leur étui, les ajusta. D'où il se trouvait, il avait une vue imprenable sur la cuisine et le salon, au rez-de-chaussée. Un homme d'une cinquantaine d'années, vêtu d'un T-shirt et d'un short rouge, venait d'allumer une cigarette dans la cuisine. À côté, Dimitri aperçut une femme assise sur un fauteuil de cuir, en chemise de nuit. Selon toute vraisemblance, il devait s'agir des parents Wague.

Le père revint au salon, resta debout devant son épouse, avec qui il échangea quelques mots. Ensuite, il le vit lever la tête vers le plafond et ouvrir largement la bouche comme s'il appelait quelqu'un.

Effectivement, quelques secondes plus tard, une deuxième femme, nettement plus jeune, apparut dans son champ de vision.

Dimitri sentit son cœur battre plus fort. Tout à coup, il fut certain qu'il se trouvait face à Charline, la fille des Wague soi-disant partie vivre au Canada ! Il la vit discuter avec le père. Puis elle se rendit à la cuisine, ouvrit la porte du réfrigérateur. Elle en sortit une bouteille de bière, qu'elle décapsula avant de l'apporter à l'homme, dans le salon.

Il n'eut pas le temps d'en voir davantage: une forte lumière s'alluma tout à coup sur sa gauche, l'aveuglant à moitié. En même temps, il entendit une voix hurler: «Fais pas le con !»

Il abaissa ses jumelles, provoquant un nouveau cri: «Ne bouge pas !»

Il stoppa net son mouvement et attendit. Il sentit une seconde présence derrière lui. Une main agrippa violemment son bras gauche et le força à se retourner. Il ne voyait rien, se sentait comme un papillon pris dans les phares d'une auto.

L'homme qui lui faisait face, et qui braquait sur lui le rayon de sa lampe-torche, lança: «Mater chez les gens, c'est pas bien, ça !»

Dimitri voulut répliquer, puis se ravisa. Il ne savait pas qui étaient ces deux hommes, mais il était inutile de chercher à se justifier. S'ils le prenaient pour un voyeur, cela vaudrait mieux pour lui.

«T'es mal tombé, mon petit bonhomme... Ici, les rôdeurs, les voleurs, on n'en veut pas. T'as compris ?»

Il hocha la tête en signe d'approbation. Surtout ne pas les contrarier...

Mais le premier homme prit le relais: «Prends son portefeuille dans sa veste !»

Une main s'insinua prestement. Quelques secondes après, il entendit un "Merde !" excédé. L'homme éclairait sa carte de presse et venait de découvrir son nom.

«C'est lui qui est venu hier chez Gaby !

- T'es sûr !

- Et comment ! On l'emmène chez lui !

- OK...»

*

Une odeur entêtante d'oignons frits régnait dans la maison. Dimitri, la bouche fermée par un bâillon fixé solidement par un gros papier collant, avait la tête dissimulée sous un sac de jute qui l'empêchait de distinguer quoi que ce soit.

Sur le chemin, ses deux ravisseurs n'avaient pas échangé un mot, et ce n'était pas le moins inquiétant dans sa situation...

Il entendit une porte claquer derrière lui. Deux mains le poussèrent violemment en avant. Il perdit l'équilibre et tomba dans un escalier au pied duquel il atterrit. Une douleur fulgurante lui traversa le bras droit et lui arracha un cri de douleur, étouffé par le bâillon.

«Attends ! Ne le tue pas tout de suite ! On va d'abord lui poser quelques questions...»

Un coup de pied dans les côtes le fit gémir à nouveau.

«Allez, debout !»

Il posa la main gauche sur le sol afin de se redresser, mais la douleur à l'épaule droite était trop forte, et il resta dans cette position, incapable de bouger d'un millimètre.

Un nouveau coup de pied l'atteignit au bas des reins. «Alors, tu vas te relever, oui ?»

Un effort surhumain lui permit de se mettre enfin debout. Il avait l'impression qu'il allait s'évanouir.

Une main lui arracha le sac qui recouvrait sa tête. Il cligna des yeux à plusieurs reprises, ébloui par l'espèce de projecteur braqué sur lui. Une autre main lui ôta son bâillon.

Derrière le flot de lumière, il distinguait vaguement plusieurs silhouettes.

Enfin l'un des hommes parla. C'était une voix inconnue, avec un fond d'accent picard. « Qui tu espionnais ?»

Il rejeta la tête vers l'arrière et ferma les yeux. La douleur était devenue insupportable, elle irradiait dans sa poitrine.

«Alors ?»

Une gifle d'une force incroyable atteignit sa joue gauche. Il pensa à Sylvie, à ses enfants, se dit qu'il ne les reverrait plus. «Je n'espionnais pas. Je voulais seulement...»

Une deuxième gifle l'interrompit. «Tu nous prends pour des cons ?»

Dimitri sentit un vertige l'envahir. Il perdit connaissance.

*

Lorsqu'il revint à lui, il était allongé sur le sol, dans une obscurité totale. Il avait les mains liées dans le dos et la douleur à l'épaule droite lui donnait des nausées. Un autre bâillon avait été replacé sur sa bouche. Il pouvait à peine respirer par le nez.

Une crise de panique l'envahit. Cette fois, c'était sûr, il ne sortirait pas vivant de cet endroit. Les lancements dans les côtes et dans le bas du dos étaient tels qu'ils l'empêchaient d'inspirer normalement.

Autour de lui, le silence était effrayant. Il sentit des larmes couler sur ses joues.

Des heures passèrent ainsi. Et si ces gens avaient décidé de se débarrasser de lui en l'oubliant, tout simplement ?

Au bout d'une éternité, il entendit des bruits de pas à l'étage. Une porte s'entrouvrit, éclairant chichement la cave où il reposait. Des gens descendaient l'escalier. Trois hommes, précédés par une lampe-torche, dont le rayon lumineux fut à nouveau dirigé sur son visage.

«La nuit a porté conseil ? Tu vas enfin nous dire ce que tu foutais cette nuit ?»

Dimitri hocha la tête en gémissant. L'un des hommes arracha son bâillon, emportant en même temps des poils de barbe.

«Je cherchais de la documentation pour mes articles...

- Quels articles ?

- Ceux que j'écris sur le meurtre de Françoise Altmeyer.

- Pourquoi à Longriaux ?

- Parce que... Excusez-moi, vous pourriez me détacher les mains, je n'en peux plus...

- Raconte d'abord ! Oh mais dis donc, t'as chié dans ton froc, ou quoi ? Ça pue la merde, ici !»

Dimitri ne répondit pas. D'ailleurs, qu'est-ce qu'il aurait pu dire ?

«Allez, vas-y, déballe !

- Pour moi, la solution de l'affaire se trouve à Longriaux.

- Ah ouais ? Et pourquoi ?

- J'ai déjà écrit tout ça...

- C'est pas grave, répète !»

Dimitri aurait donné n'importe quoi pour un verre d'eau, mais ses trois tortionnaires étaient bien décidés à repousser les limites de sa résistance.

Lorsqu'il eut terminé, celui qui semblait être le chef lui lança: « T'es pas sorti de l'auberge, mon gars... En attendant, on va remonter et aller délibérer sur ta sentence...» Avant de partir, ils le bâillonnèrent à nouveau.

CHAPITRE 29

Le bruit d'une clef tournant dans une serrure le ramena à la conscience. Il aurait été incapable de dire s'il avait dormi dix minutes ou dix heures. Cette fois, une main actionna l'interrupteur et un tube néon éclaira la cave. Dimitri ferma les yeux, aveuglé par cette soudaine clarté.

Celui ou celle qui descendait l'escalier avait la démarche hésitante. Il se dit que, cette fois, sa dernière heure était venue...

Il entrouvrit à peine les yeux, pour faire croire qu'il était encore plongé dans le sommeil. Au lieu du bourreau qu'il s'attendait à voir apparaître, il aperçut une vieille femme obèse qui le regardait avec une certaine crainte.

Elle s'arrêta au pied de l'escalier, à deux bons mètres de lui. «Vous m'entendez ?»

Cette voix, il l'aurait reconnue entre toutes. C'était celle de sa correspondante anonyme, qui avait cherché en vain à le mettre en garde. Il ouvrit les yeux et fit oui de la tête.

«Venez ! La maison est vide pour un moment.»

Boizot la regardait sans comprendre, incapable de bouger. «Allez, venez ! C'est votre seule chance, il n'y en aura pas d'autre !»

Il lui montra ses mains liées dans le dos. «Vous ne pouvez pas vous lever?»

Il fit non de la tête. Alors elle s'avança enfin vers lui, aussi méfiante que si elle s'approchait d'un fauve. Elle se pencha et lui enleva son bâillon.

«Vous êtes blessé ?

- Je crois que j'ai l'épaule droite démise...

- Essayez quand même de vous redresser. Vous n'avez pas beaucoup de temps. Si vous ne vous enfuyez pas maintenant, vous êtes mort. Ils n'hésiteront pas à vous tuer...

- Pourquoi vous faites ça pour moi ?

- Pour que vous alliez prévenir les gendarmes, qu'ils viennent très vite et qu'ils mettent fin à une situation qui dure depuis trop longtemps.

- Quelle situation ?

- Vous le saurez si vous partez !

- Qui êtes-vous ?

- Allez, je vous dis. Ils vont revenir !

- Mais je ne peux pas marcher avec les mains liées !

- Je vais vous les détacher quand vous serez debout.

- Qui me dit que vous n'êtes pas en train de me tendre un piège ?

- S'il vous plaît, faites-moi confiance. C'est votre dernière chance, et la nôtre aussi.»

Dimitri, au prix de contorsions douloureuses, parvint enfin à se mettre debout. La vieille lui agrippa le bras gauche et l'aida à monter la volée de marches.

Parvenu au-dessus, il poussa la porte de l'épaule gauche et se retrouva dans un hall d'entrée qu'il reconnut aussitôt. C'était celui de la maison de Gabriel Mercado.

«Allez, à gauche, vers le jardin !»

Dans la cuisine, il s'arrêta devant la porte-fenêtre. Derrière lui, il entendit un tiroir s'ouvrir. Il se retourna et vit la vieille s'emparer d'un couteau de boucher. «N'ayez pas peur. Je ne vais pas vous embrocher. Je vais couper vos liens».

Quelques secondes plus tard, il retrouvait enfin l'usage de ses mains.

«Regardez, vous allez passer par le jardin. Tout au fond, il y a une clôture, mais elle n'est pas très haute, vous arriverez bien à la franchir. Là, vous prenez à droite, vous marchez courbé pour ne pas être vu des occupants des autres maisons. Une fois sur la grand-route, vous prenez à droite, vous faites bien attention si vous entendez une voiture. Surtout vous ne vous montrez pas. Au bout de six kilomètres, vous arriverez à la gendarmerie. Là, vous expliquerez ce qui vous est arrivé; et surtout vous dites bien aux gendarmes de venir très vite ici, à Longriaux, chez Sébastien Calster. Ils auront une fameuse surprise, et vous aussi !

-Mais...

- Allez-y, vous aurez toutes les réponses à vos questions en revenant avec les gendarmes !»

Dimitri traversa le jardin. Il se sentait d'une faiblesse telle qu'il avait l'impression de pouvoir parcourir à peine quelques mètres.

Il franchit la clôture en gémissant de douleur. Puis il suivit les instructions de cette drôle de vieille dame.

Il regarda sa montre. Elle indiquait onze heures treize. Le soleil était déjà bien haut dans un ciel sans nuage. Il reprit son souffle et entama sa longue marche.

*

Il était douze heures quarante lorsqu'il poussa la porte de la gendarmerie. En le voyant, le planton prit un air méfiant. Il faut dire qu'il semblait sortir tout droit d'une poubelle. Sa barbe avait poussé, ses derniers cheveux formaient une sorte de couronne anarchique sur son crâne. Ses vêtements étaient froissés et puants.

«Bonjour, c'est pour une plainte...»

Il n'alla pas plus loin. Il sentit le sol se dérober sous ses jambes et il s'évanouit aux pieds du gendarme.

*

En revenant à lui, il vit le visage du planton à quelques centimètres du sien. «Ça va monsieur ? Vous m'entendez ?»

Dimitri parvint à lâcher un *oui* dans un soupir.

«Ne bougez pas, je préviens le Samu !»

Il aurait voulu s'acquitter de la mission que lui avait confiée la vieille femme de Longriaux, mais ses forces l'abandonnaient. Il referma les yeux.

Il fit un effort terrible pour les rouvrir, il devait absolument parler.

À cet instant, il entendit qu'on actionnait la porte d'entrée de la gendarmerie. Le planton releva la tête et eut un sourire à l'adresse du nouveau venu, que Dimitri ne pouvait pas voir.

«Salut, Francis !

- Ah, il est là !» fit la voix de l'arrivant.

Il lui sembla reconnaître cette voix. L'homme poursuivit: «J'étais sûr qu'il serait venu ici, il fait le coup à chaque fois...»

Le planton, visiblement largué, fit: «Tu connais cet homme ?»

Dimitri avait reconnu la voix. C'était celle de l'un de ses ravisseurs. Un grand type assez fort entra dans son champ visuel. Il était vêtu d'un uniforme de police municipale et semblait connaître très bien le gendarme.

«Et comment ! C'est le frère d'Arlette. Il est un peu demeuré. Il vit dans une institution spécialisée, en Lorraine. Là, il passe quelques jours à la maison. Mais il a le délire de la persécution, il s'imagine que le monde entier lui en veut. Dans ces cas-là, il cherche toujours refuge dans une gendarmerie et prétend qu'il a été enlevé...

-Ah bon ? Mais il est mal en point, là...

-Penses-tu ! Il vient de se taper six bornes à pied depuis la maison, mais je vais le ramener, te tracasse pas !»

Dimitri ne comprenait plus rien. Mais il ne voulait pas retomber entre les mains de ses ravisseurs. Il fit un effort surhumain pour lancer: «Ne l'écoutez pas ! Je m'appelle Dimitri Boizot, je suis journaliste et c'est pour ça que cet homme m'a enlevé, avec d'autres habitants de Longriaux. Vous devez très vite aller perquisitionner chez un certain Sébastien Calster !»

Le planton l'avait écouté sans l'interrompre. Derrière lui, le flic ricanait comme à l'audition d'une bonne blague.

«Tu vois, Freddy ! Qu'est-ce que je te disais ? Il est complètement à la masse. Allez, je vais le...

- Non, attends, Francis... Je suis désolé, mais je peux pas le laisser partir dans cet état... J'appelle le Samu !»

Dimitri vit le visage de son ravisseur changer. Un rictus de haine lui tordit la bouche. Il dégaina son arme de service et en pointa le canon sur la nuque du planton, qui était toujours agenouillé.

«Assez perdu de temps !» fit-il.

Il vit clairement qu'il allait abattre le planton. Avec l'énergie du désespoir, il détendit ses jambes d'un seul coup. Il parvint à déséquilibrer le policier au moment où il tirait. La balle alla se loger dans un mur. Le planton se redressa d'un bond, sortit à son tour son arme et la braqua sur son collègue, qui avait lâché son pistolet en tombant.

«Arrête, Francis ! Ne bouge plus !»

Dimitri se releva avec lenteur, en s'appuyant sur sa main gauche, la seule encore valide.

Le planton lui lança: «Vous, ne bougez pas !»

Et, tout en maintenant le policier en joue, il prit son portable et appela: «Capitaine, c'est Freddy Dussaut. J'ai besoin de renforts à la brigade, très vite !»

Toujours allongé sur le sol, le flic fit une tentative désespérée pour retourner la situation: «Attends Freddy, laisse-moi t'expliquer, ce n'est pas...

-Ta gueule ! Tu attends gentiment, sans bouger, l'arrivée du capitaine.»

CHAPITRE 30

Le capitaine Burgard ne pensait jamais assister à une telle scène. Trois hommes occupaient le sas d'accueil de la brigade, l'un de ses gendarmes tenait un policier municipal en joue, sous le regard vitreux d'un type allongé sur le sol, et qui semblait être dans un sale état.

Le jeune planton, soulagé de voir débarquer son supérieur, lança: «Mon capitaine, le brigadier Francis Wague vient de se rendre coupable d'une tentative de meurtre sur ma personne !»

Burgard soupira. Dans son univers, tout fait devait avoir une explication. Là, il se sentait un peu dépassé par les événements. «Bien. Dussaut, rengainez votre arme. Quant à vous — il s'adressait à Francis Wague —, relevez-vous !»

Derrière lui, ses hommes attendaient sans bouger. Enfin, le capitaine daigna s'intéresser à Dimitri.

«Qui est cet homme ?»

Le planton, qui avait retrouvé ses esprits, répondit: «Je n'en sais rien, mon capitaine. Il est entré dans la brigade pour déposer une plainte. Mais il n'en a pas eu le temps, il s'est évanoui. Je me suis alors précipité pour lui venir en aide. Au moment où il revenait à lui, le brigadier Francis Wague est entré, m'a dit qu'il s'agissait de son beau-frère souffrant, selon lui, de problèmes psychiatriques. Il a voulu le récupérer, j'ai refusé en disant que son état nécessitait une intervention du Samu. Francis Wague a alors sorti son arme de service et l'a braquée sur moi. Ce monsieur a réussi à le déséquilibrer, et la balle est allée se loger dans un mur. J'ai alors pu désarmer le brigadier et vous appeler.

- Bien, mais ça ne nous dit toujours pas qui est cet homme.

- Il dit qu'...

- Je suis journaliste, je m'appelle Dimitri Boizot. Nous nous connaissons, capitaine, nous nous sommes croisés récemment au manoir de Haut-Levant à la suite du meurtre de Françoise Altmeyer.»

Burgard le regarda avec plus d'attention et le reconnut enfin.

«Vous êtes blessé ?

- J'ai l'épaule droite qui est démise, et j'ai reçu des coups de ce monsieur et de ses amis de Longriaux. Ils m'ont séquestré toute la nuit et, à l'heure qu'il est, je serais sans doute mort si une dame que je ne connais pas ne m'avait pas libéré.

- Vous pouvez vous relever ?

- Si vous m'aidez, ça devrait pouvoir se faire.»

Adossé à un mur, Francis Wague suivait la scène sans broncher, le regard perdu dans le vague. Il semblait soudain très loin...

«Ça va ? Vous voulez que l'un des mes hommes vous emmène à l'hôpital, ou vous vous sentez suffisamment d'attaque pour une audition ?» S'il ne comprenait toujours pas grand-chose à ce qui s'était passé, au moins avait-il reçu un début d'explication. Il décréta: «Nous allons faire le point dans mon bureau !»

*

La pièce était grise et sombre, avec un mobilier qui devait dater au moins de la présidence Mitterrand.

Le capitaine s'assit face à ses trois interlocuteurs. Il s'adressa d'abord à Francis Wague. «Bien. Brigadier, vous avez entendu ce qu'a déclaré le planton Dussaut. Qu'avez-vous à dire ?»

Silence. Le regard fixe, la tête dodelinant, Wague semblait mentalement absent.

«Brigadier !»

Aucune réaction. Burgard comprit enfin que l'homme était en état de choc, incapable de parler. Il se tourna vers Dimitri: «Monsieur Boizot, je vous écoute...»

Il parla longuement. Il expliqua ensuite ses soupçons sur le rôle du jardinier, Gabriel Mercado, dans le meurtre de Françoise Altmeyer. Il évoqua le coup de téléphone anonyme qui avait suivi sa visite chez le jardinier, et la mention du nom de Charline Wague. Il relata sa balade nocturne à l'arrière du jardin de la maison des Wague, son interception par deux hommes qui l'avaient alors emmené dans la cave de Mercado. Il termina en décrivant sa libération inespérée par une vieille dame inconnue. «C'est elle qui m'a indiqué la direction de la gendarmerie. Et elle m'a bien dit qu'il fallait aller perquisitionner dans la maison d'un certain Sébastien Calster, à Longriaux. Une surprise vous y attend, a-t-elle ajouté.»

L'officier l'avait écouté sans l'interrompre, en prenant des notes sur un bloc. Il croisa les mains sous le menton, poussa un léger soupir. «Monsieur Wague, vous avez entendu ce que vient de dire monsieur Boizot ?»

Toujours pas la moindre réaction. Burgard revint vers Dimitri: «Je vous avoue, monsieur Boizot, que vos déclarations me laissent dubitatif. Je ne vois pas le rapport entre le meurtre de madame Altmeyer et votre... séquestration.

-Moi non plus, capitaine. Le seul point commun est le jardinier... Je suis intimement persuadé que la clef de l'affaire se trouve chez lui.»

Le capitaine se dit alors que la meilleure chose à faire était de prévenir le procureur, et de lui refiler, par la même occasion, la patate chaude.

*

Quatorze heures trente. Une ambulance venait d'emmener Dimitri à l'hôpital, afin d'y recevoir les soins que son état nécessitait. Elle était suivie par une voiture de la gendarmerie, dans laquelle Francis Wague, menotté, avait pris place. «Faites-lui subir une batterie de tests, je veux savoir s'il est vraiment en état de choc ou s'il simule !» avait lancé le substitut Frans Van Loo.

Il resta en tête-à-tête avec le capitaine Burgard. «Étrange histoire, non ?

- Tout à fait...

- Je pense que la première chose à faire est de nous rendre à Longriaux. Nous allons d'abord aller voir chez Mercado. Si Boizot a dit vrai, nous devrons forcément trouver des traces de sa présence dans la cave de la maison. Ensuite, nous irons chez Wague, interroger sa femme. Et nous terminerons chez ce... Sébastien Calster, qui semble surgi de nulle part.

- Bien, je prends deux hommes avec moi et nous pouvons y aller !»

*

Lorsque la camionnette des gendarmes, suivie de la voiture du substitut, débarqua à Longriaux, un léger rayon de soleil éclairait la place.

Le capitaine Burgard alla sonner chez Gabriel Mercado. Pas de réponse. Apparemment, la maison était vide. Mais, à cet instant, une vieille femme obèse sortit de la maison voisine et, l'air craintif, s'avança vers le groupe.

«Excusez-moi, messieurs... Vous avez été prévenus par monsieur Boizot?»

L'officier avait pour principe de ne jamais répondre aux questions des civils. Il répliqua: «Qui êtes-vous, madame ?

- Simone Longuejambe. C'est moi qui ai libéré monsieur Boizot ce matin, il était retenu prisonnier chez Gaby.

- Gaby, c'est Mercado ?

- Oui.

- Il n'est pas là ?

- À cette heure, il doit travailler au manoir de Haut-Levant... Mais j'ai une clef de la maison.»

Cinq minutes plus tard, les enquêteurs étaient intimement convaincus de la véracité du récit de Dimitri. Outre les traces de sa présence dans la cave, ils avaient retrouvé, au salon, son portefeuille et son téléphone portable, qui signalait d'ailleurs une dizaine d'appels en absence.

«Madame Longuejambe, fit Frans Van Loo. Comment avez-vous su que monsieur Boizot était retenu prisonnier ici ?

- Hier en fin de soirée, je les ai vus l'intercepter à l'arrière des jardins. C'étaient Matthieu Prandard et Sébastien Calster. J'ai reconnu monsieur Boizot parce qu'il était déjà venu rendre visite à Gaby et que, depuis, ils l'avaient, comme on dit, dans leur collimateur. Ils l'ont emmené chez Gaby et sont allés prévenir Francis.

- Wague ?

- Oui. Je suis sa belle-mère, la maman d'Arlette, la grand-mère de Charline...»

Ce flot d'informations prit le substitut de court. «Attendez... Pourquoi dites-vous que Prandard et Calster avaient Dimitri Boizot dans leur collimateur ?

- Parce que, depuis des années, il se passe à Longriaux des choses terribles. Mais personne n'ose parler, tout le monde a peur de Francis et de ses copains. Alors, quand le journaliste est venu chez Gaby, et qu'il l'a pratiquement accusé d'avoir trempé dans le crime du manoir, ils ont eu peur de voir leurs sales combines révélées...

- Quelles sales combines ?»

À cet instant, alors que cette conversation se déroulait à l'entrée de la maison de Mercado, une voiture passa au ralenti. La vieille Longuejambe désigna du menton l'homme qui était au volant. «Regardez, voilà Sébastien qui rentre chez lui. Vous allez voir ce qui se passe chez lui !»

Le substitut et le capitaine pivotèrent pour voir de qui elle parlait. À ce moment, Calster donna un brusque coup d'accélérateur et traversa la place à vive allure.

«Il s'enfuit !» fit la vieille.

«Calmez-vous !» cria Van Loo, qui cherchait à remettre de l'ordre dans ses idées.

«Mais vous ne comprenez pas ! Il m'a vue avec vous, il va savoir que c'est moi qui... Il va me tuer !

- Madame Longuejambe, stop ! Expliquez-moi clairement ce qui se passe avec ce Calster !

- Depuis deux ans, il retient prisonnière une jeune femme chez lui. Il en a fait son esclave et, à l'occasion, elle sert même de... jouet, si vous voyez ce que je veux dire, à d'autres hommes de Longriaux, dont Francis, entre parenthèses !

- Vous êtes certaine de ce que vous dites ? Vous vous rendez compte qu'il s'agit d'accusations extrêmement graves ?

- Je ne vous dis que la vérité. Allez vérifier par vous-même !

- Nous allons y aller tout de suite. Capitaine, nous allons nous rendre chez ce Calster ! Mais, auparavant, demandez à vos hommes d'aller procéder à l'arrestation de ce Gabriel Mercado au manoir de Haut-Levant. Je ne tiens pas à ce qu'il prenne la fuite, lui aussi !»

CHAPITRE 31

Un coup de sonnette. Un deuxième... «Il n'y a personne» fit le capitaine Burgard.

«Si, si, Myriam est là en permanence !» intervint Simone Longuejambe.

«Pourquoi ne répond-elle pas ?» demanda le substitut.

«Parce qu'elle ne peut pas.

- Comment ça ?

- Entrez, forcez la porte, vous allez voir !» fit la vieille, qui semblait de plus en plus excitée.

Le capitaine échangea un regard avec le substitut. «Allez-y capitaine, je vous couvre !»

Quelques instants plus tard, ils se retrouvaient à l'intérieur de la maison. Tout était parfaitement rangé, et d'une propreté méticuleuse.

«Eh bien ?» fit Van Loo, soudain inquiet.

»Elle doit être à l'étage». Simone Longuejambe paraissait tellement sûre d'elle que le capitaine se rua dans l'escalier sans attendre. Quelques secondes après, on l'entendait crier: «J'ai trouvé !»

Le spectacle qui les attendait était terrible: dans l'une des chambres du premier étage, seulement meublée d'un lit et d'une table de nuit, une femme était allongée, entièrement nue, enchaînée au mur, un gros anneau enserrant sa cheville droite.

Elle était éveillée. Elle regarda les arrivants sans broncher, le visage inexpressif. Van Loo semblait tétanisé. Il lui fallut plusieurs secondes avant de pouvoir parler. «Bonjour madame, je suis le substitut Frans Van Loo, et voici le capitaine Cédric Burgard... Pouvez-vous nous donner votre nom ?»

Au bout d'un moment qui parut à chacun une éternité, la femme répondit enfin: «Je m'appelle Myriam Grimberg...»

*

Une heure plus tard, requis par le substitut, le juge Francis Caduc débarquait à Longriaux en compagnie de son greffier.

Du résumé succinct et précis que lui fit Van Loo, Caduc comprit que la soirée, voire la nuit, allaient être très longues...

«Si je comprends bien, fit-il en se passant les mains sur les yeux, nous sommes en présence d'une affaire de traite d'êtres humains ?

-Oui, et on peut penser que le meurtre de Françoise Altmeyer y est lié, d'une manière ou d'une autre... Sans parler de celui du jeune Raymond Schlamm...»

Le juge eut une moue de désappointement. Le capitaine Burgard surgit de la maison de Calster: «Ça y est, Mercado a été arrêté, il est en route !

-Et Calster ?

-Appel a été lancé. Il ne devrait pas aller bien loin...»

Caduc appela son greffier: «Antoine, venez ! Nous allons procéder à une audition préalable de Myriam Grimberg !»

Débarrassée de ses chaînes, vêtue d'une robe légère, elle frappa le juge par le charme qui émanait d'elle. Assise à la table du salon chez Sébastien Calster, elle attendait sans impatience le bon-vouloir des enquêteurs.

«Madame Grimberg, pouvez-vous me confirmer votre volonté de porter plainte pour séquestration et traitement dégradants ?

- Oui.

- Qui est Sébastien Calster pour vous ?»

Elle eut un petit rire désabusé. «Si vous m'aviez posé la question il y a deux ans, je vous aurais répondu qu'il était l'homme de ma vie. Maintenant, je vous dirai plutôt qu'il a failli être l'homme de ma mort.

- Qu'est-ce qui s'est passé ?

- Je croyais être tombée sur le prince charmant, un homme beau, séduisant, attentionné. Puis, très vite, il s'est transformé en monstre. Il m'a interdit de sortir, il passait son temps à me dénigrer, en me traitant d'idiote, d'incapable. À l'entendre, j'étais juste bonne à faire le ménage et à assouvir ses désirs... Un soir, alors qu'il avait ramené à la maison ses amis pour un poker...

- Ses amis, vous pouvez préciser ?

- Il y avait Francis Wague, le policier; Gabriel Mercado, le jardinier, et Matthieu Prandard.

- Merci, continuez...

- Ce soir-là, ils ont pas mal bu et, à un moment, Wague a proposé une partie dont je serais l'enjeu. Sébastien a accepté, Wague a gagné la partie, et j'ai dû coucher avec lui...

- Ça s'est reproduit plusieurs fois ?

- Oui, j'étais devenue pour eux un simple objet sexuel...

- Vous ne pouviez pas vous enfuir ?

- Vous voulez rire ? Dans cet endroit, on est surveillé en permanence. Ils avaient mis au point un système bien organisé. C'était impossible de s'en aller, et puis j'avais trop peur...»

Le juge Caduc songea que cette belle femme, qui avait tout pour être heureuse, s'était laissé enfermer dans une relation perverse sans issue.

«Comment avez-vous connu Sébastien Calster ?

- C'était il y a trois ans. Je me trouvais alors au manoir de Haut-Levant, non loin d'ici...

- Pour une rencontre d'été du Portique d'une Nouvelle Vie ?»

Myriam Grimberg eut un haut-le-corps. «Oui. Comment le savez-vous ?

- Peu importe. Continuez !

- Sébastien venait livrer du pain au manoir. Je l'ai croisé dans le jardin. Pour moi, ce fut le coup de foudre. Il faut préciser qu'à l'époque, je n'étais pas très bien dans ma peau, et j'étais prête à tout pour changer de vie. Bref, j'ai entretenu une liaison avec Sébastien pendant quelques mois et, un jour, il m'a proposé de venir m'installer chez lui. J'ai accepté tout de suite...»

Caduc opina. C'était à cet instant qu'il devait placer la question qui lui brûlait les lèvres depuis le début: «Madame Grimberg, avez-vous eu des nouvelles récentes de votre cousine, Françoise Altmeyer ?

- Françoise ? Non. Pourquoi ?
- Vous ne savez donc pas ce qui lui est arrivé ?
- Non.
- Elle a été assassinée...
- Ce n'est pas vrai, ce n'est pas possible !»

Myriam Grimberg avait hurlé. Elle cacha son visage dans ses mains et se mit à sangloter bruyamment. Caduc échangea un regard avec son greffier: visiblement, elle ne jouait pas la comédie. Il reprit: «Je suis désolé. En fait, elle a été tuée il y a quelques jours alors qu'elle assistait à la rencontre d'été du Portique d'une Nouvelle Vie, au manoir de Haut-Levant.»

Myriam Grimberg releva la tête, le visage baigné de larmes. «Qui l'a tuée?

- Justement, c'est ce que nous cherchons. Vous n'avez pas une petite idée ?
- Mais non !»

Tout en disant ces mots, son visage changea d'expression. Elle s'arrêta net. «À quelle date Françoise a-t-elle été tuée ?

- Dans la nuit du 4 au 5 juillet...»

Elle hocha la tête, comme si elle voulait se débarrasser d'une idée absurde. «À quoi pensez-vous, madame Grimberg ?

- Je sais qui a tué Françoise... Cette nuit-là, j'ai été réveillée lorsque Sébastien est rentré. Il était minuit et demi. Comme il ne montait pas se coucher, je suis descendue voir ce qu'il faisait. Il était occupé à découper ses vêtements. Quand je lui ai demandé pourquoi, il m'a ordonné de remonter me coucher et de m'occuper de mes affaires... Mais pourquoi a-t-il fait ça ?
- Nous lui poserons la question lorsque nous aurons mis la main dessus. Merci pour votre collaboration.»

*

L'audition de Myriam Grimberg terminée, le juge Caduc était loin d'en avoir fini. Sur la place, à côté de la camionnette de la gendarmerie, Van Loo était en grande conversation avec le capitaine Burgard. «Monsieur le juge, nous allons emmener Gabriel Mercado à la gendarmerie, vous pourrez l'y interroger à votre aise tout à l'heure, mais je vais d'abord vous conduire chez Francis Wague.»

La maison du policier était très semblable à celle de Mercado. Le même ordre maniaque y régnait. Sous la surveillance de deux gendarmes, deux femmes et une enfant étaient installées au salon.

«Bon. Vous, madame, vous êtes Arlette Longuejambe, l'épouse de Francis Wague ?

- Oui.

- Et vous, vous êtes Charline Wague, la fille de Francis Wague et d'Arlette Longuejambe ?

- Oui.

- Quant à la petite fille, elle se prénomme Camille, elle a onze ans, et elle est la fille de Charline ?

- C'est ça...»

Se tournant vers Charline Wague, le juge reprit: «Qui est le père ?

- Raymond Schlamm...

- Il vit avec vous ?

- Non...

- Où est-il ?

- Il est mort...

- Il y a longtemps ?

- Oui, il y a douze ans.

- Il a eu un accident ?

- Non, il a été tué.

- Par qui ?

- Par mon père et Gaby...»

Caduc, s'adressant à l'un des gendarmes, ordonna: «Emmenez madame Longuejambe et la gamine à l'étage, j'aimerais interroger Charline Wague en tête-à-tête.»

Une fois sa mère disparue, la jeune Charline, qui avait encore l'air d'une adolescente malgré ses vingt-huit ans, se détendit.

«Bien. Racontez-moi ce qui s'est passé il y a douze ans.

- J'avais quinze ans quand j'ai rencontré Raymond. Cela se passait ici, sur la place, à l'occasion de la fête foraine. Raymond travaillait aux autos tamponneuses. On a flirté, et puis on est tombés amoureux. Régulièrement, Raymond venait me retrouver quand il travaillait dans la région. Un jour, je me suis retrouvée enceinte, j'en ai parlé à Raymond, et on a décidé de partir ensemble, après la fête de Longriaux.

- Vos parents étaient au courant ?

- Je croyais que non, mais je me trompais. Mon père est un homme qui ne supporte pas qu'on conteste son autorité. Il me surveillait et il ne pouvait pas admettre de me voir sortir avec un "moins que rien", comme il disait. Alors, l'avant-dernier jour de la fête, il a tendu un piège à Raymond. Il lui a fait parvenir un petit mot, soi-disant signé de ma main, lui donnant rendez-vous en fin de soirée sur la route de Ponsonneaux. Là, il l'attendait avec son copain Gaby. Il m'a toujours juré qu'il voulait simplement lui donner une leçon, mais ils ont tabassé Raymond à mort. Ils ont ramené son corps et l'ont enterré dans le jardin des frères Prandard...

- C'est lui-même qui vous a mis au courant ?

- Oui, mais bien longtemps après. Au début, tout le monde a cru que Raymond avait fait une fugue. Moi, je me doutais bien qu'il y avait autre chose, mais je ne savais pas quoi... Quand j'ai dit à mes parents que j'étais enceinte, j'ai cru qu'ils allaient me tuer, mon père surtout. C'est quand je leur ai dit qui était le père que mon père m'a tout raconté. Et c'est à partir de ce jour-là que je n'ai plus jamais quitté la maison. Pour eux, il était hors de question de mettre au monde un bâtard, qui aurait fait honte à la famille, comme ils disaient. Quand j'ai accouché de Camille, c'était avec ma mère. Elle n'a jamais été déclarée, elle n'existe même pas...»

Le juge Caduc avait, dans sa déjà longue carrière, entendu bien des histoires sordides, mais celle-ci était, sans aucun doute, à classer parmi les pires.

«Vous n'avez jamais essayé de vous rebeller, de partir ?

- On voit bien que vous ne connaissez pas mon père !

- Et votre mère ?

- Elle a toujours été soumise...»

EPILOGUE

Le lendemain matin, en quittant l'hôpital, Dimitri Boizot se sentait beaucoup mieux. Son épaule avait été remise en place, et les douleurs consécutives aux coups reçus avaient cédé du terrain grâce aux analgésiques.

Il avait le sentiment d'avoir échappé de peu à la mort. Il respira un grand coup et appela le juge Caduc.

«Monsieur Boizot ! Vous allez mieux ? Vous savez que vous avez pris des risques terribles hier !

- Oui. Mais ça en valait la peine, non ?

- Ça, on peut dire que, grâce à vous, nous sommes tombés sur une affaire de dimension.

- N'oubliez pas que vous m'avez promis l'exclusivité.

- Je ne l'oublie pas et je tiens toujours mes promesses. Je vous attends dans mon bureau dans une heure !

*

Lorsqu'il entra dans son bureau, Dimitri eut la satisfaction de voir Caduc l'accueillir avec un large sourire.

«Je vois que vous avez repris du poil de la bête. C'est bien. Asseyez-vous.

- Alors, dites-moi tout.»

Dimitri apprit ainsi que Sébastien Calster avait été arrêté la veille en fin de soirée. Confronté aux accusations de Myriam Grimberg, il avait craqué et avoué le meurtre de Françoise Altmeyer. «Quand je l'ai vue ce jour-là, au manoir, elle m'a fixé avec une telle intensité que j'ai su qu'elle savait. Effectivement, elle est venue vers moi, s'est présentée, et elle m'a demandé si j'étais bien l'homme avec lequel sa cousine était partie. J'étais tellement pris de court que j'ai répondu oui. Mais je lui ai dit qu'elle m'avait quitté au bout de quelques mois et que je n'avais plus de ses nouvelles. Je lui ai fixé rendez-vous le soir même sur la route de Ponsonneaux, soi-disant pour lui parler de sa cousine, mais je savais déjà que je ne pourrais pas la laisser en vie, ç'aurait été trop dangereux...»

«Et la vieille dame qui m'a permis de m'enfuir ?

- Elle ? C'est la grand-mère maternelle de Charline Wague. Elle était au courant depuis toujours, mais elle avait peur de son gendre, comme beaucoup de gens dans le hameau. C'est ainsi que cette situation intolérable a pu se prolonger pendant plus de dix ans. Mais, aujourd'hui, heureusement, tout est rentré dans l'ordre... Et, ce matin, Mérovée Lenain a été libéré...»

En sortant du palais de justice, Dimitri appela immédiatement Éric Magnin, son rédacteur en chef: «Salut. J'espère que tu as de la place dans ton journal, parce que j'ai un scoop fantastique !»

FIN

Printed by Amazon Italia Logistica S.r.l.
Torrazza Piemonte (TO), Italy

11633275R00141